LEÇONS PARTICULIÈRES DE MEURTRE

J'AI LU

SANDRA

STEPHEN SAWICKI

L'affaire Pamela Smart

LEÇONS PARTICULIÈRES DE MEURTRE

Traduit de l'anglais
par Michèle Hechter

Crimes & Enquêtes

Titre original :

TEACH ME TO KILL
Avon Books, New York

Prologue

Dans le sud du New Hampshire, il existe une route – la 51 – que l'on appelle la « route de la Mort ». Depuis la côte, elle traverse en fait tout le comté de Rockingham.

Malgré son nom, c'est un joli itinéraire serpentant parmi les marais et les bois où coulent de charmantes petites rivières. Au printemps, le paysage chatoie de mille nuances de vert et jette, en automne, tous les feux de ses ors et de ses pourpres.

Les deux voies étroites de la 51 relient des univers totalement opposés : d'un côté, une ville de bord de mer, Hampton Beach, avec ses arcades, ses néons, ses boutiques de souvenirs et ses touristes ; de l'autre, la banlieue de Manchester.

Chaque année, dans le flot incessant de la circulation, des accidents coûtent d'innombrables vies humaines. Par mesure de sécurité, les conducteurs roulent phares allumés, de jour comme de nuit, formant une sorte d'immense et interminable cortège funèbre.

La 51 a vu mourir tant d'hommes, de femmes et d'enfants que les différentes communes ont érigé des croix blanches sur les bas-côtés. En mémoire des morts, bien sûr, mais aussi pour inciter l'Etat à débloquer les crédits nécessaires à son élargissement.

De nuit, la route de la Mort offre sans doute le spectacle le plus surnaturel des Etats-Unis. L'automobiliste se trouve guidé vers sa destination par la chaîne morbide de ces croix dont la lueur blanchâtre troue l'obscurité et le brouillard.

Un soir du printemps 1990, quatre adolescents empruntèrent cette route au volant d'une Chevrolet Impala qui appartenait à l'une de leurs grands-mères. Ils habitaient à Seabrook, sur l'océan ; ils parcoururent une quarantaine de kilomètres avant d'obliquer en direction de Derry.

Là, ils se rendirent dans le quartier de la ville où vivait Gregory Smart. Ils ne le connaissaient pas. Deux jeunes se glissèrent dans la maison. Quand Smart rentra chez lui, après sa journée de travail, ils le tuèrent.

Onze mois plus tard, en mars 1991, la route de la Mort connut une affluence inhabituelle. Journalistes, hommes de loi et simples curieux s'y pressaient : il est vrai que la ville d'Exeter abritait un procès retentissant. Les jurés – sept femmes et cinq hommes – devaient décider du sort de Pamela Ann Smart, la jeune femme de la victime. Elle avait vingt-trois ans.

L'affaire fit beaucoup de bruit car elle contenait tous les éléments dont les journalistes sont friands : amour, sexe, haine, violence, corruption.

La question fondamentale était de savoir si Pam Smart avait utilisé le sexe et la débauche pour pousser un adolescent de seize ans, Billy Flynn (aidé de ses amis), à commettre un crime horrible.

Pamela Smart avait-elle lancé ces jeunes garçons sur la route de la Mort pour qu'ils aillent assassiner son mari ?

1

Derry, dans le New Hampshire, est une ville-dortoir. Tous les matins, vers 7 heures, des milliers d'employés prennent la route pour Boston et les grands complexes technologiques des environs. D'autres partent pour Nashua, Manchester ou la côte.

La plupart des gens qui vivent à Derry travaillent ailleurs, mais cela ne les gêne pas trop. Après tout, ce n'est pas pour leur travail qu'ils ont choisi de s'installer ici. Ils sont venus surtout fuir l'agitation et l'insécurité des grandes villes. Et pour cela, ils sont prêts à sacrifier du temps et de la patience en aller-retour quotidiens.

Beaucoup viennent du Massachusetts. Des cadres, des employés, des ouvriers qui en avaient assez des impôts locaux excessifs, du boom immobilier et de la peur liée à la drogue et au crime. Ils ont choisi le sud du New Hampshire pour son calme, son air pur et ses grands espaces.

Derry, comme les autres villes de la région, dispose de nombreux atouts : des écoles correctes, une ambiance de sécurité, des vendeurs souriants dans les magasins. Les habitants de Derry ont toujours été fiers de leur ville ; spécialement en 1961, lorsqu'un des leurs, Alan Shepard, fut le premier Américain envoyé dans l'espace. Dès lors, Derry fut surnommée Spacetown.

Peu à peu, Derry s'agrandit. En 1960, quelques années avant la construction de l'autoroute toute proche, la ville comptait moins de sept mille habitants. Ce chiffre allait quadrupler en dix ans.

On construisit donc de nouveaux immeubles, de nouveaux lotissements, mais l'ensemble restait à l'échelle humaine, bien que la ville ait définitivement perdu son atmosphère rurale. Les vieilles fermes disparaissaient les unes après les autres. Désormais, les habitants partaient le matin et rentraient le soir.

Avec la population, le taux de criminalité s'accrut. L'époque où l'on ne fermait pas sa porte à clé était bien révolue. « Beaucoup de gens sont venus ici pour résoudre leurs problèmes, disait un policier de Derry, mais en fait, ils n'ont fait que les apporter avec eux. »

Derry s'habitua aux vols, aux agressions, au trafic de drogue, aux enlèvements d'enfants mais, l'un dans l'autre, c'était encore supportable. Au moins les communautés ne s'entre-tuaient-elles pas comme dans les grandes villes.

Qui n'était pas soulagé de retrouver le calme de Derry après sa journée de travail ? Chaque matin, les journaux de Boston – entre autres – relataient les histoires de sanglants affrontements entre gangs où d'innocents passants avaient été blessés ou tués. Chaque jour charriait son lot de pleurs et de sang, de haine raciale.

Les habitants de Derry, eux, restaient préservés de la folie meurtrière des métropoles.

En 1990, le nombre d'homicides était égal à zéro. Avec l'arrivée du printemps, on était en droit d'espérer que rien ne changerait.

Ce mardi 1er mai s'annonçait plutôt frais, avec un ciel légèrement couvert. Mais dans l'après-midi, le soleil réussit à percer et la température monta jusqu'à vingt degrés. Un temps idéal pour une partie de golf au Hoodkroft Country Club, une promenade dans les rues du centre-ville, une randonnée à bicyclette ou même un jogging.

Au poste de police de Derry, c'était la routine : on s'occupait de quelques carambolages et vols à la tire. Les flics étaient contents : ils avaient réussi à mettre la main sur un homme recherché.

Les résidents de la cité pavillonnaire de Summerhill s'apprêtaient à dormir : pour la plupart des cadres moyens cultivés, avec un ou deux enfants.

Malgré la proximité des villas, ils n'entretenaient pas de rapports de voisinage très serrés. Les amitiés se créaient surtout entre couples ayant des gamins du même âge. Pour le reste, on se contentait d'un « hello ! » en rentrant sa voiture au garage.

22 heures : les petits étaient couchés ; les parents s'installaient au salon pour bavarder tranquillement ou regarder la télévision.

22 h 10 : la Honda CRX gris métallisé entra dans la cité et s'engagea dans l'impasse Misty Morning Drive. La voiture s'engouffra dans le garage. Pam Smart coupa le moteur et sortit en contournant le 4 x 4 Toyota de son mari.

Bizarrement, la lanterne du perron n'était pas allumée. Pam monta les quelques marches et ouvrit la porte.

Son cri perça la nuit. Il résonna alentour de ses vibrations stridentes. Tous les voisins se raidirent. Le *Happy Birthday* qu'avaient entonné les hôtes d'une maison toute proche s'interrompit brutalement. Des mères se précipitèrent dans la chambre de leurs enfants pour vérifier si tout allait bien.

– Au secours ! Mon mari ! Mon mari !

Pam se précipita en hurlant vers le pavillon voisin. Elle

sonna et se mit à tambouriner contre la porte. Elle criait d'une voix suraiguë :

– Mon mari est blessé ! Il est étendu par terre ! Au secours.

Dans le pavillon 4D, Kimberly Mercer, un agent d'assurances, et son fiancé, Paul Dacier – avocat –, discutaient tranquillement dans leur lit. La fille de Kim (née d'un premier mariage) était déjà couchée. Ils entendirent les hurlements de Pam et les coups frappés sur leur porte.

– Paul, il se passe quelque chose ! Elle a besoin d'aide.

Ils descendirent l'escalier quatre à quatre. Kim se précipita vers la porte mais Dacier la retint. Mieux valait être prudent. Ils ne savaient pas ce que leur voulait cette femme hystérique. Il s'adossa à la porte et dit à Kim de téléphoner au 911.

– Envoyez quelqu'un au 4D, Misty Morning Drive ! cria-t-elle dans le combiné.

– O.K. Qu'est-ce qui se passe là-bas, madame ? demanda le sergent de police Vernon Thomas, à l'autre bout du fil.

– Summerhill, Misty Morning Drive, se contenta de répéter Kim.

– Quel numéro ?

– 4D – D comme David.

– Calmez-vous et dites-moi ce qui vous arrive.

– Une femme est en train de hurler à la porte.

– Bien, nous envoyons quelqu'un.

– Dépêchez-vous. C'est urgent !

Entre-temps, Pam avait abandonné. Courant jusqu'au 4C, elle se remit à crier et à frapper comme une folle. Judy et Chris Liessner s'apprêtaient à se coucher quand ils l'entendirent.

« Je suis descendue et j'ai vu cette jeune femme dans tous ses états. Je ne la connaissais même pas, déclara Judy qui avait environ vingt-cinq ans et travaillait dans l'informatique. Elle ne cessait de hurler et de pleurer. Je lui ai ouvert la porte et l'ai fait entrer parce qu'elle regardait derrière elle comme si elle craignait d'être suivie. J'ai vite refermé la porte. »

– Téléphonez au 911, glapit Pam. Mon mari est par terre sans connaissance ! Je ne sais pas ce qui s'est passé.

Judy s'exécuta.

– Que voulez-vous ? demanda le sergent Thomas.

– J'ai chez moi une femme dont le mari a été attaqué au 4E, Summerhill.

– Nous sommes avertis. Une voiture est déjà partie. Savez-vous ce qui est arrivé à son mari ?

– Les secours vont venir, dit Judy en s'adressant à Pam ; que s'est-il passé exactement ? Nous l'ignorons, répondit Judy au sergent.

Judy ne put jamais bien éclaircir les événements de cette nuit-là. Tout était confus. D'abord, elle ne comprit pas pourquoi Pam refusait obstinément la proposition de Chris Liessner qui voulait l'accompagner pour porter secours à son mari. Ensuite, Pam, à peine entrée dans le vestibule, se mit à marmonner des mots qui, un an plus tard, lui parurent totalement dépourvus de sens : « Pourquoi font-ils toujours ce genre de trucs ? »

Mais sur le moment, personne ne songea à prêter vraiment attention à ce qu'elle disait. Art Hugues, le gérant d'une entreprise de climatiseurs, regardait un téléfilm quand il entendit les cris de Pam.

Il se précipita dehors mais ne vit personne. Il avança vers le pavillon de Pam et l'entendit crier à nouveau. Elle était sur le perron du 4C.

Art crut que son mari l'avait battue.

– Que se passe-t-il, madame ?

– Mon mari est étendu par terre. Il ne bouge plus.

– Où ça ?

Pam désigna du doigt sa maison et Hugues, en T-shirt et pantalon de jogging, entra pour jeter un coup d'œil dans le garage.

– Mais où est-il ? demanda-t-il avec impatience.

– A l'intérieur ! hurla Pam.

Hugues monta les marches et s'apprêtait à ouvrir la porte quand la voix de Pam l'arrêta :

– N'entrez pas ! Il y a peut-être encore quelqu'un.

– N'entre pas ! reprit en écho la femme de Hugues. Sois prudent !

Hugues s'avança, le dos courbé, jusqu'à la porte d'entrée principale et l'entrouvrit. Il ne s'était pas rendu compte qu'un autre voisin, Harvey Woodside, le suivait.

La lampe du vestibule était allumée mais le reste de la maison était dans le noir. La première chose qu'il vit était à quelques mètres devant lui : à même le sol, un chandelier en cuivre reflétant la lumière. Puis un pied chaussé. Il ouvrit en grand la porte et les deux hommes entrèrent ; ils remarquèrent une serviette bordeaux négligemment posée par terre. Au fond, un homme gisait, allongé sur le ventre.

Ils s'arrêtèrent, glacés d'horreur. L'homme était vêtu d'un pantalon et d'une veste de sport. Sur la moquette bleue du living, il ressemblait à un pantin désarticulé. Ses jambes étaient allongées, son bras droit bizarrement replié. La tête reposait sur la joue gauche et la peau du visage avait une affreuse couleur grisâtre, avec des taches écarlates. Sous son nez, la moquette était tachée de sang.

Les chevilles et les pieds de Smart dépassaient sur les carreaux du vestibule. Son pied gauche était tordu, contre le chandelier ; le droit, bien à plat, pointait vers l'entrée.

Instinctivement Hugues et Woodside reculèrent. Ils ne pouvaient plus rien pour lui.

Soudain il y eut un hurlement de sirène. Gyrophare allumé, la voiture de l'agent de police Gerald Scaccia

– vingt-sept ans et quatre ans de service derrière lui – s'engageait dans Misty Morning Drive. Scaccia vit tout de suite Pam, assise sur le perron des Liessner ; elle sanglotait. Mary Jane, la femme de Woodside, le guida vers le pavillon 4E.

Scaccia se présenta à l'intérieur, Mary Jane sur ses talons. Il saisit le poignet de l'homme qui gisait au sol et chercha son pouls. Rien, mais son propre cœur battait à tout rompre.

Mary Jane, assistante médicale à l'hôpital, proposa de lui faire un massage cardiaque. Scaccia tourna l'homme sur le dos.

C'est alors qu'il vit le trou sanglant dans la tempe gauche.

Il s'immobilisa. Quelques secondes plus tard, les infirmiers confirmaient son diagnostic : l'homme était mort.

D'autres voitures de police arrivèrent et l'officier John Twiss entra à son tour en laissant un agent de faction à la porte. Scaccia et Twiss dégainèrent leurs armes, des Glock 9 mm semi-automatiques, puis ils commencèrent l'inspection de la villa dans l'espoir de trouver quelque chose.

Derrière le cadavre s'étendait le vaste living-room. Une petite cuisine ; une salle de bains ; deux W.-C. ; des meubles contemporains... Pas mal du tout.

Mais la maison était sens dessus dessous. La mousse d'un coussin éventré jonchait la moquette, des Compact Discs avaient été jetés n'importe où. Les enceintes de la chaîne stéréo et une petite télévision étaient abandonnées près de la porte-fenêtre, à l'arrière de la maison.

Au premier, la chambre principale était elle aussi dans un état désolant : vêtements éparpillés, tiroirs de la commode ouverts. L'autre chambre semblait avoir été épargnée. Dans la salle de bains, ils remarquèrent sur l'évier un coffret à bijoux vide.

Twiss monta jeter un coup d'œil au grenier puis descendit.

La maison semblait déserte.

Jusqu'au moment où, en ouvrant la porte de la cave, Scaccia sentit quelque chose bouger à ses pieds. Retenant sa respiration, il scruta la pénombre. Derrière la porte, était blotti un adorable petit chien à poil long. Il tremblait de tout son corps.

Dehors, l'agitation était à son comble. Les voisins s'agglutinaient, pour mieux suivre le défilé des voitures de police. On entourait la villa – le lieu du crime – d'un ruban jaune.

A la demande de Pam, un voisin téléphona aux parents de Greg ; Bill et Judy Smart vivaient dans une cité voisine. Mal à l'aise, l'homme leur annonça que « leur fils était très, très malade ». Ils devaient venir immédiatement. Les Smart jetèrent un imperméable sur leur pyjama et se firent conduire en voiture jusqu'à Misty Morning Drive par leur autre fils, Dean, âgé de vingt et un ans.

La porte du 4E était gardée par le sergent John Toki. Visage dur, intraitable. Les Smart s'avancèrent mais Toki leur dit que personne ne pouvait entrer sans autorisation. Personne.

– Que se passe-t-il ? demanda Bill Smart. Qu'est-il arrivé à mon fils ?

Pam vint à leur rencontre ; la mère de Greg l'assaillit de questions :

– Mais, grand Dieu, que lui est-il arrivé ?

– Je ne sais pas, répondit Pam.

– Où étais-tu ?

– Au collège. On avait une réunion.

La famille ne cachait plus son inquiétude. Bill Smart, un

petit homme d'âge moyen avec une chevelure blanche et des moustaches, tenta de forcer l'entrée mais Toki l'arrêta d'un geste. Judy, secouée de sanglots, frappa l'agent du poing.

– Mais enfin, nous avons le droit de savoir, s'indigna Dean. Bon Dieu, s'il est malade, il faut quand même que l'un de nous aille l'aider.

A cet instant, un policier chargé de l'enquête préliminaire sortit sur le perron.

– On ne peut plus rien pour lui. Il est mort.

Quelqu'un, au même moment, ouvrit la porte de l'intérieur de la maison. Bill Smart eut le temps de voir le chandelier et le corps de son fils. Judy et Dean purent aussi jeter un coup d'œil.

Judy succomba à une véritable crise de nerfs ; elle se mit à hurler et à trembler comme une hystérique. Les infirmiers la prirent par les bras pour la conduire jusqu'à l'ambulance. Pam, elle, semblait complètement hébétée : elle ne criait pas, ne pleurait pas, ne proférait aucune parole.

– La pauvre, chuchota Mary Jane Woodside à l'oreille de son mari en voyant Pam debout, toute seule, comme oubliée, tandis que les infirmiers s'affairaient autour de Judy. On s'occupe des parents mais personne ne fait attention à elle. Elle a l'air bien ébranlé.

Cette nuit-là, plusieurs voisins vinrent voir Pam pour tenter de la réconforter de leur mieux. Elle ressemblait à une petite fille abandonnée. Elle confia à l'un d'eux qu'elle avait eu un mauvais pressentiment en voyant la lanterne du perron éteinte, alors que la Toyota de Greg était au garage. Elle en étonna un autre en marmonnant, à propos de Greg : « Il était dans un sale état ces derniers temps ! »

On dit à la famille que Greg était mort des suites d'une blessure à la tête et presque tout le monde crut qu'il s'agissait du chandelier.

La police poussa Pam et Judy à quitter le lieu du crime et

à aller s'installer chez les Liessner. Les deux femmes s'assirent sur le divan, visiblement sous le choc.

Judy ne pouvait contenir sa douleur ; son esprit, son corps refusaient l'idée que le second de ses trois fils soit mort. C'était impossible. Elle demanda un sac en papier à un policier ; elle souffrait de nausées et de vertiges.

Pam, elle, ne pleurait pas mais semblait infiniment triste.

– Que vais-je faire de ma vie maintenant ? murmura-t-elle.

Puis elle commença à s'inquiéter de son shih-tzu. Elle voulait savoir ce que devenait le petit chien, qui s'en occupait et quand elle pourrait le récupérer.

Cela aurait pu paraître déplacé, mais personne ne songea à s'en étonner. On aurait dit qu'elle ne pouvait affronter l'atroce vérité ; son mari était mort, deux maisons plus loin, et elle se préoccupait de tout autre chose. Comme si le choc l'avait protégée, entourée d'un cocon d'ouate.

Pam resta dans cet état tout au long de la nuit, même après qu'on lui eut amené son chien qui s'appelait Halen – en référence à Van Halen, son groupe rock préféré. Toute la famille s'était réunie dans la villa des parents de Greg. Un agent de police les avait tous ramenés en voiture.

Personne ne doutait de l'authenticité de sa détresse. Brian Washburn, un des meilleurs amis de la victime, raconta plus tard qu'une fois averti de la mort de Greg il se précipita chez les Smart. Pam était assise par terre dans le living. « Elle se mit à pleurer. Je me suis agenouillé et nous sommes restés enlacés un long moment. Elle disait : "Pourquoi, pourquoi quelqu'un aurait-il fait ça ?" »

Pourtant, au sein de cette famille frappée par le malheur, Pam avait des réactions étranges. « Je suis entré et Pam a éclaté en sanglots, rapporta Tom Parilla qui avait été garçon d'honneur au mariage de Greg, juste un an plus tôt. Moi aussi, j'avais des larmes aux yeux. Et puis, subitement, elle s'est arrêtée de pleurer. »

Pam étonna Parilla bien davantage quand elle enchaîna sans transition sur des sujets qui n'avaient rien à voir avec l'affaire. Elle s'attarda longuement, par exemple, sur le problème de ses verres de contact qu'elle avait laissés au 4E, Misty Morning Drive, avec le corps de son mari.

Le médecin légiste Gene Nigro déclara que Gregory Smart était officiellement décédé à 23 h 19. A peu près à la même heure, les responsables de la police locale de Derry apprirent qu'ils avaient un nouveau problème sur les bras : trouver le meurtrier de Greg Smart.

Des inspecteurs se rendirent immédiatement sur les lieux, puis ils firent leur rapport à leur supérieur, le capitaine Loring Jackson.

Jackson était un homme fort, aux cheveux bruns. Il avait toujours l'air de ne pas avoir assez dormi la nuit précédente. Et pour une fois, c'était vrai. Il avait traîné jusqu'à 5 heures du matin. Quand il avait reçu l'appel du poste de police, il s'apprêtait à se mettre au lit.

En apprenant qu'il s'agissait d'un homicide, il ne lui fallut pas plus d'une minute ou deux pour sauter au volant de sa voiture. Il emprunta des petites routes qui le conduisirent sans encombre jusqu'à Summerhill.

Jackson était flic depuis 1966. Il avait quarante-huit ans et ce n'était pas le genre de coups de téléphone qui l'excitaient beaucoup. Cela faisait dix-huit ans qu'il travaillait à Derry et il était à deux ans de la retraite.

Après le lycée, Jackson s'était inscrit dans une école de publicité mais il avait très vite fondé une famille. Il travaillait comme ambulancier à Natrick quand un ami lui suggéra de poser sa candidature pour entrer dans la police. Jackson avait éclaté de rire. Quelle idée !

Pourtant, vingt-quatre ans après, il était flic à Derry. C'était un travail qui ne facilitait pas la vie familiale. On avait, en ville, beaucoup d'admiration pour sa femme et ses quatre gosses.

Jackson aspirait à une vie normale. Une vie où il aurait plus de temps à consacrer à son activité artistique, peindre des paysages ou des portraits, sculpter des figurines décoratives. Une vie avec des horaires normaux. Une vie qui ne serait pas consacrée à résoudre des affaires sordides.

Pour Jackson, le boulot avait malgré tout ses bons moments ; quand une de ses intuitions se vérifiait, par exemple, lui épargnant ainsi des tâtonnements et de fastidieuses recherches.

Et puis, il y avait dans la police un esprit de camaraderie qu'il appréciait. Bien que la situation ne soit plus tout à fait la même depuis qu'il était capitaine, Jackson aimait travailler sur le terrain avec son petit groupe d'inspecteurs.

Au 4E, Misty Morning Drive, Jackson organisa le travail de l'équipe : Dan Pelletier devait filmer en vidéo l'intérieur et l'extérieur de la villa ; Michael Surette et Barry Charewicz allaient s'occuper des photos et des notes tandis que Vincent Byron commencerait les recherches dans le secteur.

Byron inspecta d'abord le voisinage puis poussa un peu plus loin. Derrière la cité, s'étendait un terrain herbeux qui montait doucement jusqu'à un centre commercial situé en haut de la colline. Les gosses de Derry coupaient souvent à travers ce champ pour se rendre au *McDonald's*. Byron se dit que les agresseurs avaient pu passer par là.

Il se dirigeait vers le parking en lisière du champ quand ses phares éclairèrent quelque chose de brillant. Il sortit de la voiture et marcha dans l'herbe haute. Là, à environ une centaine de mètres derrière le pavillon du crime, il trouva un grand couteau de cuisine. Plus tard, il apprendrait qu'il provenait de chez les Smart. A côté, deux serviettes en papier et deux boîtes à bijoux, une en plastique blanc et l'autre en carton, déchirée.

Il était près de 1 heure du matin quand Cynthia White et Diane Nicolosi, du bureau du State attorney, arrivèrent à Derry.

Elles avaient pour tâche de superviser l'enquête, selon la loi. Ce texte datait de l'époque où le New Hampshire était encore un Etat essentiellement rural. Cette disposition ne concernait que les cas d'homicides : elle permettait d'uniformiser les procédures dans tout l'Etat, de seconder une police locale inexpérimentée ou jalouse de ses prérogatives et peu désireuse de laisser les autorités fourrer leur nez dans ses affaires de clocher.

Evidemment la croissance démographique avait changé les données. De plus en plus, les départements de police menaient leurs enquêtes de manière tout à fait indépendante. Du reste, ils n'appréciaient guère d'être obligés de s'en remettre à un ou deux procureurs de l'Etat, souvent à peine sortis des bancs de l'université.

Il fallait pourtant s'y soumettre. Habituellement, l'Etat laissait la police locale s'occuper de l'essentiel de l'enquête et n'intervenait qu'à l'approche du procès, pour éclairer quelques zones d'ombre.

Aucun policier de Derry ne vit arriver les deux femmes d'un bon œil. Elles portaient le titre officiel d'assistantes du State attorney, et elles déclarèrent aussitôt vouloir parler aux hommes de la police d'Etat (qu'elles connaissaient), et non aux policiers de Derry.

Jackson et ses hommes n'étaient pas vraiment ravis, mais, encore une fois, il fallait en passer par là.

Les inspecteurs Pelletier et Charewicz furent chargés de se rendre chez les Smart : Pam devait signer les mandats de perquisition de la villa et de la voiture de Greg.

Le living des Smart était bondé d'amis, de parents, de voisins. Dans le brouhaha général, Pam restait assise, la tête entre les mains. Elle se leva et accompagna les deux inspecteurs à la cuisine. L'endroit était relativement plus calme pour répondre à leurs questions.

Pelletier demanda à Pam de signer le mandat de perquisition, sans omettre de lui préciser qu'elle était en droit de refuser. Linda Wojas, la mère de Pam, travaillait comme secrétaire dans un cabinet juridique. Elle engagea sa fille à accepter pour accélérer l'enquête.

Pam signa sans hésitation.

– Je ferai mon possible pour vous aider, dit-elle.

Pamela Smart semblait, en effet, désireuse d'apporter son concours aux deux inspecteurs. Elle parut même déçue de les voir partir aussitôt les papiers signés. Elle confia à quelques amis et à sa mère qu'elle ne comprenait pas pourquoi ils ne lui avaient posé aucune question. De leur côté, Pelletier et Charewicz s'étonnèrent de son impatience.

Vers 2 h 30, les hommes de la brigade criminelle de l'Etat purent donc passer au peigne fin la villa des Smart ; ils prirent des photographies, relevèrent des empreintes digitales, emportèrent toutes les pièces à conviction.

Entre-temps, la police de Derry commençait les interrogatoires. Pelletier et Charewicz retournèrent chercher Pam chez les parents de Greg. Elle les suivit avec quelques amis au poste de Derry, puis s'isola dans un bureau avec les inspecteurs pour faire sa déposition.

Pamela Smart dirigeait le secteur des médias et communication du Centre pédagogique 21, qui avait en charge plusieurs écoles du secteur côtier du New Hampshire. Elle expliqua que ses bureaux étaient situés derrière le parking du lycée Winnacunnet, à Hampton. D'ordinaire, elle travaillait de 8 heures à 16 heures mais, ce soir-là, elle avait assisté à une réunion pour discuter de certaines orientations concernant son travail.

Son mari travaillait dans une compagnie d'assurances de Nashua, Metropolitan Life Insurance. Il n'avait pas d'horaires fixes. Il allait d'ordinaire au bureau le matin et rendait visite à ses clients le soir. Ce jour-là, il avait quitté la maison à 9 heures et avait prévu quelques rendez-vous d'affaires dans la soirée, sachant qu'elle rentrerait tard.

Sa réunion achevée, à 21 h 45, Pam était rentrée en voiture à Derry. Elle avait mis trois quarts d'heure. Puis elle avait découvert Greg gisant par terre.

Elle avait vu le corps, le chandelier de cuivre et ce qu'elle prenait, à tort, pour un coussin bleu sous sa tête. Comme elle regardait beaucoup de séries policières à la télé, elle savait qu'il ne fallait rien toucher. Elle avait crié pour appeler à l'aide.

Pam s'étonna que les voisins n'aient pas entendu le chien aboyer. Il était évident que le shih-tzu n'était pas resté silencieux en voyant des étrangers s'introduire dans la maison !

Quand Greg était rentré, toutes les lumières devaient être éteintes car ils n'avaient pas l'habitude de laisser allumé en partant. Quant à la porte-fenêtre, Pam ne s'expliquait pas bien pourquoi elle était restée ouverte. Peut-être avaient-ils oublié de la fermer, deux jours plus tôt : ils avaient alors reçu des amis à dîner, dehors sur la terrasse.

Si les Smart n'étaient pas très attentifs à la fermeture des portes, ils étaient en revanche très soigneux et ordonnés. La maison était parfaitement rangée quand Pam l'avait quittée le jeudi matin. Elle avait fait le ménage à fond pendant le week-end.

Toutes les questions avaient été posées par Pelletier. Barry Charewicz, épuisé, s'était contenté de hocher la tête. Pendant l'interrogatoire, qui dura une heure, Pelletier éprouva un malaise indéfinissable. C'était difficile à expliquer, mais il trouvait que la veuve avait une attitude étrange. Elle venait tout juste d'apprendre la mort de son mari et elle manifestait une froideur inhabituelle dans ce genre de circonstances. Pas un instant elle n'avait perdu sa maîtrise, pleuré ou dévoilé une quelconque tristesse. Pelletier fut frappé par son air inquiet et sa nervosité ; Pam ne cessait de bouger les yeux, à gauche, à droite, au plafond, comme si elle cherchait quelque chose dans la pièce.

« Après tout, chacun vit à sa façon la perte d'un être cher ! » se dit l'inspecteur Pelletier.

Le 2 mai, les journalistes, les photographes et les équipes de télévision de Manchester commencèrent à envahir Derry. Ils voulaient tout savoir sur le crime et éclaircir les points manifestement obscurs de l'affaire.

Mark Myrdek, de la police d'Etat, avait chargé une demi-douzaine d'hommes de fouiller le secteur où l'on avait découvert le couteau et les boîtes à bijoux. Il espérait tomber sur un indice quelconque. Bouteilles de Coca, détritus, vieux papiers... il ne trouva rien d'intéressant, si ce n'est un gant de latex, encore humide de rosée. Myrdek l'examina puis le rejeta aussitôt en se disant qu'il provenait sûrement des laboratoires médicaux situés dans les immeubles en bordure du champ.

Pam et les policiers vécurent ce 1er et ce 2 mai comme un seul et interminable jour, entrecoupé (dans le meilleur des cas) de quelques brefs moments de sommeil.

Jackson, lui, dut faire face à ses tâches. Il renvoya ses inspecteurs chez eux à 3 h 30 du matin pour qu'ils dorment quelques heures mais resta au bureau afin de travailler en collaboration avec la police d'Etat.

Quant à Pamela, elle comprit bien vite que le veuvage avait ses obligations : contacter les pompes funèbres, choisir un cercueil et s'occuper de mille autres détails.

En cette fin de matinée, Jackson se trouvait sur le lieu du crime quand il entendit deux voitures se garer devant la maison. C'était Pam, accompagnée de parents et d'amis. Elle venait chercher quelques vêtements. Jackson lui dit qu'ils ne seraient pas autorisés à entrer avant la fin de l'après-midi.

Pam était curieuse de savoir comment se déroulait l'enquête. L'inspecteur avait-il une idée de ce qui avait pu se produire ?

Jackson répondit par deux ou trois banalités puis l'installa dans sa voiture pour lui poser quelques questions. En tant que capitaine, il évitait les interrogatoires poussés : il laissait cela à ses hommes. Mais dans les affaires importantes, il aimait avoir un contact personnel avec les acteurs du drame. C'était toujours mieux que la lecture aride d'un dossier.

Il lui demanda poliment comment elle supportait le choc avant de passer à des sujets plus intimes. Il ne fallait pas qu'elle s'offense mais il était contraint de lui poser des questions désagréables. Greg avait-il une maîtresse ? Elle, un amant ? Avaient-ils des problèmes d'argent ? Se droguaient-ils ?

Systématiquement, Pam répondit non.

Comme Pelletier, Jackson se demanda pourquoi la jeune femme restait aussi froide. « Greg était décédé depuis vingt-quatre heures ; généralement, quand on interroge une femme qui vient tout juste de perdre son mari, elle se met à pleurer ou manifeste une certaine émotion, même si cela ne dure que quelques secondes », dira-t-il.

Sur le coup, pourtant, Jackson fut moins étonné du calme de la veuve que de sa réaction lorsqu'il lui demanda de ne divulguer aucun détail aux médias – ce qui risquait de diminuer les chances de voir l'enquête aboutir.

– Ne dites pas de mal des médias, lui lança-t-elle. J'en fais partie, moi aussi !

En fait, ce n'était pas tout à fait exact. Après deux années d'études, elle avait obtenu un diplôme en communication de l'université de Floride. Elle rêvait d'être grand reporter mais après avoir épousé Greg, Pam s'était retrouvée au Centre d'études des médias et communication de Hampton où elle menait une vie régulière et sédentaire.

Son travail consistait à écrire des communiqués de presse, à prendre des photographies, à rédiger des articles sur une classe de gamins qui avaient construit un pont avec des cure-dents ou autres exploits de ce genre. Elle s'occupait aussi des achats de matériel pour le centre. De temps en temps, elle organisait des stages de formation pour apprendre aux élèves à s'en servir.

La réplique de Pamela laissa Jackson sans voix mais il l'oublia très vite. « Je me suis simplement dit que cette femme tentait de surmonter sa douleur à sa manière ; nous sommes habitués aux réactions les plus insolites. »

Comme il l'avait prévu, la police d'Etat termina son travail en fin d'après-midi. Jackson autorisa alors Pam et les parents de Greg à choisir les vêtements du mort pour les funérailles et à prendre quelques affaires.

Pour épargner la famille, une serviette avait été jetée sur la tache de sang maculant la moquette. A la grande surprise des policiers, Pam marcha carrément dessus. Un peu plus tard, elle se plaignit des relevés d'empreintes digitales qui avaient noirci le tissu de son canapé.

– Qui va les nettoyer ? demanda-t-elle à Jackson.

Les flics restèrent bouche bée.

Dans la chambre à coucher, elle choisit les vêtements qui habilleraient son mari dans sa dernière demeure. Jackson avait assisté à quelques scènes de ce genre au cours de sa carrière. Généralement, les proches du défunt s'attardaient devant la garde-robe du disparu, choisissant avec soin la cravate, la chemise qu'il avait aimées ou qui leur rappelaient des souvenirs chers.

Pam n'eut pas une seconde d'hésitation. « Elle ouvrit un tiroir et prit la première chemise qui lui tomba sous la main, rapporta plus tard Jackson. C'était du genre : "Bon, passez-moi un caleçon ! Parfait. Maintenant, une paire de chaussettes." Cela m'a beaucoup frappé. »

Bill Smart fit remarquer à Pam que rien n'allait ensemble. Finalement, ce fut lui qui composa la tenue de son fils. Quand ce fut terminé, Pam quitta la villa sans s'attarder une seconde de plus.

L'inspection des lieux prit fin.

L'affaire s'annonçait difficile.

Seul un voisin avait remarqué quelque chose d'insolite la nuit précédente. Paul Dacier, au 4D, avait entendu Greg rentrer chez lui vers 21 heures ; il avait cru reconnaître des bruits de pas, puis deux coups, distants de quelques minutes, à chaque fois comme un claquement de porte.

L'examen de la villa montrait en tout cas que le ou les agresseurs s'étaient introduits à l'intérieur soit par la porte-fenêtre de derrière, soit par la porte de la cave. Ni l'une ni l'autre ne semblaient avoir été forcées et elles n'étaient pas fermées à clé.

Sans doute s'étaient-ils enfuis par l'arrière : le plateau d'une table en verre, près de la porte-fenêtre, présentait un léger éclat, comme si quelqu'un l'avait heurté en courant.

L'autopsie fut effectuée par le médecin légiste Roger Fossum ; il déclara que Gregory était mort après avoir reçu une balle dans la tête. La balle, d'un calibre moyen, était entrée par le haut du crâne, légèrement sur la gauche. La mort avait dû être instantanée.

Fossum remarqua que le point d'impact n'était pas net mais déchiqueté. Il en conclut que le criminel avait tiré de très près – peut-être même son revolver touchait-il la tête de la victime. On ne retrouva pas de trace de poudre sur le crâne ; des fragments de plomb furent extraits de la peau, près de la blessure. Cela indiquait que la balle avait déchiré le cuir chevelu *avant* de pénétrer dans le cerveau. On ne trouva pas non plus d'éclaboussures de sang sur le mur ou près du corps.

On pouvait en déduire qu'un objet quelconque (coussin ou serviette, par exemple) avait été placé entre le canon du revolver et la tête de Gregory Smart. Pourquoi ? Etait-ce pour étouffer le bruit de la détonation ou dans une intention plus macabre ?

Tout aussi mystérieuse, la présence de la serviette bleue (que Pam avait prise pour un coussin) sur laquelle reposait la tête de Smart et qui cachait la blessure. Elle provenait visiblement de la salle de bains du premier étage. Les enquêteurs se demandèrent si le criminel, pris de remords, avait tenté de secourir Greg après avoir tiré ou si la victime était un maniaque de la propreté qui, consciemment ou inconsciemment, avait voulu éviter de tacher la moquette avec son sang.

Autre détail inexplicable : une serviette en papier blanc se trouvait par terre, à droite du corps ; une autre sous la jambe de Smart.

La maison, sens dessus dessous, semblait avoir été dévalisée. Près de la porte du living, divers objets avaient été entassés pour être rapidement emportés. La première hypothèse était que Greg avait surpris des cambrioleurs en pleine action. Cela dit, le premier étage avait moins souffert que le rez-de-chaussée, ce qui fit penser aux enquêteurs que les agresseurs étaient deux, l'un manifestement plus flegmatique que l'autre.

Il manquait un coussin noir sur un des lits : les criminels l'avaient vidé pour se servir de la housse comme d'un sac.

Pourtant quelque chose clochait dans cette traditionnelle scène de pillage. Lorsque le corps de Greg fut emporté vers 4 h 30 du matin, les policiers trouvèrent sous lui une bague en or ornée de trois diamants et, entre ses jambes, ses clés et son portefeuille. Si l'argent liquide avait été volé, aucune carte de crédit ne manquait.

Bref, la théorie selon laquelle Greg avait été assassiné après avoir surpris des cambrioleurs n'était pas tout à fait satisfaisante. D'abord, il semblait absurde qu'on soit venu de nuit dans une cité aussi peuplée, alors que tous les habitants la désertaient le jour pour aller travailler.

L'utilisation d'un revolver soulevait des questions : il est rare que des petits voleurs portent des armes à feu. Par ailleurs, un voleur professionnel n'aurait certainement pas laissé la bague et les cartes de crédit.

On savait que Greg aimait jouer. Il allait souvent passer la soirée au casino d'Atlantic City avec des amis. On songea à un règlement de comptes entre joueurs.

Une affaire de drogue n'était pas non plus exclue. Certains voisins en étaient persuadés. Les Smart organisaient souvent des fêtes au 4E et toutes sortes de gens – chevelus et habillés de façon excentrique – étaient invités. Des voisins s'étaient même plaints du bruit à l'association des propriétaires de la cité de Summerhill.

Pour la police, cette hypothèse était aussi valable qu'une autre, d'autant qu'on découvrit une cigarette de marijuana dans le 4 × 4 de Greg. Elle revint avec deux bergers allemands, Magnum et Wolf, chargés de renifler la villa et les environs. Les chiens ne trouvèrent rien de suspect.

Cela ne réussit pas à faire taire la rumeur. Channel 9 –

une chaîne télévisée de Manchester – annonça lors d'un point d'information que la drogue était le mobile du meurtre de Greg Smart. Les autres médias restèrent plus prudents. Ils se contentèrent de dire que l'hypothèse du cambriolage semblait douteuse et que, de toute manière, il était encore trop tôt pour se prononcer.

A l'évidence, l'affaire était excitante. D'abord, Greg avait été assassiné six jours avant son premier anniversaire de mariage ; ensuite son cadavre avait été découvert par sa jeune femme. Et puis, il était la victime idéale : un jeune homme charmant à qui on ne connaissait pas d'ennemis. Il travaillait avec son père à la société d'assurances Metropolitan Life.

Il aurait donné sa chemise, écrivit un reporter d'un quotidien de Manchester. *Voilà pourquoi l'affaire est si troublante. Greg Smart n'aurait pas fait de mal à une mouche.*

Paul Breault, le patron du service de Greg à Metropolitan Life, confia à un journaliste : *Greg était toujours disposé à aider les gens. Il avait un grand sens de l'humour et c'était un garçon qui avait toujours le sourire aux lèvres. Il mettait tout le monde de bonne humeur. Il était très amoureux de sa femme et très proche de son père.*

Le *Derry News* alla interviewer les parents de la veuve : *Selon John Wojas, le père de Pamela, sa fille a le cœur brisé mais elle supporte courageusement le choc.*

Le corps de Greg Smart était encore chaud lorsque Bill Spencer entra en scène. Fils d'une ancienne Miss America, il avait le physique type du présentateur de télévision. Il travaillait à Channel 9, où sa réputation de battant aux dents longues n'était plus à faire. Sa quête acharnée des faits divers les plus sordides, sa façon de braquer son micro sous le nez des suspects qu'on conduisait au tribunal irritaient visiblement la police locale.

A peine avait-il annoncé la nouvelle du meurtre que Spencer décida d'aller interviewer la veuve. Il redoutait un peu la rencontre, qui risquait d'être sinistre, mais cela plairait au public, il le savait. Il devait prendre rendez-vous dans l'après-midi.

Il était encore sur le plateau du journal télévisé, devant les caméras, quand un technicien lui fit un signe.

– Eh, Bill ! Pamela Smart au téléphone.

– Sans blague ! s'exclama Spencer, qui n'en croyait pas un mot.

Il décrocha en pensant qu'il s'agissait d'une plaisanterie. Mais au lieu du rire gras auquel il s'attendait, il entendit une voix de femme.

– Allô, Bill ? Ici Pamela Smart.

Elle appelait, disait-elle, à cause de cette rumeur persistante qui liait le meurtre de Greg à une affaire de drogue. Elle voulait absolument que l'on sache que c'était totalement absurde. Elle ajouta que la police ne souhaitait pas informer le public de ce qui s'était réellement passé dans la villa cette nuit-là. Mais *elle* désirait en parler.

Elle rencontra Spencer l'après-midi même à Windham. Pam trouvait que la mort de Greg était encore trop récente pour qu'elle puisse décemment lui accorder une interview à la télévision mais elle voulait bien que le cameraman prenne quelques images d'elle, sans le son.

Juste avant les funérailles, on vit donc la veuve parfaitement maquillée, vêtue d'une robe fuchsia (la couleur favorite de Greg, précisa-t-elle plus tard) affirmer que Greg avait surpris des cambrioleurs. La drogue n'avait rien à voir là-dedans.

La maison avait été dévalisée, les enceintes stéréo déposées près de la porte et ses bijoux volés.

– Je veux simplement qu'on sache la vérité, conclut-elle.

La veillée funèbre se déroula en deux temps : une cérémonie l'après-midi et une autre en soirée. Quand les amis entrèrent dans le hall du Peabody Funeral Home de Londonderry, ils furent surpris de voir le père de Greg en pleine dispute avec les Wojas.

– C'est mon fils, déclarait-il d'un ton solennel, et je veux que son cercueil soit ouvert.

– Mais Pam ne veut pas, répondit Linda Wojas. Elle a dit qu'elle n'entrerait pas si on voyait le corps.

Depuis la mort de Greg, les deux familles s'étaient opposées à plusieurs reprises. Les Smart et les Wojas (qui défendaient leur fille) avaient déjà eu des mots à propos du choix des vêtements du défunt, de la maison de pompes funèbres et du cimetière. Bill Smart n'appréciait pas du tout le cercueil en métal gris choisi par Pamela mais il avait laissé faire.

Cette dernière décision, prise sans le consulter, avait fait déborder le vase. Il était hors de lui et avait l'impression que Pam voulait tout régenter.

Le cercueil resterait ouvert. Pam ne fit pas d'esclandre. Elle annonça simplement qu'elle n'entrerait pas dans la salle tant qu'on ne l'aurait pas refermé.

Elle accueillit les gens qui se présentaient et reçut leurs condoléances. Plus tard, elle confia en s'amusant à ses amis qu'elle était impatiente d'en finir car elle trouvait insupportable d'être serrée par des centaines de bras, le nez enfoui dans des aisselles plus ou moins malodorantes.

– Essayez de me trouver une jolie épitaphe, disait-elle. Quelque chose qui frappe.

Le hall de la maison de pompes funèbres était rempli de couronnes somptueuses. Dans un coin, une pancarte invitait parents et amis à verser un peu d'argent pour une œuvre à la mémoire de Greg. Il ne s'agissait pas d'aider la recherche médicale ou une association caritative quelconque, comme on pouvait s'y attendre, mais de financer un cours sur la communication et les médias qui devait commencer le trimestre suivant au lycée Winnacunnet. Le projet avait été adopté par le conseil pédagogique du Centre 21 la nuit même où Greg était mort.

Et, bien entendu, ce cours serait fait par Pamela.

Greg fait entièrement partie de ma vie ; son souvenir m'accompagne quotidiennement, devait-elle expliquer à un journaliste quelques jours plus tard. *Ainsi, quand je ferai ce cours, ce sera comme s'il y participait d'une certaine façon. Pour moi, il était important de trouver quelque chose de positif qui nous sorte de cette affreuse tragédie.*

Ainsi, Greg Smart n'était-il plus, désormais, qu'un souvenir. Bien sûr, il avait coupé ses cheveux au moment d'entrer dans la compagnie d'assurances, mais tout le monde se souvenait de sa longue chevelure châtaine frôlant ses épaules, de son énergie infatigable, de sa bonne humeur, de son mode de vie fantaisiste.

Les amis du jeune homme n'arrivaient pas à accepter sa mort. Encore auraient-ils compris qu'il ait été emporté par un accident de voiture, mais une fin aussi absurde ! Pourquoi ? Eux, du moins, savaient que la drogue n'avait rien à voir dans l'histoire.

La seule explication était que Greg avait dû pousser un peu loin dans ses escapades à Atlantic City. Peut-être devait-il beaucoup d'argent à un personnage peu recommandable ? Le monde du jeu est si mystérieux pour un profane !

Trois élèves du lycée Winnacunnet, accompagnés d'une conseillère pédagogique, Barbara Kinsman, vinrent présenter leurs condoléances à Pam. Barbara Kinsman savait que Cecilia Pierce, Billy Flynn et Vance Lattime Jr (tout le monde l'appelait JR) étaient des élèves et amis de Pam. Elle avait pris l'initiative de les amener à Londonderry pour qu'ils puissent lui témoigner leur affection en ce moment douloureux.

C'étaient des adolescents comme tant d'autres. Billy avait seize ans, un regard rêveur et les cheveux aux épaules ; Cecilia, un peu trop grosse, pleine d'entrain, avait un an de moins que lui. Vance était âgé de dix-sept ans. Il était d'un calme imperturbable et portait des lunettes.

Pam avait fait leur connaissance l'automne précédent, lors de réunions d'orientation. Elle était très proche de Cecilia et de Billy avec lesquels elle avait travaillé durant quelques mois sur la préparation d'un petit film vidéo. En outre, Cecilia était sa stagiaire au Centre d'études des médias et communication. Vance était le meilleur ami de Billy et il connaissait aussi très bien Pam.

Pam eut l'air surprise de les voir et sembla très touchée de leur visite. Elle les remercia chaleureusement d'être venus.

– Viens, dit-elle à l'un de ses amis. Je voudrais te présenter des élèves de Winnacunnet.

Les adolescents bavardèrent un moment avec la veuve. Billy et JR allèrent s'agenouiller devant le cercueil, puis tous trois prirent congé.

Pam tint parole. Elle n'alla pas se recueillir devant le cercueil ouvert. D'ailleurs, qui aurait songé à blâmer la jeune femme de vouloir conserver de Greg une image plus gaie et vivante ?

Lorsque le cercueil fut refermé, Pam entra dans la salle. « Elle tremblait comme une feuille, se rappelle une de ses amies. Posant une main sur le cercueil, elle a dit une prière. Puis elle s'est agenouillée, a prié à nouveau et là, elle s'est complètement laissée aller. Elle pleurait et ne cessait de crier : "Pourquoi ?"

» Elle est restée dans cet état au moins dix ou quinze minutes. Il a fallu la relever et nous l'avons presque portée hors de la salle. »

Le soir, la cérémonie se poursuivit. Les parents de Greg déposèrent dans le cercueil une photographie de famille sur laquelle Greg avait encore les cheveux longs, un Polaroïd de sa petite nièce et sa casquette de base-ball.

Bill Smart glissa sa bague de saphirs au petit doigt de son fils ; Judy mit une des boucles d'oreilles qu'elle avait portées pour le mariage de Greg dans la poche de sa veste avec un petit bouquet offert par sa nièce.

Entre les mains du défunt, les Smart placèrent une photographie prise lors de son mariage : Greg et Pam souriant à la vie...

Cette nuit-là fut agitée pour tout le monde. Une des plus anciennes amies de Pam, Sonia Simon, avait pris trois jours de congé pour venir soutenir Pam dans cette épreuve. Elle vint loger chez les Wojas et coucha avec Pam dans le même lit.

« J'ai dormi avec elle dans sa chambre d'enfant, dit-elle. Elle pleurait dans son sommeil. Je crois qu'elle n'a pas dormi plus de quatre heures en trois jours. Elle ne cessait de bouger, de se retourner, d'avoir des cauchemars. Elle était hantée par la vision de son mari gisant à terre. Tout cela était atroce. Se retrouver veuve à vingt-deux ans, c'est inimaginable ! »

Chez les Smart, la situation était tout aussi atroce. Judy, la mère de Greg, ne put trouver le sommeil. La veille, elle avait été hospitalisée après sa crise de nerfs, et à sa sortie, le matin de la veillée, le psychiatre lui avait appris que la mort de Greg n'avait pas été provoquée par le chandelier mais par un coup de revolver.

Bien après minuit, Judy se releva. Elle ressentait le besoin d'aller se recueillir dans la villa de son fils, là où il avait vécu ses derniers instants. Doucement, elle descendit l'escalier. Dans le vestibule, elle fut arrêtée par son fils aîné, Ricky, et sa femme, qui campaient sur un matelas.

– Je vais faire un petit tour, leur dit-elle. Je ne peux pas dormir.

– Pas toute seule, répliqua Ricky. Nous allons avec toi.

Tous trois se dirigèrent vers Misty Morning Drive. Il n'y avait plus aucun policier sur le lieu du crime. Ils entrèrent sans encombre et montèrent au premier. Judy caressa mélancoliquement quelques objets qui avaient appartenu à Greg, contempla longuement une de ses photographies puis s'étendit sur son lit. Cela lui fit du bien.

Soudain, ils entendirent du bruit au rez-de-chaussée. Ils sursautèrent. Tous furent traversés par la même interrogation : le tueur de Greg revenait-il ?

Judy mit la main dans la poche de son pyjama et en sortit un couteau.

– Maman, s'écria Ricky, ébahi, où as-tu pris ça ?

– Ecoute, dit-elle d'une voix étrangement calme, s'il y a quelqu'un en bas, au moins nous saurons comment l'accueillir.

Mais il n'y avait personne. Il ne s'agissait que d'un bruit nocturne, inexplicable. Tout le monde respira. Quant à régler son compte au tueur de Greg, ce n'était pas encore l'heure.

L'enterrement eut lieu le vendredi après-midi. Plus de deux cents personnes prirent place dans l'église Saint-Thomas-d'Aquin de Derry. Une foule de journalistes et de photographes avait envahi la rue. Toute l'équipe de Channel 9 était, bien sûr, sur le pont. La police de Derry prit des photos de toutes les personnes présentes.

La messe débuta sur un incident désagréable : l'énorme couronne de roses que Pam avait achetée, ornée d'un ruban sur lequel on pouvait lire en lettres d'or : *Je t'aime, chéri*, se renversa au pied de l'autel. On ne sut si elle s'était effondrée toute seule ou si quelqu'un l'avait déséquilibrée en passant, toujours est-il que chacun eut le cœur serré en pensant à la douleur de la jeune veuve.

Le cercueil fut recouvert d'un linceul blanc orné d'une croix et le père Thomas Bresnahan commença par une bénédiction, avant de dire : « Qui aurait pu imaginer que nous nous retrouverions tous ici, aujourd'hui, unis dans la peine ? Oui, il est certain qu'une question hante tous les esprits : pourquoi ? Pourquoi Greg, qui aimait tant sa femme et avait accompli tant de choses dans sa courte vie nous a-t-il été enlevé ?

» Des drames comme celui-ci nous obligent à regarder en nous-mêmes. Oui, la vie de Greg a été abrégée, mais nous ne pleurons pas sur son destin. Nous pleurons sur le fils, l'époux, l'ami, le camarade qui nous a été enlevé.

» Greg maintenant ne connaît plus ni larmes, ni souffrances, ni douleur... Il restera vivant en nous. Il aurait célébré son premier anniversaire de mariage lundi. Pamela, désormais, doit honorer sa mémoire. »

Durant l'homélie du père Thomas, chacun se recueillit dans ses souvenirs et sa douleur personnels. Bill Smart ne garda pas de la messe un souvenir très précis mais quelque chose frappa sa mémoire : « A un moment, mes yeux se sont emplis de larmes ; ceux de Judy aussi. Tout le monde pleurait. Pam se tourna vers moi : "Tu leur as demandé une cérémonie en grande pompe ?" J'ai répondu que non, n'étant pas catholique. Alors Pam a murmuré d'un air irrité : "Je lui avais pourtant dit de faire court !" »

A la fin, soutenue par ses parents et sa sœur aînée Beth, Pam se leva. Elle paraissait défaite quand elle prit place dans la limousine qui l'attendait devant l'église. Pourtant, elle eut la présence d'esprit de remarquer l'équipe de Channel 9 parmi la foule des journalistes. Elle baissa la vitre de la voiture et attira l'attention du preneur de son, Steve Payment.

– Je veux juste dire que Greg était la personne la plus adorable que j'aie jamais connue.

Payment, les yeux pleins de larmes, se tourna vers Bill Spencer.

– C'était un bon ami à moi. Il ne méritait pas ça.

Le convoi funèbre se dirigea vers le cimetière de Forest Hills, à l'est de Derry. Un immense cercle de parents et d'amis s'était formé autour de la tombe. Ils écoutèrent avec recueillement les dernières prières, puis tous jetèrent une rose sur le cercueil. Pam et les Smart semblaient, pour une fois, unis dans la douleur.

A la fin de la cérémonie, les Smart et les Wojas regagnèrent leurs domiciles respectifs. La plupart des amis de Pam et de Greg suivirent la veuve à Windham.

Ce fut une triste réunion, pleine de douleur et de souffrance. Et il y avait chez ces jeunes gens, âgés de vingt à trente ans, une sorte de rage et de révolte contre le sort qui leur avait enlevé Greg aussi inexplicablement.

Pam était furieuse qu'on ne lui ait pas encore communiqué les résultats de l'autopsie. Elle avait appris que Greg écoutait la radio quand il avait été tué. Il y eut aussi beaucoup de récriminations contre les journalistes qui s'étaient groupés sans aucune pudeur devant l'église. Certains étaient même venus jusqu'au cimetière.

Pourtant, la première chose qu'on fit en arrivant à Windham fut d'allumer la télévision. Tout le monde voulait écouter les nouvelles locales pour savoir si l'enquête progressait.

– La police d'Etat analyse les empreintes digitales relevées dans la maison, conclut Jack Heath, un des journalistes de Channel 9. Il semblerait que plusieurs agresseurs soient impliqués dans cette affaire. Le jeune couple n'était pas mêlé à des affaires troubles ; aucune piste n'est ouverte de ce côté-là. Il faudra donc chercher ailleurs et cela risque d'être long et difficile.

2

Toute petite fille, déjà, Pamela Smart signait « Pam » et ne manquait jamais une occasion de se faire remarquer.

En mars 1991, elle y parvint de façon magistrale. Tous les journaux, les magazines et les télévisions des Etats-Unis parlèrent d'elle abondamment : Pam était le professeur qui avait poussé son jeune amant de quinze ans à tuer son mari.

Unanimement, les médias décrivirent Pam comme une femme « séduisante ». Cet adjectif vague et stéréotypé est peut-être le plus adapté pour définir son physique. Pam a le genre de beauté que l'on trouve chez d'innombrables jeunes femmes, dans les publicités ou les discothèques : joli minois, maquillage impeccable, longue chevelure aux boucles floues. Mais Pam Smart n'est certainement pas le type de femme qui tranche sur les autres.

Ses traits n'ont rien de marquant : des lèvres minces, un nez légèrement retroussé. Un journaliste écrivit qu'elle avait un « teint de porcelaine » ; un autre, « un visage de camée ». Tout cela revenait au même. Globalement, on la trouvait jolie.

Pendant le procès, ses qualités physiques et sa froideur étaient telles qu'on la surnomma « la princesse de glace ».

En réalité, ses ennemis comme ses amis s'accordent pour dire que c'est un être complexe, difficile à cerner, mû par des émotions et des sentiments beaucoup plus profonds que ne le laissent supposer ses traits réguliers et son impassibilité. Bien plus profonds, sans doute, qu'elle ne le supposait elle-même.

Pam est née à Miami, en Floride, le 16 août 1967, une date qui, selon elle, explique bien des choses : « Je suis typiquement Lion. Je fonce, j'aime attirer l'attention, je suis une extravertie. »

Elle est la seconde d'une famille de trois enfants : sa sœur Beth a six ans de plus qu'elle et son frère John (surnommé Jay) est son cadet de trois ans.

Sa mère Linda avait dix-huit ans quand elle épousa John Wojas, qui en avait vingt. Elle était sténographe ; il travaillait dans une imprimerie, mais petit à petit il avait gravi les échelons, jusqu'à occuper un poste important dans une compagnie d'aviation, Delta Airlines.

Durant le procès, on insista sur le fait que les Wojas avaient donné à leurs enfants l'éducation et les loisirs dont ils avaient été eux-mêmes privés dans leur jeunesse – cours de danse, de piano, de gymnastique, vacances. « Ils ont voyagé dans le monde entier, déclara John Wojas, et ils n'ont jamais manqué de rien. »

La famille vivait dans une banlieue aisée de Miami, à quelque quinze kilomètres du centre-ville. Les enfants fréquentaient l'école publique. Vers 1980, l'insécurité s'accrut : Miami devint le théâtre de crimes et d'émeutes de plus en plus nombreux et violents. Les Wojas jugèrent plus prudent de déménager.

Ils connaissaient le New Hampshire où ils allaient souvent passer l'été. Ils décidèrent de s'établir à Windham, une petite communauté de huit mille habitants au sud de Derry. La villa de huit pièces était très confortable, sans être luxueuse, et John pouvait se rendre facilement au Logan Airport de Boston par l'autoroute 93.

La famille allait passer l'été sur les bords du lac Winnisquam (New Hampshire) où elle possédait, depuis 1976, une résidence secondaire.

Pour Pam, Linda Wojas fut une mère attentive et aimante ; ses amis d'enfance se souviennent qu'elle les accueillait toujours très chaleureusement. En revanche, Pam s'entendait moins bien avec son père, souvent absent. Devenue adulte, elle se mit à le critiquer ouvertement et à manifester à son égard une grande animosité. « Elle n'a jamais été très proche de son père, dit Sonia Simon. Je crois qu'elle avait pour lui un certain mépris. »

Un autre ami de Pam relate une petite anecdote significative : un jour qu'ils devaient aller en voiture à Disneyland, Pam s'aperçut que ses pneus étaient trop usés pour faire une aussi longue route. Elle téléphona à son père pour lui demander s'il accepterait de lui payer des pneus neufs. Il refusa.

De son côté, John Wojas expliquait qu'il voulait que ses enfants apprennent à se battre dans la vie par leurs propres moyens. De fait, Pam commença dès l'âge de treize ans à faire des petits boulots pour gagner son argent de poche. « Je tenais à ce que mes gosses travaillent parce que moi, c'est par le travail que j'ai gagné tout ce que je possède aujourd'hui. C'était un principe d'éducation. »

Pam comprit la leçon. Elle s'accordait peu d'heures d'oisiveté. D'ailleurs, ses amis de l'époque ont fait remarquer qu'elle était presque trop sérieuse pour une enfant de cet âge. Ses placards étaient toujours en ordre, sa chambre soigneusement rangée et coquettement décorée. Adolescente, Pam n'affichait jamais de posters aux murs et l'on ne voyait pas traîner chez elle les gadgets qu'affectionnent habituellement les adolescents.

Pam ne fut jamais timide, ni modeste. Très vite, elle devint une des élèves les plus populaires du lycée Pinkerton de Derry, un établissement fréquenté par une majorité de Blancs, fils et filles de cadres ou de gros fermiers.

Toute jeune, Pam révéla des qualités d'organisatrice et de meneuse. Dès la seconde année, elle fut élue chef de classe et ce fut aussi une des rares filles dans l'histoire de Pinkerton à être chef de l'équipe de basket. Pam avait pour elle, outre de réelles qualités sportives, un enthousiasme et un dynamisme rares. Pendant toutes ses années de lycée, elle fut la meneuse des supportrices des équipes de football et de basket.

Sa gaieté (elle organisait parfois des farces qui faisaient crouler de rire tous les élèves) et son entrain ne l'empêchaient pas d'aimer rendre service. Elle aidait volontiers les gens dans la détresse : elle s'était portée volontaire pour faire la lecture à des bonnes sœurs âgées et elle s'était occupée avec dévouement de sa mère atteinte d'un cancer.

« Il me semble qu'au fond c'était une fille peu sûre d'elle, dit une ancienne amie. Elle ne pensait pas être meilleure qu'une autre mais elle faisait tout pour qu'on le pense. »

Une de ses camarades de classe nous a exprimé la même idée sous une autre forme : « Pam était une véritable énigme. C'était une fille intelligente, lutteuse, tenace mais on aurait dit qu'en elle grondait une colère sourde d'une grande violence. »

Adolescente, Pam était très jalouse de ses petits amis. Ses camarades sourient encore en se rappelant le jour où elle se précipita sur une nouvelle élève pour lui dire, en désignant du doigt son petit copain de l'époque :

« Je te préviens, celui-là est à moi. Pas touche ! »

Bien sûr, elle avait ses idoles. Sous une photo de classe de 1985, Pam écrivit que son rêve était de « danser toute la nuit avec David Lee Roth », le chanteur du groupe Van

Halen dont elle était une fan. Lors d'une soirée organisée à Pinkerton, Pam, Sonia Simon et d'autres s'étaient habillées comme les musiciens et chanteurs du groupe de rock. Pam tenait bien sûr le rôle de David Lee Roth et elles chantèrent en play-back la chanson *Unchained.*

Ce qui ne l'empêchait pas de travailler et de réussir dans ses études. Elle était indéniablement intelligente et douée d'une excellente mémoire. De plus, elle comprit très vite le fonctionnement du système scolaire. Comme le dit son père : « Pam était le genre de fille qui réussissait sans effort. Elle obtenait des A partout sans se fatiguer. »

On pouvait cependant lui reprocher son manque de respect envers les enseignants ou toute autre figure d'autorité. Elle s'évertuait à détourner sur elle l'attention de la classe. Par exemple, si un professeur organisait un débat sur un thème, elle s'arrangeait pour faire glisser la discussion sur un autre sujet – choisi par ses soins.

Pam fut une présidente active et populaire du comité des juniors de Pinkerton, mais elle dut abandonner ce rôle quand elle devint senior. L'administration du lycée la soupçonnait en effet de truquer habilement les élections à son profit, mais aussi de dérober de l'argent dans la caisse des élèves et des bouteilles d'alcool réservées aux festivités. Comme il ne s'agissait que de présomptions, aucune sanction ne fut prise mais l'administration avertit la mère de Pam. Elle accepta d'abandonner ses responsabilités au sein du comité des élèves pourvu que l'affaire ne soit pas ébruitée et que son dossier scolaire n'en porte aucune trace.

Pendant ses dernières années de lycée, l'image de Pam Smart commença à ressembler à celle qui fut si largement diffusée par les médias, après le meurtre de Greg. Elle se mit alors à afficher sans honte son goût du plaisir et sa liberté sexuelle.

On lui donna même le surnom de Seka, emprunté à une

star du cinéma pornographique. Pam, loin de s'en offusquer, signa de ce pseudonyme l'almanach scolaire.

Sa réputation s'accrut encore lorsque, la même année, elle devint la petite amie de Paul Reis, capitaine de l'équipe de football. Il régalait ses camarades d'histoires salaces prétendument tirées de sa relation avec Pam – y compris quand elle était présente. « Elle adorait ça, dit un de ses amis. Elle riait et trouvait ça drôle. »

Reis était un des garçons les plus populaires de l'école. On l'invitait à toutes les fêtes et il savait s'amuser, avec ou sans Pam. « Pour elle, notre histoire était sérieuse, confia-t-il plus tard, mais nous étions très jaloux de notre liberté. Jamais nous ne nous sommes reproché ce qui pouvait arriver quand nous n'étions pas ensemble. »

Seule Pam pouvait dire jusqu'à quel point les histoires circulant sur son compte dans les vestiaires des garçons étaient vraies.

Six ans après avoir quitté Pinkerton, quand Pam fit la une de tous les journaux, Paul Reis, devenu ingénieur des ponts et chaussées, confia à un journaliste de l'hebdomadaire *Globe* qu'il avait failli l'épouser à un moment où elle croyait être enceinte : *C'était une fille dissolue ; tout ce que nos parents nous interdisaient, nous le faisions.*

Leur relation dura de septembre à mai. Paul Reis lui annonça alors sans ménagement, sur le parking du lycée, que tout était fini entre eux. *J'en ai eu marre d'elle, tout simplement. C'est horrible à dire, mais j'étais comme ça à l'époque.*

Pam avait de nombreux copains au lycée, dont pas mal de « camés » et de « paumés », selon ses propres mots. Elle formait une petite bande indissociable avec Sonia (aujourd'hui Simon) et deux autres filles. Elles se surnommaient les *Little Dolls*. Adultes, elles continuèrent à se voir de temps en temps.

Pam avait rencontré Sonia lorsqu'elles étaient toutes deux étudiantes en deuxième année. Elle avait une personnalité moins forte, moins affirmée. Pam proposait, Sonia suivait. Elles passaient des après-midi entiers à se raconter des histoires de garçons et à échanger leurs rêves d'avenir dans les salons de thé ou les *McDonald's*. Elles étaient tellement inséparables qu'on les prenait souvent pour des sœurs.

Sonia, une brune au sourire chaleureux, est aujourd'hui comptable. Elle a épousé Chris Simon, un camionneur.

Sonia affirme que Pam ne s'est vraiment attachée qu'à trois ou quatre garçons pendant ses années de lycée.

« Quand elle aimait quelqu'un, elle se donnait à lui entièrement ; quand l'aventure se terminait, elle était très malheureuse, comme après sa rupture avec Paul Reis.

» Ce n'était pas le genre à lâcher les types. C'était toujours elle qui se faisait plaquer. Elle tombait de haut et avait beaucoup de mal à s'en remettre. Elle tenait vraiment à la personne avec qui elle sortait. »

Pam n'aimait pas beaucoup le climat du New Hampshire et regrettait la chaleur de sa Floride natale. « Je suis une fille du soleil », aimait-elle à répéter. Elle décida donc, en 1985, d'aller passer un semestre à l'université de Gainesville (Floride), où sa sœur faisait ses études de droit. De là, elle demanda son transfert pour la Florida State University de Tallahassee où il y avait une formation en « médias et communication ». Elle voulait être reporter de télévision.

Aux vacances de Noël suivantes, elle retrouva les froids du New Hampshire mais aussi Sonia et ses deux autres amies. Les choses avaient changé pendant son absence. Sonia venait de faire la connaissance de Chris Simon, son futur mari, et elle était beaucoup moins disponible. Elle fut remplacée dans le groupe par Terri Schnell, une vieille amie de Sonia.

Terri était aussi une lycéenne de Pinkerton, mais elle fréquentait une bande d'adolescents de Londonderry, à l'ouest de Derry. Elle voyait souvent ses copains au *Burger King.* C'est là qu'elle avait rencontré, en 1983, un garçon un peu plus âgé qu'elle, Greg Smart. Il venait juste d'achever ses années de lycée.

Très vite, Terri était devenue une des meilleures amies de Smart. Il la surnommait affectueusement « Girafe » à cause de sa taille, et elle l'appelait « Greggles ». Ils discutaient des heures entières. Elle lui avait même permis de lire son journal intime. Le dimanche matin, Greg venait chez les Schnell et Terri lui préparait son petit déjeuner.

Néanmoins leur relation restait purement amicale. Du reste, Smart ne semblait pas intéressé par les histoires d'amour. « Greg n'avait pas envie d'une petite amie fixe, dit Terri ; ce qu'il voulait surtout, c'était s'amuser. »

En cette fin d'année 1985, Terri annonça donc à ses copines de Pinkerton – Pam, Sonia et les autres – que Greg Smart organisait un réveillon chez lui, à Londonderry.

Les fêtes de Greg étaient légendaires. « C'était incroyable, se souvient Tom Parilla. Ses parents n'étaient pas là et il y avait des centaines de gens. On dansait comme des fous dans tous les coins, avec la musique à plein tube. »

L'alcool coulait à flots. On faisait circuler le plateau de cocaïne et les joints. Greg, avec son visage enfantin et ses cheveux longs, séduisait toutes les filles.

Il avait une réputation de tombeur. Un de ses copains, Ted Chappell, batteur d'un groupe rock local, déclara que pendant une de ces folles nuits chez les Smart, Greg réussit à faire l'amour avec trois filles successivement sans qu'aucune ne suppose l'existence d'une rivale. Terri soutint qu'en une autre occasion il poussa l'exploit jusqu'à quatre.

Le réveillon de Greg ne déçut personne. Il y avait de la nourriture, des alcools et de la cocaïne à profusion ; Motley Crue et Van Halen à fond dans les haut-parleurs. Greg, comme toujours, était l'âme de la soirée. Il passait d'une pièce à l'autre en dansant, coiffé d'un chapeau haut de forme.

Pam fut tout de suite attirée par la chevelure de Greg ; de plus, plusieurs choses dans son comportement lui rappelaient Paul Reis. Bien sûr, Greg était moins robuste et n'avait jamais été un champion sportif, mais tous deux étaient des meneurs, les héros de leurs cercles d'amis respectifs, fiers de leurs exploits avec les filles.

Greg fit des avances à Pam ; ils sortirent un peu ensemble pendant les vacances, allèrent au cinéma. Greg n'avait nullement l'intention de se fixer, ni de changer de mode de vie. De son côté, Pam retourna en Floride éperdument amoureuse de Greg.

Ils échangèrent quelques lettres, quelques coups de téléphone. Pam utilisa la compagnie de son père pour faire un saut en avion à Derry le jour de la Saint-Valentin. Elle revint voir Greg, qui travaillait à l'époque dans l'immobilier, pendant les petites vacances de printemps.

Greg avait alors une liaison avec une autre femme. « Il ne voulait rompre avec aucune des deux, raconte Pam. Il avait l'intention de continuer comme cela. Je lui ai dit : "C'est elle ou moi. Choisis." "O.K., à plus tard !" m'a-t-il répondu. J'ai aussitôt regretté de lui avoir parlé ainsi. »

Pourtant, en juin, leur relation prit un nouvel essor quand ils partirent en bande dans le Vermont pour fêter les dix-huit ans d'un ami. Il se passa alors quelque chose de fort entre eux. Pam et Greg ne devaient plus se quitter de tout l'été.

Pam était folle de Greg mais sa mère, Linda Wojas, montrait beaucoup moins d'enthousiasme. Quand elle vit le jeune homme pour la première fois, elle fut aussi frappée par ses longs cheveux, mais pas de la même manière que sa fille. Elle avoua plus tard ses réserves : « Je trouvais qu'il ressemblait à une fille ; ça ne me plaisait pas. »

Linda Wojas pensait que l'affaire se terminerait tôt ou tard mais, pour la première fois de sa vie, Greg Smart était amoureux. Pam retourna à Tallahassee pour entamer sa seconde année. Les notes de téléphone de Greg s'élevèrent à des chiffres astronomiques. Pam profitait des week-ends et des vacances pour revenir à Derry ; Greg fit le voyage en voiture jusqu'en Floride.

A la surprise de tous, il annonça bientôt qu'il voulait aller vivre en Floride pour ne pas être séparé de Pam. « Personne ne s'attendait à quelque chose d'aussi sérieux, confia Terri Schnell. Ils se voyaient presque tous les week-ends, mais ça ne lui suffisait plus. »

Le sérieux de l'affaire n'échappait pas non plus aux parents de Pam. Ils s'inquiétaient, craignant que la venue de Greg n'empêche leur fille de réussir ses examens. Mais Greg était déterminé.

Au début de l'année 1987, les Smart accompagnèrent leur fils jusqu'en Floride et l'aidèrent à trouver un appartement meublé. Ils payèrent la caution, le premier mois de loyer et lui offrirent des ustensiles de cuisine, un service de table et du linge de maison. L'heure de la séparation était venue. « Judy et moi avons pleuré pendant le voyage de retour », avoua Bill Smart.

Pam avait une chambre à l'université mais les deux amoureux se voyaient le plus souvent possible. Ils allaient danser ensemble ou écouter des concerts de hard rock. Ils partaient régulièrement en week-end.

Un jour, un ami de Greg, Brian Washburn, vint lui rendre visite à Tallahassee. Tous trois se rendirent à une immense fête organisée par les étudiants de l'université de

Floride. Il y avait quatre cents personnes et un orchestre. Soudain, la police fit une descente pour arrêter tous ceux qui étaient trop jeunes pour boire de l'alcool. Greg n'était pas concerné mais Pam, Brian et deux cents autres étudiants furent embarqués et conduits au poste.

Malgré tout, la réalité quotidienne n'était pas uniquement faite de plaisirs et de fêtes. Greg travaillait à temps partiel comme jardinier paysagiste et il acceptait tous les petits boulots qui se présentaient. Appliquant les recommandations paternelles, Pam ne se contentait pas de suivre ses cours à l'université : elle travailla comme employée de bureau à la Bourse du commerce de Floride, d'abord dans le bureau d'analyse économique, puis dans celui du cinéma. Elle était payée quatre dollars l'heure. Elle était aussi assistante stagiaire à Channel 6, une chaîne locale affiliée à CBS.

Cette activité, non rétribuée, l'initiait au monde de la télévision. Elle rédigeait quelques commentaires, s'occupait un peu de production et, de temps en temps, réalisait un reportage. Le travail lui plaisait, bien qu'il fût assez différent de ce qu'elle avait imaginé.

« Etre reporter n'est pas aussi prestigieux que ce que l'on croit. Parfois on vous appelle à 3 heures du matin pour couvrir un incendie et les salaires sont très bas. De plus, on est souvent très mal accueilli ; les gens ne veulent rien vous dire.

» On ne peut jamais rien programmer. On n'a rien à faire de toute la journée et puis, à 17 h 45, d'un seul coup, c'est le branle-bas de combat.

» Ça me plaisait par certains aspects, mais je n'étais pas sûre de vouloir faire ça toute ma vie. »

Le jeudi soir, Pam était disc-jockey à la station de radio de l'université, WVSS. Elle avait conçu un programme de deux heures qui devait lui rapporter des points pour ses examens de fin d'année. Elle l'avait intitulé *Metal Madness*. Pam adorait faire le disc-jockey et Greg l'aidait. Elle inondait ses auditeurs de musique hard rock : Van Halen, Aerosmith et Stryper.

Entre Pam et Greg, la relation se resserrait chaque jour davantage. Ils finirent par prendre un appartement ensemble. Greg mit ses parents dans la confidence. De son côté, Pam cacha soigneusement aux siens ce changement de situation. Elle sentait qu'ils auraient du mal à accepter et n'avait pas envie de se battre avec eux.

« A chaque fois que les Wojas venaient voir leur fille, raconte Tom Parilla, Greg prenait ses affaires et partait dormir chez un copain. »

Bientôt, Pam et Greg se mirent à songer au mariage. Ils allèrent chez un bijoutier pour regarder les bagues de fiançailles. Quand Greg réussit à mettre la somme nécessaire de côté, en économisant sur ses maigres salaires, il offrit à Pam le solitaire qu'elle avait remarqué. C'était une nuit de janvier 1988.

Pam en gardait un souvenir très précis.

« On me dit toujours que je sens comme un bébé parce que je passe mon temps à m'asperger de talc. J'en mets même avant d'aller me coucher. Je suis toujours parfumée et je déteste les mauvaises odeurs.

» Donc, je me talque à chaque fois que je sors de la douche. Un soir, je suis rentrée à la maison très énervée. J'avais eu une journée dure et j'étais d'une humeur de chien. Greg n'arrêtait pas de me dire : "Prends une douche ; ça te détendra."

» J'ai résisté, par pur esprit de contradiction, puis j'ai fini par l'écouter. Il avait mis la bague dans ma boîte à talc. Je suis sortie de la douche et, sous la houppette, j'ai vu l'écrin. "Qu'est-ce que c'est, Greg ?"

» Je n'en croyais pas mes yeux. J'ai éclaté en sanglots.

Greg me regardait en silence. Il n'a pas ouvert la bouche. Il ne m'a même pas dit : "Veux-tu m'épouser ?" ou un truc comme ça. "Bon, alors maintenant, tu vas me le demander !" lui ai-je dit. Il est resté muet. "Mets-toi à genoux, et demande-le-moi !" "Non, pas question !" Bon, finalement, j'ai dit : "O.K., je veux bien t'épouser", mais, en fait, on ne peut pas dire qu'il ait fait une vraie demande en mariage. »

Pam téléphona immédiatement à sa mère pour lui annoncer l'heureuse nouvelle. Linda Wojas commença par s'inquiéter. Sa fille était-elle enceinte ? Avait-elle l'intention de se présenter quand même à ses examens ? Quand Pam l'eut rassurée, elle se montra très heureuse. « Ne te réjouis pas trop ! » lui dit Pam assez mystérieusement.

Ce séjour en Floride l'avait subtilement transformée. Elle n'était plus la petite lycéenne au style net et pimpant. Pam avait laissé pousser ses cheveux, éclaircis par le soleil de Floride. Elle portait des tenues plus décontractées, plus à la mode.

Quant à Greg, il montrait enfin des signes de maturité. Il commençait à comprendre que s'il voulait avoir, comme son père, une jolie maison, un bateau et une vie agréable, il lui faudrait trouver un travail sérieux. Aussi, quand Mr Smart lui suggéra d'entrer dans sa compagnie d'assurances, il ne refusa pas. Sans doute n'était-ce pas très exaltant mais il serait bien payé et pourrait s'arranger pour avoir des horaires modulables.

Pam l'encouragea à préparer l'examen qui lui permettrait de travailler dans les assurances. Il le réussit. Rien ne s'opposait plus à ce qu'il entre comme stagiaire chez Metropolitan Life – si ce n'est un détail : il lui restait à couper ses cheveux.

« J'étais au café avec une amie, raconta Pam ; Greg est venu s'asseoir à côté de moi. Je lui ai lancé un coup d'œil puis je me suis remise à discuter avec ma copine. Je ne l'avais pas reconnu. Quand je me suis retournée, j'ai failli avoir une crise cardiaque. C'était incroyable, tellement ses cheveux étaient courts ! »

Insensiblement, les deux jeunes gens se préparaient à la vie de famille. Ils voulaient un chien. Pam avait envie d'un yorkshire mais Greg trouva un adorable chiot shih-tzu qu'il lui ramena un soir. Pam fondit en voyant la minuscule boule de poils qui tenait à peine sur ses pattes. Par la suite, elle répéta souvent que c'était le plus beau cadeau que Greg lui ait jamais fait. Pam était tellement folle de son chien qu'elle lui donna le nom de son groupe favori, Van Halen. Ainsi le shih-tzu fut-il baptisé Halen.

Entre les deux fiancés, le temps n'était pas toujours au beau fixe. En fait, ils étaient, par certains aspects de leur personnalité, trop semblables et trop narcissiques pour pouvoir s'entendre. Tous deux cherchaient à être le centre d'intérêt des autres ; tous deux avaient des caractères dominateurs.

Greg savait ce qui mettait Pam hors d'elle, et de temps en temps, il s'octroyait ce plaisir. Un jour, il l'abandonna en pleine tempête de neige à des kilomètres de chez eux, riant tout seul en l'imaginant en train de patauger dans la gadoue.

A d'autres moments, il se montrait plus subtil. Ainsi, quand elle lui cherchait manifestement querelle, il répondait avec indifférence : « Comme tu voudras », désamorçant toutes ses attaques. Comme le dit un ami de Greg, Brian Washburn, « ça la rendait folle de rage ».

Mais parfois il allait trop loin. Un soir, il se rendit avec Pam, Tom Parilla et sa fiancée dans un bar. Les deux garçons ne cessaient de faire des commentaires sur les serveuses vêtues de shorts roses et de T-shirts moulants. Au fur et à mesure que la soirée avançait et que les verres de bière se vidaient, les réflexions se faisaient de plus en plus provocantes. Pam, furieuse, se mit à injurier Greg. Elle aussi pouvait avoir la langue bien pendue.

Exaspéré par ses remarques, Greg lui cracha une gorgée de bière en plein visage. Le videur du bar se précipita sur Greg pour le jeter dehors tandis que Pam, muette de surprise, courait se nettoyer aux toilettes.

Pour ne pas rester sur ce pénible incident, Parilla persuada le videur de laisser revenir Greg dans l'établissement, en lui expliquant qu'il s'agissait d'un malentendu. Son ami se conduirait décemment, il s'en portait garant. L'autre accepta et Parilla téléphona à Greg, qui, entre-temps, était rentré chez lui.

« Il revint donc, raconta Tom Parilla. Pam était dans un état d'esprit conciliant mais le videur, en le voyant, ne put retenir un "pff !" méprisant. "Va te faire foutre !", marmonna Greg en passant près de lui. Le videur répliqua qu'on verrait bien qui irait se faire foutre, et le flanqua de nouveau à la porte. »

Au bout de trois ans, Pam, qui avait travaillé avec acharnement, obtint son diplôme avec mention très bien. Elle essaya alors de trouver un travail de reporter dans différentes chaînes de télévision et de radio, mais aucune ne retint sa candidature.

Greg, lui, était bien décidé à rentrer dans le New Hampshire. A la différence des Wojas, qui avaient toujours été très indépendants, les Smart formaient un clan et chaque individu tirait sa force de l'unité de la famille. Pour Greg, la séparation n'avait que trop duré. La compagnie d'assurances dans laquelle travaillait son père lui tendait les bras. De plus, il préférait le froid et les sports d'hiver à la chaleur de la Floride et aux divertissements balnéaires.

Face à sa détermination, Pam céda. Quand elle comprit

qu'elle ne trouverait pas de travail en Floride, elle se trouva face à un choix douloureux : ou bien sillonner le pays à la recherche d'un job, comme le faisaient tous les jeunes journalistes ambitieux, ou bien se marier et dire adieu à ses rêves. Il lui restait néanmoins un dernier espoir : la chaîne de télévision WMUR de Manchester. Sa demande de candidature resta sans réponse.

« Ce fut un gros coup dur, pour elle, rapporte Sonia Simon. Elle se demandait tout le temps si elle n'avait pas fait une erreur en préférant Greg à sa carrière. »

Pam revint donc chez ses parents à Windham. « Son choix me surprit beaucoup, rapporte Terri Schnell. Jusque-là, une seule chose semblait vraiment compter pour elle : travailler à la télé. Ses ambitions professionnelles étaient immenses. »

De retour dans le New Hampshire, Pam travailla un moment dans une agence d'intérim, puis la chance finit par lui sourire. L'académie de Hampton lui proposa de diriger le nouveau Centre 21 (étude des médias et communication). Il s'agissait de s'occuper d'administration et de gestion, de procéder aux achats de matériel et d'établir la liaison avec les établissements scolaires.

L'académie cherchait une personne dynamique, pleine d'initiative, capable de donner rapidement au centre une bonne réputation. Pam était la candidate rêvée : jeune, intelligente, énergique. L'équipe du bureau 21 de l'académie l'accueillit chaleureusement.

Grâce à ce travail, Pam surmonta l'amertume de son échec dans le journalisme. A peine sortie de l'université, elle avait déjà une secrétaire, un salaire confortable et une retraite que son père estimait aussi importante que la sienne. Elle était en quelque sorte son propre patron, organisait elle-même son travail et ses horaires tout en restant dans un secteur d'activité conforme à ses goûts.

De son côté, Greg avait commencé à travailler pour Metropolitan Life à Nashua, dans les bureaux de son père. Il avait de l'aisance, un certain bagout et un sourire qui mettait à l'aise les clients. Sous la houlette paternelle, il apprit très rapidement les ficelles du métier et devint, en quelques mois, un des espoirs de la compagnie.

De retour dans le New Hampshire, Pam et Greg vécurent plusieurs mois chez leurs parents respectifs, économisant ainsi pour leur installation commune. « Evidemment, mes parents me demandèrent un loyer, dit Pam. Ils étaient toujours attachés à leurs vieux principes d'éducation. » Quant aux parents de Greg, ils hébergeaient leur fils gratuitement.

Bientôt, les Smart déménagèrent pour une villa plus petite à Derry. En janvier 1989, Pam et Greg purent enfin louer, à cinq minutes à pied de chez eux, le 4E, Misty Morning Drive. Les jours passaient. Le 7 mai, date du mariage, approchait.

Leurs amis suivaient la même voie : Sonia s'était mariée avec Chris Simon ; les noces de Tom Parilla devaient avoir lieu une semaine après celles de Greg ; plusieurs de leurs proches s'étaient fiancés. Bref, se marier était dans le vent.

Greg et Parilla s'étaient promis d'être mutuellement garçon d'honneur et avaient décidé de fêter ensemble l'enterrement de leur vie de garçon. Les deux couples, en compagnie de leurs parents et amis respectifs, passèrent une joyeuse soirée dans une boîte de Manchester, le *Hanover House.* Tout le monde s'amusait de bonne grâce aux plaisanteries de rigueur en ce genre d'occasion et l'on se partagea un immense gâteau en forme de derrière féminin.

Après un an et demi de fiançailles, Greg et Pam se marièrent le 7 mai 1989 à l'église du Sacré-Cœur à Lowell, dans le Massachusetts. Ce fut une cérémonie grandiose avec deux cent vingt-cinq invités. Les familles n'avaient pas lésiné sur la dépense : le jeune couple parada dans une immense limousine pourvue d'un bar et contenant près d'une douzaine de personnes.

Le chauffeur conduisit Greg, Parilla et les Smart à l'église. Parilla lui demanda de s'arrêter pour acheter sept bouteilles de champagne : pendant tout le trajet jusqu'à Lowell, le champagne coula à flots. Greg arriva à l'église le nez rouge, comme à chaque fois qu'il buvait trop.

Tout se déroula à la perfection. Pam était ravissante dans sa robe blanche brodée de perles ; Greg portait un smoking gris. Ils formaient un beau couple.

La réception eut lieu dans les salons du *Pelham Inn*, à Pelham, dans le New Hampshire. On mangea, on but, on dansa. De nombreux amis de Greg s'étaient coiffés et habillés comme des chanteurs de rock. Ils mirent une folle ambiance et tout le monde garda un excellent souvenir du mariage.

Deux semaines plus tard, après avoir passé leur lune de miel aux Bermudes, Pam et Greg reçurent la visite de Judy Smart. Pam entraîna sa belle-mère dans la salle de bains, prétextant qu'elle voulait lui montrer quelque chose. Elle sortit de sa poche une pile de cartons : les réponses des invités aux faire-part de mariage. Sur chacun, elle avait minutieusement inscrit le cadeau ou la somme d'argent offerts par la personne.

« Elle a commencé par me montrer tous les cartons de sa famille, dit Judy Smart. "Mon oncle m'a fait un cadeau de trois cents dollars ; ma tante, un de cent dollars ; cet ami de Floride m'a donné cinq cents dollars..." J'étais de plus en plus irritée mais je ne voyais pas bien où elle voulait en venir. "Regardez, a-t-elle continué. Vos belles-sœurs et tous les gens de votre famille ont fait des cadeaux qui ne dépassent pas cinquante dollars ! Il fallait quand même que vous le sachiez. Votre tante n'a donné que trente dollars ! C'est grotesque ! Ça ne nous rembourse même pas le repas !" J'étais affreusement choquée. Jamais de ma vie je n'avais vu une telle mesquinerie. »

Evidemment, parents et amis se demandaient si l'union de Pam et de Greg serait durable. Leurs personnalités narcissiques, leur désir commun d'attirer l'attention provoquaient quelques éclats. Et puis, ils étaient très différents : Greg, bon vivant, prenait la vie comme elle venait, au jour le jour ; Pam, ambitieuse et organisée, avait besoin de se fixer des buts.

« C'était toujours elle qui décidait, raconte Brian Washburn. Greg, en un sens, s'en fichait. Il lui répondait généralement : "D'accord, comme tu voudras", et ça la mettait hors d'elle. »

En outre, ils n'appréciaient pas les mêmes choses. Greg aimait le sport – le ski en particulier – et les nuits au casino d'Atlantic City. Pam ne rêvait que d'aller à la mer pour se faire bronzer au soleil. Au début, elle fit preuve de bonne volonté. Pam accompagnait Greg et ses amis au ski ou à Atlantic City ; elle faisait du shopping avec les filles pendant que les hommes jouaient, puis ils se retrouvaient pour dîner.

En fait, en dehors de Sonia, Pam n'avait pas d'amis personnels. Elle fréquentait essentiellement ceux de Greg. « Je ne sais même pas qui elle voyait avant de rencontrer Greg », remarqua Washburn.

Pam était très jalouse de Greg. Terri Schnell, par exemple, resta l'amie du couple mais perdit toute intimité avec Greg. « Au début, je ne pouvais même pas le voir. Pam avait un problème de ce côté-là. »

Par ailleurs, Pam ne s'entendait guère avec les amis de Greg, et surtout pas avec les fortes individualités comme Tom Parilla. Elle préférait d'ordinaire être entourée de gens plus jeunes qu'elle, moins cultivés, qui l'admiraient. « Elle aimait dominer », résume une de ses anciennes amies.

En dépit de ces ombres, le mariage avait incontestablement ses points forts. Pour commencer, Mr et Mrs Gregory Smart n'avaient pas de soucis matériels : ils habitaient une jolie maison agréablement meublée, toujours très soignée et très propre (Greg avoua à sa mère qu'il adorait passer l'aspirateur). Le couple avait deux voitures : la Honda CRX de Pam ; le 4 × 4 Toyota de Greg. La première année, elle gagna vingt-quatre mille trois cents dollars et lui, près de quarante-deux mille dollars. Ils avaient réussi à économiser six mille dollars et songeaient à acheter bientôt une maison. Sans être riches, ils vivaient la vie aisée qu'ils connaissaient depuis leur enfance et l'avenir s'annonçait sans souci.

Les jeunes mariés s'entendaient bien avec leurs beaux-parents respectifs, mais les liens étaient plus étroits avec les Smart du fait de leur proximité – ce qui ne manquait pas de susciter la jalousie de Linda Wojas. Ils dînaient souvent ensemble et, le week-end, ils profitaient du yacht de Bill Smart sur le lac Winnispesaukke. Pam et Judy Smart s'inscrivirent ensemble à un cours d'aérobic. « J'y ai mis le temps, mais j'ai fini par m'attacher à Pam », confessa Judy.

De l'extérieur, tout semblait idyllique. *Je les enviais,* confia Beth, la sœur de Pam, à *Globe. Ils avaient une maison charmante, deux voitures, des jobs intéressants et ils savaient s'amuser. J'avais envie que cela m'arrive à moi aussi.*

Les intimes du couple savaient, eux, que le baromètre n'était pas toujours au beau fixe. D'abord Greg avait gardé sa déplorable habitude de cracher au visage de sa femme. « Je l'ai vu faire quelquefois, raconta Yvon Pellerin, un vieil ami de Greg. Nous étions tous ensemble, et comme elle l'asticotait, il lui a craché une gorgée de bière en pleine figure. Elle est partie furieuse, et nous a laissés seuls pour le reste de la soirée. Il n'était pas d'humeur à supporter ses sarcasmes. »

Mal à l'aise, Pellerin voulut discuter de l'incident avec Greg. « ''Laisse tomber, me dit-il. Allumons la télé et buvons une autre bière.'' Je crois qu'il voulait montrer qu'il était l'homme et qu'il n'avait pas l'intention de se laisser faire par sa femme. »

Les disputes ne duraient jamais très longtemps, en public du moins. Et Pam reconnaissait que son mari avait des côtés pénibles à supporter. Un jour, Terri Schnell vint la voir et lui raconta ses difficultés avec son petit ami. Pam compatit. Greg était aussi parfois bien difficile.

« S'ils mouraient, ça nous faciliterait la vie, tu ne crois pas ? avait dit Pam. Pas de divorce ni de tintouin ; le grand sommeil, tout simplement. »

Terri avait ri. Au fond, ce jour-là, elle n'était pas loin de penser la même chose.

[illegible] la garde. Il n'avait [illegible] l'humour [illegible]
[illegible]

[illegible] et [illegible] sans [illegible], [illegible] tous [illegible], [illegible] laisser [illegible]

[illegible] de [illegible] jamais très [illegible] et Paul [illegible] qu'[illegible] passé [illegible] En plus, [illegible] et [illegible] sans [illegible] [illegible] pas [illegible]

[illegible] ces [illegible] tout le temps [illegible] l'instant les affaires [illegible] [illegible]

[illegible] de vingt-huit [illegible] plus [illegible] et le plus [illegible] des [illegible] Berry. C'est [illegible] reste [illegible] que [illegible] place à la [illegible] l'équipe.

— Alors, comment avez-vous appris [illegible] le capitaine [illegible]

[illegible]

[illegible] nombre des déclarations officielles et l'hypothèse [illegible] que. En tout cas, Pelletier [illegible] pour [illegible] avait été [illegible] de sa [illegible]. Il travaillait [illegible] dans le port, mais n'avait son grade d'insp[illegible] plus d'un [illegible]. En ce court laps de temps, [illegible] s'occuper [illegible] de trois affaires importantes.

[illegible] le [illegible] l'organisation [illegible] sa [illegible] [illegible] [illegible] dans [illegible]

3

Comme tous ses collègues, l'inspecteur Dan Pelletier avait remis à plus tard les affaires courantes pour s'occuper exclusivement du dossier Smart.

Son bureau était encombré de piles de rapports. Pelletier commença par les trier. Agé de vingt-huit ans, il était le plus minutieux et le plus méthodique des inspecteurs de Derry. C'est, du reste, pour ces qualités que Jackson l'avait placé à la tête de l'équipe.

– Alors, comment avance ton affaire ? lui avait demandé le capitaine, quelques jours plus tôt.

– *Mon* affaire ? s'était étonné Pelletier.

C'était bien dans la manière de Jackson. Il détestait la pompe des déclarations officielles et l'hypocrisie hiérarchique. En tout cas, Pelletier (Danny pour ses camarades) avait été touché de sa confiance. Il travaillait depuis six ans dans la police mais n'avait son grade d'inspecteur que depuis deux ans. En ce court laps de temps, il n'avait eu à s'occuper que de trois affaires d'homicides.

Tout le monde, pourtant, avait pu apprécier son sens de l'organisation, sa finesse et sa patience. S'il devait, par exemple, enquêter dans une école, il commençait par aborder tranquillement le premier gosse venu. Il discutait d'abord de T-shirts ou de Tortues Ninja avant d'en venir à la raison de sa présence.

Il savait gagner la confiance des gens sans cacher qu'il était flic. Il en avait d'ailleurs le physique. Si Jackson pouvait éventuellement passer pour un propriétaire de bar, Pelletier, avec ses cheveux impeccablement coiffés en arrière, sa moustache soignée et sa façon de se tenir bien droit, représentait tout à fait la nouvelle génération de policiers américains.

Il avait commencé en 1984 en faisant des patrouilles dans les rues de Derry. Cela consistait la plupart du temps à pourchasser des gosses, à faire irruption dans les planques des petits délinquants et à s'interposer entre bandes rivales.

Depuis qu'il était inspecteur, il menait une vie plus agréable, travaillant de 9 heures du matin à 5 heures du soir. Lui et sa femme Robyn avaient une petite fille de six mois. Ces derniers jours, il ne l'avait pas vue beaucoup. Pour faire avancer l'affaire Smart, Pelletier ne lésinait pas sur les heures supplémentaires.

Outre sa formidable connaissance des dossiers, Pelletier avait l'avantage d'avoir rencontré la veuve. Lors de la veillée funèbre, il lui avait demandé la liste de tous ceux qui s'étaient rendus au 4E, Misty Morning Drive, durant le dernier mois, de manière à pouvoir classer les empreintes digitales.

Pam lui avait très aimablement fourni neuf noms : les parents de Greg, Tom et Heidi Parilla, Chris et Sonia Simon, Steve Payment, Yvon Pellerin, Rich LaFond. Tous, bien sûr, étaient de vieux amis du couple.

Le lendemain de l'enterrement, Pelletier l'avait revue pour qu'elle lui fournisse deux autres listes de noms : celle des invités du mariage et celle des gens présents aux funérailles. Non seulement Pam s'était empressée de le satisfaire mais elle lui avait aussi montré plusieurs choses qui pouvaient, selon elle, accélérer l'enquête.

Elle apporta à Pelletier un chandelier cabossé – apparemment celui qui se trouvait aux pieds du cadavre de son mari. Elle lui montra ensuite une entaille qu'elle avait découverte sur un mur de l'entrée et quelques taches sur la moquette qui n'existaient pas avant le drame.

Bien qu'elle soit désireuse d'aider la police, Pam était plutôt gênante. D'une part, les prétendus indices qu'elle avait signalés à Pelletier dataient d'après la fouille de la villa par la police d'Etat. D'autre part, ce qui était beaucoup plus grave, elle oubliait systématiquement sa promesse de ne rien révéler aux médias.

Chaque jour, Jackson entrait dans des rages folles en lisant les articles parus dans la presse. Il répéta à Pam que toute information divulguée par elle pouvait retarder l'enquête, voire l'empêcher d'aboutir. En désespoir de cause, Jackson alla voir son père, Mr Wojas, et le pria de convaincre Pam de se taire.

Rien n'y fit. Quelques jours après le meurtre, Pam avait minutieusement décrit aux journalistes la scène du crime, précisé qu'il n'y avait aucun témoin et donné la valeur des bijoux.

Les flics en avaient assez de suivre le déroulement de leur enquête dans le journal télévisé. Une semaine après la mort de Greg, Jackson donna l'ordre de ne plus rien révéler à Pam ni à sa famille.

Comme tout le monde, il avait d'abord mis cette curieuse inclination sur le compte de la douleur ; peut-être Pam cherchait-elle ainsi à oublier sa peine. Mais très vite, il apparut qu'elle aimait tout simplement faire parler d'elle. Pam avait toujours aimé qu'on s'intéresse à son cas. Les journalistes avaient été les premiers à s'en rendre compte, et bien entendu ils en profitaient. Le téléphone ne cessait de sonner chez les Wojas à Windham et presque toutes les demandes d'interviews étaient acceptées.

Diane Rietman, du *Telegraph* de Nashua, obtint la première interview deux jours après l'enterrement. L'article fut publié en première page le 7 mai, jour anniversaire du mariage de Pam et de Greg. Il s'intitulait : *Pour Pamela Smart, la vie doit continuer.* Rietman faisait le portrait d'une Pam héroïque qui, soutenue par la mémoire de son défunt mari, tentait de se ressaisir.

Nous étions heureux, confiait Pam aux lecteurs du *Telegraph, et nous ne voulions qu'une chose, être ensemble.*

La nuit du meurtre, elle se hâtait justement de rentrer car elle voulait annoncer à Greg la bonne nouvelle : son cours sur les médias avait été accepté. *Greg était au courant de tous mes projets et ils lui tenaient à cœur autant qu'à moi. Le matin, en partant, il m'avait souhaité bonne chance. Dans ma voiture, en rentrant, je brûlais d'impatience de le mettre au courant.*

J'ai la chance d'être entourée de nombreux amis et parents mais, en ce moment, je tire toute ma force de l'amour de Greg qui reste vivant en moi. Si cet horrible drame s'était abattu sur un de ses amis, Greg aurait été bouleversé mais cela ne l'aurait pas empêché de dire que la vie doit continuer.

Greg a toujours été très positif. Il savait que le destin frappe injustement mais il répétait qu'il faut s'efforcer de faire avec ce que l'on a. Il m'aide et il me soutient. C'est grâce à lui que je suis debout. La vie est si courte ; je n'en avais pas conscience mais maintenant je le sais. Si jamais un jour j'ai envie de faire quelque chose, je le ferai, sans une seconde d'hésitation. Je foncerai. Plus jamais je n'hésiterai. On ne sait pas ce que le sort vous réserve.

Dans toutes ses interviews, Pam répétait que Greg était mort parce qu'il avait surpris des cambrioleurs. *Greg n'avait aucun ennemi,* disait-elle dans le *Derry News, et, s'il en avait eu un, j'aurais tout de suite donné son nom à la police.*

Au journaliste du *Lawrence Eagle-Tribune,* elle précisa que le voleur devait être un drogué, *un type en manque à la recherche de quelques dollars.*

Lorsque Bill Spencer se présenta chez les Wojas pour interviewer Pam le jour anniversaire de son mariage, elle rejoua le rôle de la veuve courageuse soutenue par l'amour de son mari toujours vivant en elle.

Spencer avait quelques années de plus que Pam mais tous deux semblaient s'entendre comme larrons en foire. Leur passion pour la télévision et le journalisme les rapprochait, bien que Spencer ait été son rival : en effet quand Pam avait demandé à travailler à WMUR, elle n'avait reçu aucune réponse. En fait, la chaîne avait choisi Spencer, un reporter plus expérimenté qu'elle, qui sortait tout juste de l'université de Floride.

Vêtue d'une robe bleue, des anneaux d'argent aux oreilles, Pam, assise sur le divan du salon, caressait son shih-tzu. Spencer se souvient avoir été frappé par la froideur avec laquelle elle raconta sa triste histoire.

« Pamela Smart a tout de la *public relations,* dit-il plus tard. C'est bizarre, mais j'avais le sentiment qu'elle voulait exploiter le meurtre de son mari pour faire parler d'elle. »

Gros plan sur le visage impassible de Pam ; elle baisse les yeux sur son chien.

« Il y a un an aujourd'hui, je me suis réveillée en plein bonheur. C'était le jour le plus heureux de ma vie. L'avenir était à nous. Aujourd'hui, je suis seule. Je me demande parfois d'où je tire ma force. Je crois qu'elle me vient de l'intérieur... De Greg, d'une manière ou d'une autre. Qui sait ce qui se serait passé si cette affreuse tragédie était arrivée à un autre moment ? Peut-être valait-il mieux qu'il en soit ainsi.

» Si Greg vivait encore, il me dirait que dans la vie, on traverse des moments très difficiles mais qu'il ne faut jamais capituler. La complaisance est la pire des choses. Il faut avancer. »

Peut-être valait-il mieux qu'il en soit ainsi.

La complaisance est la pire des choses.

Il faut avancer.

Sur le coup, personne ne s'étonna de ces formules.

– Comment expliquez-vous que l'on ait choisi votre villa plutôt qu'une autre ? demanda Spencer.

– Je ne me l'explique pas vraiment. Peut-être parce qu'elle est située en bordure de la cité, non loin d'un champ, et qu'il n'y avait personne.

Spencer s'étonna de la collecte faite en la mémoire de Greg, curieusement destinée à financer son cours.

– Ainsi, son souvenir vivra en chacun de mes élèves.

Pam s'étonnait que les voisins n'aient pas entendu de coup de feu. Quelqu'un devait savoir quelque chose, elle en était sûre.

– J'espère que cette personne finira par se laisser guider par sa conscience et surmontera sa peur de parler.

Passant à un autre registre, la jeune et jolie veuve confia à la caméra, avec un petit sourire mélancolique, qu'elle venait de jeter la part de gâteau de mariage qu'elle avait soigneusement gardée au congélateur pour leur premier anniversaire de vie commune.

– Je ne peux m'empêcher de sourire, dit-elle, car je sais que Greg, là-haut, est content. Il trouvait ridicule que je conserve ce gâteau et voulait toujours le jeter à la poubelle.

Entre les interviews, Pam s'occupait de ses affaires. Elle choisit la pierre tombale de son mari défunt, une épaisse plaque de granit du New Hampshire. Elle y fit graver son nom, ses dates de naissance et de mort, ainsi qu'une rose avec l'épitaphe suivante : *Sa vie a su toucher les cœurs.* Pam s'était inspirée d'une carte de condoléances qu'elle avait reçue. « Je ne voulais surtout pas d'une épitaphe traditionnelle. J'avais envie de quelque chose qui vous réchauffe. »

Le lendemain de l'enterrement, Pam et les parents de Greg reçurent, sur le lieu du crime, un agent de Metropolitan Life. Le père de Greg avait fait jouer ses vingt-cinq ans de bons et loyaux services dans la compagnie pour accélérer la procédure. Pam avait demandé le remboursement des bijoux volés et des meubles abîmés par les relevés d'empreintes digitales.

Les Smart furent scandalisés par la manière dont elle marchait sur la serviette recouvrant la tache de sang laissée par Greg. Judy Smart ne pouvait regarder dans cette direction sans avoir l'impression de s'évanouir tandis que Pam entrait et sortait du living le plus naturellement du monde. « Elle s'affairait autour de cette serviette comme une mouche », raconta Judy Smart.

Pam n'alla pas travailler pendant quelque temps. Chez ses parents, elle reçut la visite de nombreux amis attentionnés qui restaient parfois la nuit pour ne pas la laisser seule. Mais, comme elle l'avait dit à la presse, la vie continuait. Au bout d'un mois, Pam en eut assez de vivre chez ses parents. Elle décida de chercher une autre villa à Hampton, près de son travail.

Elle fit aussi le tour des garagistes de la région ; elle voulait vendre sa Honda pour s'acheter une voiture un peu plus puissante. Elle trouverait le complément dans les cent quarante mille dollars promis par l'assurance.

Pam se remit à sortir le soir. Ses amis trouvaient tout à fait normal et positif que, deux semaines après la mort de Greg, elle les accompagne boire un verre au *Hanover House* ou écouter un concert de rock au *Joker*. Ça ne pouvait être que bénéfique pour elle.

Au cours d'une de ces soirées, Pam retrouva son ex-petit ami de lycée, Paul Reis. Il travaillait dans le bâtiment mais le soir, il continuait de se produire avec son groupe de rock dans des petits clubs. En le voyant, Pam cria de joie. Elle monta sur scène et se mit à danser. Quand Reis entonna le succès de Van Halen, *Dance the Night Away*, elle prit un micro et chanta avec lui.

« J'étais stupéfait, avoua Reis. Elle était dans une forme incroyable. » Quant au batteur du groupe, Joseph O'Leary, il n'apprécia pas du tout ce show improvisé. « D'abord, elle chantait comme un pied, confia-t-il plus tard. Je craignais que les clients de la boîte ne la prennent pour la chanteuse du groupe. Ensuite, je connaissais son histoire, et je ne sais pas pourquoi, son attitude m'a mis terriblement mal à l'aise. »

Au moment de partir, Pam donna à Reis son numéro de téléphone, l'invitant à passer chez elle. Il le lui promit. En fait, il ne la revit jamais.

Terri Schnell se souvient d'être souvent sortie avec Pam à cette période. « Un soir, le type avec lequel elle dansait l'a lâchée pour aller inviter une autre fille. Je me rappelle qu'elle a été horriblement vexée. Elle lui a demandé pourquoi il l'avait laissée en plan. Il a répondu par une grossière provocation et elle a éclaté en sanglots. »

Finalement, Pam trouva une maison convenable à Hampton. Une douzaine de personnes (des amis, sa mère et sa sœur Beth) vinrent au 4E, Misty Morning Drive, pour l'aider à emballer et à transporter quelques affaires avant la venue des déménageurs.

La villa était encore sens dessus dessous et la fatale serviette toujours étalée sur la moquette tachée à l'entrée du living. Tout le monde se mit à nettoyer et à ranger. Au premier, Pam distribuait ce dont elle ne voulait plus : l'humidificateur aux Parilla, une poupée pour la fille d'un ami et... les affaires de son mari.

Certains pensèrent que c'était la raison qui avait poussé Pam à les inviter car, en fait, il n'y avait rien de lourd à empaqueter. « Elle nous a donné tout ce qui appartenait à Greg », dit Ted Chappell.

A l'heure du déjeuner, tout le monde s'installa autour de la table du living pour se restaurer. On but des sodas, de la bière, on mangea des hot dogs et des hamburgers, on bavarda, on rit.

« Pam n'avait pas du tout l'air troublé de se retrouver dans la maison où elle avait vécu avec Greg. Elle mangeait et plaisantait de bon cœur. »

Chappell n'était pas le seul à s'étonner. Pam allait et venait dans la maison avec un entrain et un naturel qui surprirent Mary Jane Woodside.

– C'est bizarre, dit-elle à son mari. Si je t'avais trouvé là, sur la moquette, il aurait fallu dix hommes pour me forcer à rentrer dans cette maison. Et une fois dedans, ça m'aurait fait un drôle de choc !

Un voisin vint gentiment dire bonjour à Pam mais ce n'était pas Art Hugues. Celui qui était bravement entré dans la maison la nuit du meurtre au mépris du danger était écœuré par les déclarations de Pam : qu'elle puisse soupçonner ses voisins de cacher des informations à la police l'indignait.

« Je pouvais comprendre qu'elle en veuille à tout le monde, dit-il, mais elle aurait pu aussi reconnaître que nous avons tout fait pour l'aider, cette nuit-là. »

Pendant ce temps-là, l'enquête piétinait.

Les recherches allaient un peu dans tous les sens. Des photos des bijoux volés avaient été remises aux prêteurs sur gages et aux bijoutiers de l'Etat. Un des bijoux était particulièrement identifiable ; il s'agissait d'une chaîne en or appartenant à Greg avec un P en pendentif, gage d'amour envers Pamela.

Aucune piste n'était négligée. Un nommé Greg Smart appela la police en prétendant qu'il avait eu maille à partir avec des individus louches. Il était persuadé que le meurtre de Derry était une erreur et qu'il aurait dû, *lui*, partir les pieds devant.

Entre-temps, la police s'aperçut qu'un des voisins des Smart avait un casier judiciaire. On chercha aussi de ce côté-là.

Une bande armée de Noirs et de Latinos, trafiquants de drogue, avait été arrêtée à Fort Lee, New Jersey. Originaires du Massachusetts, ils étaient soupçonnés, entre autres crimes, d'un meurtre à Haverhill. Ils étaient en possession de plusieurs revolvers dont l'un aurait pu être l'arme qui avait tué Smart. La police de Derry travailla à reconstituer minutieusement leurs déplacements.

Elle trouva également, dans le carnet d'adresses des Smart, le téléphone d'une société d'intermédiaires qui s'occupait d'affaires de jeu, et qui était liée à des maffieux. Par ailleurs, les flics apprirent que peu de temps avant sa mort, Greg avait été invité à une immense fête où d'importantes quantités de drogue avaient été vendues.

Les inspecteurs retrouvèrent une ancienne petite amie de Greg. Quelques années auparavant, il l'avait mise enceinte et avait refusé de payer l'avortement. Le père de la fille, furieux, avait proféré des menaces.

On suivit toutes les pistes, sans résultat.

Le 14 mai, une femme téléphona au poste de Derry. Elle

prétendait détenir des informations sur le meurtre de Smart. On lui passa Dan Pelletier.

La femme semblait très nerveuse. Elle refusa de donner son nom car elle ne voulait pas être impliquée dans l'affaire mais elle avait entendu dire certaines choses intéressantes. D'après elle, l'assassinat du jeune homme n'avait rien à voir avec une histoire de cambriolage.

La femme de Greg Smart avait décidé de le tuer pour toucher l'argent de l'assurance. Elle avait mis au point toute une mise en scène. L'interlocutrice de Pelletier lui avoua qu'elle connaissait quelqu'un qui en savait beaucoup plus long ; c'était une mineure.

Pelletier craignait qu'elle ne raccroche. Il prit sa voix la plus neutre :

– Une mineure ?

– Elle a quinze ans.

– Bien.

– Elle est au courant de toute la combine.

– Est-ce une amie de Mrs Smart ?

– Oui. Je suis désolée, mais je ne vous dirai ni mon nom, ni mon adresse. En fait, je ne sais rien de précis. Ce sont des rumeurs qui me sont parvenues aux oreilles.

Elle finit par révéler le nom de la jeune fille :

– Cecilia Perkins. Non, corrigea-t-elle aussitôt, Cecilia Pierce.

La jeune fille, qui avait assisté à l'enterrement, habitait une ville côtière du New Hampshire, Seabrook.

Pelletier souhaitait qu'elle lui en dise davantage mais ne voulait surtout pas brusquer son informatrice anonyme.

– Je ne suis sûre de rien. Je vous le répète : je sais tout ça par ouï-dire. D'après ce que j'ai compris, Smart voulait l'argent de l'assurance ; on m'a même raconté qu'elle s'est déjà acheté une nouvelle voiture.

– Savez-vous depuis combien de temps elle préparait son coup ?

– Pas vraiment ; environ quatre ou cinq semaines.

L'inspecteur marchait sur une corde raide. Il aurait voulu tirer d'elle le maximum mais craignait de l'effrayer.

– Je... enfin, c'est simplement pour vous aider. Je tiens à rester en dehors de l'affaire.

– Je le comprends fort bien mais... dans la mesure où c'est sans doute notre unique conversation, j'aurais aimé vous poser d'autres questions.

– Humm... Ecoutez, si j'apprends autre chose, je vous téléphone.

– Entendu, répondit Pelletier. Mais, dites-moi...

– Je n'ai rien de plus à vous dire. Un homme a été tué et je n'aime pas ça ; c'est tout.

Elle raccrocha. Mais les quelques renseignements qu'elle avait fournis étaient inestimables.

Cecilia Pierce. Ce nom n'était pas inconnu. Lors d'un interrogatoire de routine, quelques jours après le meurtre, un des collègues de Pam avait signalé qu'une élève du lycée Winnacunnet, Cecilia, avait passé une semaine à Derry, chez les Smart.

La veuve avait oublié de le signaler quand Pelletier lui avait demandé la liste des gens venus chez elle durant le mois précédant la mort de Greg. Néanmoins, une semaine plus tard, quand les inspecteurs voulurent savoir quels étaient les amis communs du couple, elle avait parlé de Cecilia. Cecilia Pierce, une élève qu'elle avait prise comme stagiaire au Centre 21 et qu'elle avait rencontrée au cours d'une session de prévention contre la drogue et l'alcoolisme.

Pelletier n'avait plus qu'une chose à faire : se renseigner davantage sur Cecilia Pierce.

4

La petite ville côtière de Seabrook est tristement célèbre pour sa centrale nucléaire et son taux de chômage élevé. Excepté les pêcheurs, qui rapportent clams et langoustes, et les travailleurs de la centrale, ses habitants ont bien du mal à trouver un emploi. Quant aux jeunes, beaucoup n'achèvent pas leurs études secondaires.

Les quartiers sud de Seabrook sont les plus défavorisés. Les voitures de police, systématiquement bombardées de pierres, s'y aventurent avec précaution. Ceux qu'on surnomme les Seabrookers, ou plus simplement les « Brookers », enfermés dans leur misère, parlent un dialecte qui les isole encore davantage du reste du monde.

Au lycée Winnacunnet de Hampton, une plaisanterie circule : l'établissement se vante de n'être fréquenté par aucune minorité, excepté les « Seabrookers ». Il est vrai que les gosses de Seabrook forment un groupe bien à part. Ils déjeunent à la petite cafétéria du rez-de-chaussée alors que les autres élèves se retrouvent à la cantine du premier. Qu'ils soient rejetés par les autres ou qu'ils cultivent leur isolement ne change rien à la situation.

Les professeurs, pourtant, les aiment bien. A la différence des autres, ils savent être simples et se montrent très reconnaissants quand on leur témoigne un peu d'affection et d'intérêt. « Du point de vue de la discipline, je n'ai jamais eu de problèmes graves avec eux, dit un des enseignants du lycée Winnacunnet. Quand l'un d'eux a fait une bêtise, il l'avoue simplement : "Oui, c'est moi." Les gamins de Hampton, eux, racontent des histoires et cherchent par tous les moyens à éviter la punition. »

Mais peu de Seabrookers sont en mesure de faire de grands rêves d'avenir. La plupart quittent le lycée bien avant la dernière année. « C'est affreux. Nous ne voulons même pas imaginer ce que la vie leur réserve », avoue un ancien proviseur du lycée.

Le mobile home de Diane et de Vance Lattime stationnait sur un chemin de terre donnant sur Upper Collins Street, en plein Seabrook sud. Bordé d'un petit bois, l'endroit était idéal pour leur fils de dix-sept ans, JR, et ses amis. Le terrain était suffisamment grand pour que les adolescents s'amusent sans déranger les voisins. JR y bricolait des voitures – son passe-temps favori.

Diane et Vance aimaient l'animation, les cris, la musique. Plus on est de fous, plus on rit et puis, tant que leur fils était à la maison, il n'était pas ailleurs. Ils vivaient avec leur fille célibataire et son bébé et ils hébergeaient un copain de JR, Ralph Welch, qui préférait habiter chez les Lattime plutôt que dans sa maison familiale surpeuplée. Le fils aîné des Lattime travaillait à l'usine nucléaire ; marié, il habitait aussi Seabrook.

JR entamait sa deuxième année d'études au lycée Winnacunnet. Il avait rencontré au collège ses meilleurs copains, Ralph Welch et Patrick Randall, surnommé Pete. Ils étaient unis par une telle complicité qu'on les prenait pour des frères.

Le quatrième larron, Billy Flynn, n'était arrivé à Seabrook que trois ans plus tôt. Il venait de Californie. Lorsque ses parents s'étaient séparés, sa mère avait décidé de retourner dans son Massachusetts natal ; quelque temps plus tard, son père était mort dans un accident de voiture.

En moins d'un an, l'univers de Billy avait été complètement bouleversé. Le garçon, qui n'avait jamais été très communicatif, s'était replié sur lui-même. L'amitié de JR, de Ralph et de Pete l'avait beaucoup aidé.

Ces quatre-là étaient inséparables. Ils avaient des caractères très différents mais se complétaient bien. Et puis, ils aimaient la même musique : Van Halen, Motley Crue, et les autres groupes de *heavy metal* constituaient un fond sonore permanent chez les Lattime.

Ralph était le plus âgé. Musclé et robuste, c'était le plus fort, le plus prompt à se bagarrer. Ces derniers temps, il s'éloignait insensiblement des autres, préférant la compagnie de sa petite amie.

JR, qui portait des lunettes depuis l'âge de trois ans, avait un tempérament plus méditatif. Il dévorait les livres : il avait acheté les œuvres complètes d'Edgar Allan Poe avec ses propres économies. Il adorait aussi les voitures ; rien ne pouvait lui faire plus plaisir que de bricoler un moteur.

Quant à Pete, c'était manifestement le plus intelligent des quatre. Il aimait la lecture et les maths. Pourtant, il s'ennuyait au lycée. Il dut redoubler sa troisième. On l'inscrivit à des cours de rattrapage de crainte qu'il n'abandonne. C'était un beau garçon, toujours soigné mais capable d'une terrible violence. Ceux qui le connaissaient craignaient qu'il n'échoue un jour en prison.

Billy était un rêveur. Il aimait dessiner et apprit tout seul à jouer de la guitare électrique. Il était plus doux, plus tendre que les autres et ses yeux bruns se noyaient souvent de mélancolie. Il lui arrivait parfois, en parlant, de baisser la voix jusqu'au murmure, comme s'il se parlait à lui-même. Il avait aussi une tendance à la mythomanie et racontait pas mal d'histoires. Il affirmait, par exemple, avoir vingt-cinq millions de dollars sur un livret d'épargne, somme provenant de l'assurance-vie de son père, et qu'il toucherait à sa majorité. En fait, d'après sa mère, le livret ne contenait pas plus de vingt-cinq mille dollars.

Chez les Lattime, les adolescents se sentaient bien. Ils écoutaient leurs disques préférés, bricolaient un moteur ou une portière de voiture et s'amusaient avec le caméscope. Un petit film les montre en train de faire une course de saut à bicyclette sur une rampe fabriquée par leurs soins. On les voit s'envoler dans les airs puis retomber dans les buissons.

Les Lattime adoraient les garçons et leur faisaient confiance. Parfois, ils leur confiaient même Ryan, le bébé de leur fille. Un jour, Diane Lattime dut revenir en hâte parce qu'elle avait oublié quelque chose : la hi-fi hurlait si fort que la voix de Motley Crue faisait trembler tout le mobile home. Elle trouva les quatre garçons et le petit Ryan, âgé de deux ans, sautant comme des fous, le poing levé, et criant : « Crue ! Crue ! Crue ! »

Mais ce n'étaient pas des anges. Dans le voisinage, on les considérait comme des loubards. Ils s'étaient fait une réputation de petits délinquants, volant des motos ou des autoradios. Si dans les environs, quelqu'un oubliait de fermer sa voiture à clé, il avait peu de chances de la retrouver : la bande partait faire un tour avec le véhicule puis l'abandonnait quand elle en avait assez.

Aucun des quatre garçons ne s'intéressait aux études. L'école les ennuyait. Bien qu'ils soient très physiques (à l'exception de Billy), ils boudaient le sport. L'idée de s'inscrire dans un club ou de s'entraîner sérieusement avec les équipes du lycée les faisait éclater de rire.

Dans ce contexte, on se doute que ce n'est pas par excès de moralité que Billy et JR participèrent au stage de prévention contre la drogue et l'alcoolisme organisé dans le cadre scolaire et baptisé stage « Estime de soi ».

C'était une manière comme une autre de passer le temps et, surtout, un bon moyen de rencontrer des filles.

Billy Flynn fit la connaissance de Pamela Smart au cours d'une réunion préparatoire du stage « Estime de soi ». L'équipe pédagogique présenta aux élèves la jeune directrice du Centre d'études des médias et communication et le sang du jeune Billy ne fit qu'un tour. Il se tourna vers Lattime et lui chuchota à l'oreille :

– Je suis amoureux.

Billy ne fut pas le seul adolescent de quinze ans à succomber aux charmes de Pamela Smart. Durant ces réunions préparatoires, la plupart des garçons tournaient autour de la jolie animatrice.

Lors de la dernière séance préparatoire, chacun parla de soi sur un mode un peu plus intime, pour mieux se connaître et apprendre à travailler ensemble. C'est là que Billy apprit que Pamela était, comme lui, une fan de Van Halen et de Motley Crue. Mis en confiance, Billy lui raconta la mort de son père. L'événement l'avait beaucoup plus affecté qu'il ne le laissait ordinairement paraître. A l'issue de cette réunion, les enseignants organisèrent la répartition des divers groupes de travail. Chacun était constitué de quatre ou cinq élèves et d'un animateur. Billy s'arrangea pour être avec Pamela Smart.

Néanmoins, il ne paraissait pas prendre le stage très au sérieux. Il bavardait et plaisantait avec Lattime pendant les réunions et s'en moquait ouvertement dès qu'il mettait les pieds dehors.

Une seule chose l'intéressait : Pam. « Elle est super-sexy », répétait-il partout, et de clamer, avec une vantardise bien adolescente, son intention « de se la faire ». Petit à petit, Billy, accompagné d'un de ses camarades du stage, Tommy Sell, prit l'habitude d'aller voir Pamela dans son bureau du centre sous n'importe quel prétexte.

Entre-temps, quelqu'un d'autre s'attachait à l'animatrice du stage « Estime de soi » : Cecilia Pierce, surnommée Crit, une fille affable et communicative. Elle se trouvait trop grosse et en souffrait. Son complexe d'infériorité l'avait rendue susceptible. Elle ne cessait de s'indigner contre les affronts, réels ou imaginaires, qu'elle essuyait à Seabrook.

Dès le premier regard, Cecilia fut fascinée par Pam qui incarnait à ses yeux tout ce qu'elle désirait de la vie. A quinze ans, Cecilia avait toujours vécu à Seabrook. Ses parents avaient divorcé quand elle n'était qu'un bébé et sa mère, également prénommée Cecilia, s'était remariée avec Allen Eaton.

Sa mère et son beau-père étaient des gens simples, des ouvriers. La vie pour eux n'était pas facile. Ils travaillaient d'arrache-pied pour payer les factures et nourrir Cecilia et sa jeune sœur. Embourbés dans un quotidien misérable, les Eaton ne pouvaient offrir à leurs filles l'image de gens beaux, élégants, cultivés.

Or, c'était justement ce que Pamela représentait. Elle était séduisante, pleine d'énergie et prêtait toujours à Cecilia une oreille attentive.

Petit à petit, comme Billy, Cecilia s'attacha à Pam mais, à la différence du garçon, elle prit le stage très au sérieux. Il fallut peu de temps pour que l'élève et l'animatrice deviennent amies. Cecilia manifestait un grand intérêt pour le travail de Pam et évoqua un jour son envie de devenir journaliste. Pam proposa de la prendre comme stagiaire au Centre 21.

La jeune fille accepta l'idée avec enthousiasme. Elle commença son stage en novembre. Elle venait voir Pam dans son bureau deux fois par jour ; elle tapait ou photocopiait des textes et se chargeait de mille menus travaux.

Pam devint pour Cecilia à la fois une grande sœur, une confidente, un modèle. Cecilia lui était reconnaissante de la traiter avec la gentillesse et l'affection qui lui manquaient si cruellement ailleurs. Pour son anniversaire, Pam lui offrit des cassettes. La jeune femme se montrait chaleureuse, l'embrassait, la serrait dans ses bras. Enfin et surtout, Pam reconnaissait volontiers ses torts et regrettait ses mouvements d'humeur.

« Jamais mes meilleures amies ne s'étaient excusées de quoi que ce soit, confia Cecilia. C'était toujours à moi de faire le premier pas. Avec Pam, c'était totalement différent. Si nous n'étions pas d'accord, elle disait : ''Cecilia, ne m'en veux pas, mais vraiment je crois que tu te trompes. Surtout, ne le prends pas mal. Je serais désolée qu'on se fâche pour ça !'' et moi, je n'en revenais pas. Quoi, cette fille avait vingt-deux ans et c'était *elle* qui mettait des gants ! »

Depuis cinq ans, l'université de Floride sponsorisait un concours pour les lycées. Il s'agissait de réaliser un film publicitaire sur la valeur nutritionnelle du jus d'orange. Les prix étaient nombreux, dont un voyage à Disneyland.

Au lycée Winnacunnet, le concours n'avait jamais suscité un grand enthousiasme. A peine connaissait-on son existence. Un jour de décembre, Cecilia vit traîner un prospectus sur le bureau de Pam. Toutes deux pensèrent qu'il serait amusant d'y participer.

Pam se chargea d'obtenir l'autorisation administrative du

lycée. Cecilia en parla à sa meilleure amie, Karen Crowley. Celle-ci, un peu dépitée de voir sa copine s'éloigner d'elle à cause de Pam, commença par bouder le projet mais elle finit par se laisser convaincre.

En janvier, seuls trois élèves s'étaient inscrits : Billy, Cecilia et Karen. Les copains de Billy et de Karen s'étaient défilés. Pam, qui n'aimait pas capituler, fit appel à Tracy Collins, une fille de son âge qui sortait avec Brian Washburn, un ami de Greg.

Ainsi, le groupe fut constitué. Ils décidèrent d'écrire et de jouer différentes scènes. Il s'agissait d'illustrer le rôle du jus d'orange dans la vie de l'homme, depuis l'âge des cavernes jusqu'aux temps modernes ; les thèmes devaient être repris dans des chansons au rythme de rap.

Durant l'hiver, Pam et les jeunes gens se rencontrèrent presque tous les samedis après-midi. Les réunions duraient plusieurs heures. Pam était évidemment l'âme du projet. Elle s'occupait des adolescents, les dorlotait quand elle sentait fléchir leur intérêt et leur insufflait un esprit de compétition.

Billy faisait le cameraman. Il préférait mille fois être derrière la caméra que devant ; il n'avait aucun goût pour la comédie, surtout s'il s'agissait d'incarner un homme des cavernes, rôle qui ne l'amusait pas du tout. Le maniement de la caméra constituait, à ses yeux, une activité beaucoup plus digne.

Néanmoins, il fit, sans enthousiasme, une petite apparition à l'image : on le voit décharger des paniers de fruits dans une scène censée représenter le dynamisme et l'endurance de la jeunesse contemporaine. Il avait aussi un petit texte à dire en voix off : « Oui, les temps ont changé, mais les hommes ont toujours envie de boire le délicieux jus d'orange de Floride. Aujourd'hui, grâce à la technologie moderne, sa fabrication est beaucoup plus simple et il garde toute sa valeur nutritionnelle. »

Pour se déplacer, l'équipe avait à sa disposition la camionnette du lycée. Pam choisit trois lieux de tournage : la plage, la maison de la grand-mère de Cecilia et l'appartement de la mère de Billy.

Celle-ci, Elaine Flynn, se souvint du jour où son fils débarqua avec les autres. C'était la première fois qu'elle rencontrait Pam. « Ah, me suis-je dit en la voyant, maintenant je comprends pourquoi Billy travaille avec tant d'acharnement à ce film ! »

Tout le monde apparaît à l'écran à un moment ou à un autre. Pam fut une participante active. La grand-mère de Cecilia fut sidérée de la voir, pendant une journée glaciale d'hiver, sortir de la salle de bains nue, uniquement drapée dans un tissu à motifs léopard, pour jouer son rôle de femme des cavernes. Dans ce film, Pam a l'air presque aussi jeune que ses élèves. On la voit ramasser du bois et laver son linge sur les berges d'une rivière avec un entrain qu'il faut sans doute attribuer aux vertus de la vitamine C.

Une fois les paroles des chansons écrites et enregistrées, Billy, qui était inscrit à un cours de musique, se servit du studio d'enregistrement pour mixer les chants et les rythmiques rap choisies par le groupe.

Le film dure un peu plus de deux minutes et demie. Pam écrivit pour le journal du Centre d'études une lettre d'information relatant la préparation et le tournage, avec une photo prise dans la régie. On y voit Billy et Cecilia à la table de mixage.

Le groupe ne fut pas récompensé de ses efforts : son film ne gagna aucun prix. En revanche ce travail de trois mois modifia sensiblement les relations de Pam et des adolescents. Au début, la monitrice était réellement mue par le désir d'être constructive, avec le temps les rapports prirent une tournure bien différente.

Il est intéressant de noter que les jeunes gens, trop fascinés par Pam, ne s'étaient pas vraiment rapprochés les uns des autres. A la différence des autres adultes, Pam ne jouait ni au professeur ni à la mère. Elle parlait leur langage, aimait la même musique et les amusait en leur racontant ses expériences de disc-jockey.

Quand la journée de travail était finie, elle les amenait faire un tour à la plage ou prendre un verre quelque part. Elle alla même danser avec eux à Salisbury, dans une boîte pour jeunes où l'alcool était interdit. En fait, Pam refusait d'assumer l'image de l'autorité. A bien des égards, elle se conduisait, comme eux, en adolescente – plus sûre d'elle, évidemment, et plus respectée. Tous les élèves du lycée Winnacunnet rêvaient de l'avoir pour amie.

Et Cecilia Pierce n'était pas peu fière d'y être arrivée. Sa relation privilégiée avec la jeune et jolie enseignante la rendait même jalouse et possessive. Cecilia n'aurait pas cédé pour un empire sa place à l'avant de la camionnette, près de Pam.

Son attachement pour Pam l'éloigna de plus en plus de sa vieille amie Karen. Lorsque celle-ci émit le souhait de devenir, comme elle, stagiaire au Centre d'études des médias et communication, Cecilia entra dans une rage folle. Elle craignait, au fond, que Karen ne lui vole l'affection de Pam.

Il est vrai qu'elle n'avait jamais rencontré de fille aussi jolie, intelligente et sûre de soi. Le simple fait d'être vue aux côtés de Pam donnait à Cecilia cette confiance en elle qui lui avait toujours manqué. Durant leurs sorties, Pam payait tout (repas, rafraîchissements, etc.) et lui laissait volontiers le volant de sa Honda pour l'habituer à conduire avant de passer son permis.

Cette amitié passionnée parvint à troubler la vie familiale de la jeune fille. Cecilia trouvait sa mère ridiculement sévère et autoritaire par rapport à Pam, tellement jeune, sympathique et amusante. Les désirs de Pam étaient des ordres. Cecilia se mettait en quatre pour elle, fût-ce contre la volonté de sa mère. Elle accourait au moindre coup de fil de Pam.

« Plus leur relation s'affirmait, plus j'étais inquiète, avoua Mrs Eaton. Il fallait que je me batte avec ma fille pour lui rappeler que c'était moi sa mère, et non Pam. »

Cecilia rapportait de l'école des notes de plus en plus mauvaises. Passant tout son temps au Centre 21, elle négligeait son travail scolaire. Mrs Eaton prit rendez-vous avec le professeur principal de sa fille pour discuter avec lui du problème. « Oui, je l'avais remarqué », répondit-il laconiquement quand elle lui parla de l'engouement de Cecilia pour la monitrice, mais l'entrevue n'eut pas de suite.

Billy Flynn, lui aussi, avait changé ses habitudes pour être le plus souvent possible avec Pam. Malgré son blouson de cuir, sa mèche agressive et sa boucle d'oreille, Billy n'était pas un dur. Il aurait fait n'importe quoi pour être agréable à la monitrice et se comportait en vrai chevalier servant : il l'aidait à transporter colis, caisses, matériel vidéo ; si elle avait froid, il lui prêtait sa veste.

A l'école, Billy était un garçon tellement silencieux que ses maîtres se plaignaient de ne rien savoir sur lui. Il avait confié à l'infirmière qu'il souffrait de maux de tête persistants depuis un accident de skate. Il s'était accroché à l'arrière d'un camion pour remonter une rue, avait perdu l'équilibre et était tombé sur la tête. La chute avait été suivie d'un court coma de quelques minutes et d'une perte totale de mémoire pendant vingt-quatre heures.

A part cet accident, à Winnacunnet, on ne savait pas grand-chose de sa vie. Il faut dire qu'elle n'était pas brillante. Billy vivait avec sa mère Elaine et ses deux jeunes frères, Jimmy et Larry, dans un appartement près de Seabrook Beach.

Il avait quinze ans, l'âge difficile. Autant il était silencieux et renfermé à l'extérieur, autant il se laissait aller à de terribles colères à la maison.

Elaine Flynn, veuve d'une quarantaine d'années, s'exprime d'une voix douce et posée. Elle est employée de bureau dans une agence de mannequins où elle aurait fort bien pu, dans sa jeunesse, venir chercher du travail. C'est encore une belle femme.

Pour Elaine, la violence de son fils manifestait simplement son incapacité à communiquer, le poids intolérable de la solitude dans laquelle il s'était enfermé depuis si longtemps. A la maison, Billy se mettait dans tous ses états pour un rien, la moindre difficulté le submergeait. Cette nature double en faisait un être complexe, difficile à comprendre et à aider.

« Au-dehors, les gens étaient sensibles à sa politesse et à sa douceur. C'était l'aspect de sa personnalité qu'il mettait en avant quand il voulait faire bonne impression. A la maison, il écumait de rage ; il savait qu'il n'avait pas à jouer la comédie et qu'il pouvait l'exprimer.

» En fait, quand quelque chose n'allait pas, ça se voyait tout de suite. Il se mettait à frémir et à trembler comme un volcan juste avant l'éruption. »

Elaine ne savait pas trop comment s'y prendre avec ce fils difficile. Il lui arrivait de demander conseil à des parents ou amis, surtout lorsqu'il créait des problèmes avec ses autres enfants. « Quand il était plus jeune, tout le monde me disait : "Fous-lui une bonne raclée !" ; plus tard, c'est devenu : "Mène-lui la vie dure jusqu'à ce qu'il comprenne ;

ne capitule pas.'' Mais cela m'était impossible. Je ne pouvais supporter de le voir dans ces états-là. Donc, en général, je faisais en sorte qu'il se calme. Le plus important pour moi était de retrouver la paix, quel que soit le prix à payer. »

Elaine, sortie du lycée en 1969, voulait être mannequin. Durant l'été 1970, à New York, elle rencontra William Flynn, que tout le monde appelait Bill.

Flynn était un homme intelligent, « un intellectuel », dit Elaine, mais très perméable aux modes de l'époque. Il portait les cheveux longs, circulait en moto et prenait volontiers des drogues. Après le lycée, il avait fait son service militaire avec l'intention de s'inscrire ensuite à l'université.

Elaine devait rendre visite à sa sœur en Californie. Bill lui proposa de l'accompagner. Ils firent le voyage dans une vieille Dodge. Arrivés à destination, ils cherchèrent un appartement pour vivre ensemble.

Ils se marièrent environ deux ans plus tard et vécurent dans des endroits divers, depuis San Gabriel Valley jusqu'au désert. Flynn abandonna son image de hippie, endossa le complet-cravate, et, comme son père, devint représentant dans le secteur automobile. Il avait l'intention de s'associer avec son beau-frère pour diriger un point de vente automobile. Quant à Elaine, elle était infirmière dans une maison de convalescence.

Le couple était marié depuis un an quand Elaine eut une sorte d'illumination mystique. Retrouvant soudain la foi chrétienne, elle décida de changer totalement de vie, de ne plus jamais jurer ni fumer de marijuana.

Cette conversion ne plut pas du tout à son mari. Il ne pouvait se passer de boire, de fumer et de sniffer de la cocaïne. Les nouveaux principes d'Elaine étaient une source constante de discorde. Les disputes se faisaient de plus en plus violentes. Alors qu'Elaine était enceinte de six mois (c'était leur premier enfant), Bill s'emporta jusqu'à la mettre à la porte.

Elaine alla se réfugier chez sa sœur sans dire à son mari où elle était. La veille de l'accouchement, le téléphone sonna. Bill avait fini par la retrouver. Il hurlait de rage. Comment avait-elle pu lui faire un coup pareil ?

Fou furieux, il débarqua bientôt chez la sœur d'Elaine. En voyant sa femme, il mit la main à sa poche, comme pour en sortir un revolver. Elaine poussa un cri, qu'elle pensait être le dernier de sa vie. Mais quand elle rouvrit les yeux, elle vit le doigt de son mari pointé vers elle comme un revolver en un geste enfantin. Il lui souriait, amusé.

Leur fils, William Patrick Flynn, naquit le lendemain, le 12 mars 1974, mais cette naissance n'apaisa pas les choses. Elaine et Bill ne cessaient de se disputer à propos de l'enfant et tous deux avaient des vues totalement différentes sur l'éducation qu'il convenait de lui donner.

Bill était un père trop exigeant qui attendait toujours de son fils une attitude parfaite. « Bill ne l'a jamais traité comme un enfant », dit Elaine. Elle se souvient d'une anecdote quand Billy avait trois ans. Flynn avait décidé de laver la voiture avec le petit garçon. Cela aurait pu être amusant mais ce fut un véritable calvaire pour toute la famille. Comme le petit garçon qu'il était, Bill agitait son chiffon de manière désordonnée sur la vitre, ce qui laissait évidemment des traces. « Pour son père, c'était inacceptable, raconte Elaine. Il a laissé le môme là pendant des heures, en lui disant qu'il ne rentrerait que lorsque la vitre serait impeccable. »

Bill était inscrit à l'école primaire paroissiale. L'instituteur fit savoir aux Flynn que le petit Bill, alors âgé de six ans, formait mal ses lettres et ses chiffres. Son père se chargea de lui faire écrire l'alphabet et les dix premiers nombres. L'enfant lui présenta sa page, une fois terminée, mais le père n'en fut pas satisfait. Encore et encore, il la lui fit recommencer. Neuf fois, dix fois, onze fois... Finalement, la leçon se termina dans les cris et les larmes de la mère et de l'enfant.

Deux jours après ce pénible incident, Elaine alla chercher Bill à la sortie de l'école et le trouva en pleurs. Elle lui demanda ce qui lui arrivait. D'après ce qu'elle comprit, le prêtre leur avait parlé ce jour-là de Dieu. « A l'image de leur père terrestre, Dieu aime trop Ses enfants pour les charger de fardeaux qu'ils ne peuvent supporter », leur avait-il dit.

– Mon père terrestre ne m'aime pas, sanglotait Bill dans les bras de sa mère, puisqu'il me demande toujours plus que ce que je peux supporter.

William Flynn n'agissait pas ainsi par manque d'amour mais par exigence. Il voulait inculquer à son fils le sens des responsabilités. « Nous avions l'habitude d'aller nous promener dans les canyons à bicyclette. C'étaient de vieilles bicyclettes qui marchaient plus ou moins bien. Celle de Billy avait un problème de chaîne. Avant de partir, son père lui avait dit de la réparer, ce qu'il avait tenté de faire, mais cela n'avait pas tenu. La colère de William a été terrible ; il nous a complètement gâché la journée. »

Billy grandit dans le désert californien, loin de la côte. Ses seules distractions étaient les balades en vélo et la compagnie des chiots ; ses parents, en effet, élevaient parfois quelques portées de springers et Billy adorait s'en occuper. Déjà, c'était un garçon timide qui avait peu d'amis.

Les Flynn eurent deux autres enfants. Selon Elaine, leur père fut beaucoup moins dur avec eux qu'avec l'aîné. Mais le mariage se dégradait. La séparation était inévitable. Elaine apprit que son mari la trompait depuis des années. En 1986, elle décida de le quitter.

William accepta de lui verser environ mille dollars par mois, et en septembre de la même année, elle organisa sa nouvelle vie. Elle envoya Jimmy chez ses parents par avion puis, avec Billy et Larry – l'aîné et le cadet –, elle fit le voyage en voiture vers l'Est.

« Billy refusait absolument de quitter la Californie. Il avait l'âge d'entrer en sixième ; il ne voulait pas déménager. J'ai traîné avec moi un petit garçon furieux. »

Elaine finit par trouver un appartement dans le New Hampshire et Billy fut inscrit à l'école élémentaire de Seabrook. Il s'adapta mal à ce nouveau milieu et ne se fit pas d'amis. Bill se tenait à l'écart des jeux et ne riait pas avec les autres. Il avait une personnalité effacée et cherchait surtout à ne pas se faire remarquer.

A Noël, le père de Billy vint voir ses enfants et manifesta le désir de rester en bons termes avec sa femme et sa famille. Elle remarqua qu'il avait changé : il semblait plus calme, plus patient, plus compréhensif.

« J'ignore ce que mon mari avait enduré pendant ces mois de séparation, dit-elle, mais durant les dix jours qu'il passa avec nous, ce fut un père modèle. Je ne crois pas l'avoir entendu crier une seule fois. Je l'ai surpris en train d'embrasser Billy et lui dire qu'il l'aimait. Je crois que pour la première fois de sa vie, Billy comprit ce que c'était que d'avoir un père aimant et attentif. »

Cependant, Elaine voulait toujours divorcer. Elle se sentait trop différente de William Flynn. Leurs visions du monde étaient si éloignées que les scènes et les disputes étaient inévitables. William repartit donc en Californie, promettant à ses enfants de les prendre avec lui l'été suivant.

Le destin en voulut autrement.

Le 20 janvier 1987, William avait passé une soirée très arrosée chez son beau-frère. Au moment de partir, ce dernier, inquiet de son état, lui proposa de rester sur place pour dormir, mais William déclina la proposition. Il tenait à rentrer chez lui. Il prit donc le volant et fonça dans la nuit.

Flynn roulait à cent dix kilomètres à l'heure sur l'autoroute quand une voiture freina brusquement devant lui. Pour éviter la collision, il tenta de se rabattre sur la droite et heurta un camion-citerne qui transportait près de trente mille litres de fuel.

En une fraction de seconde, la nuit s'embrasa. Le camion et la voiture de Flynn prirent feu en même temps.

Un couple de passants et deux gendarmes tentèrent d'arracher Flynn aux flammes. Vainement. Quand les deux véhicules ne furent plus qu'un amas de ferraille et de cendres, Flynn n'avait plus que ses dents pour attester son identité.

« La chose la plus horrible fut d'annoncer aux trois gosses que leur père était mort, raconta Elaine Flynn. J'ai éteint la télé et je le leur ai dit. Je me souviens, Billy s'est levé ; il s'est mis à pleurer. Il n'a pas voulu que je l'embrasse et s'est enfui dans sa chambre. Il est resté enfermé en refusant de me laisser entrer. »

Billy n'avait jamais été très communicatif, et il s'enferma dès lors dans un silence de plus en plus inquiétant. Il accompagna sa mère en Californie pour recueillir la dépouille de son père et la ramener dans le nord du Massachusetts pour l'enterrement.

De retour chez lui, Billy prit l'habitude de rester des heures entières dans sa chambre. Il dessinait ou jouait avec ses jeux vidéo. Il ne voulait qu'une chose : rester seul.

5

C'était venu tout doucement, un peu comme la lumière se charge de tons lourds qui annoncent l'automne. Entre Pam et Greg Smart, l'atmosphère se transformait imperceptiblement.

De l'extérieur, pourtant, rien ne semblait avoir changé. Tous deux avaient évolué de manière similaire. Apparemment, ils s'étaient rangés, ils avaient mûri. Ils projetaient d'acheter une maison. Mais au fond, ils restaient déterminés par les mêmes appétits, les mêmes pulsions.

Ils n'étaient liés par aucun goût commun, excepté leur passion pour le hard rock. Lentement, les univers de Pam et de Greg s'éloignaient.

Leur vie professionnelle n'arrangeait rien. Tous les matins, Pam partait vers l'est, sur la côte, tandis que Greg roulait dans la direction opposée, vers Nashua. Il avait très souvent des rendez-vous le soir et rentrait rarement avant 21 heures.

Pam n'avait jamais aimé la solitude, et elle avait du mal à l'accepter. Elle lui aurait même demandé – s'il faut en croire Yvon Pellerin auquel Greg se serait confié – de quitter la compagnie d'assurances. Mais Greg, qui gagnait bien sa vie et aimait son travail, refusa.

Quant aux moments de loisir, ils les passaient rarement ensemble. Greg allait souvent avec des copains au casino, au golf, ou faisait de longues randonnées au volant de son 4 × 4. Aux activités de plein air, Pam préférait les cours de danse, la gymnastique et la lecture des journaux : elle en lisait cinq ou six par jour.

Il était clair, en tout cas, que les bases communes qui fondaient leur mariage s'érodaient. Ils perdirent peu à peu l'habitude d'aller dîner chez les Smart. Greg sortait souvent sans sa femme et ils prenaient même leurs vacances séparément. Pendant qu'il partait skier au Canada avec ses amis, elle visitait le Mexique avec son père et sa mère.

Quand ils recevaient des amis, Greg entraînait les hommes avec lui à Atlantic City ou chez ses parents, tandis que Pam se divertissait à sa manière avec les femmes. Pour certains couples, plus unis ou plus traditionnels, ce type de relations n'avait rien d'agréable. « Au fond, quand nous allions chez les Smart, le soir ou le week-end, je ne pouvais même pas profiter de mon mari », se plaignit Heidi Parilla.

A cela, s'ajoutaient d'autres signes de dégradation plus sérieux. Il semble qu'à cette époque les deux époux aient commencé à perdre leur confiance mutuelle. Greg craignait que Pam n'ait une liaison. Il abordait souvent ce sujet avec elle, sur un mode mi-sérieux, mi-taquin. Il confia à son ami David Bosse que si l'un d'entre eux devait tromper l'autre, ce serait sûrement le fait de Pam.

Pourtant, environ une semaine avant Noël 1989, Greg ne rentra pas dormir chez lui. Quand il revint, vers 6 heures du matin, il dit à Pam qu'il était resté chez un ami avec lequel il avait bu toute la nuit.

Pam n'en crut rien. Elle alla travailler comme si de rien n'était mais, à son retour, elle exigea la vérité.

– Tu n'aimeras pas ça, répliqua Greg.

Elle insista. Il avoua avoir passé la nuit avec une fille. Il avait bu ; une chose en avait entraîné une autre, mais il était tellement ivre qu'il ne se souvenait pratiquement de rien.

Ce fut pour Pam, si l'on en croit ce qu'elle déclara plus tard à la cour, un choc terrible. Greg tenta de la rassurer mais elle ne voulut rien savoir. Pendant une journée entière, elle resta muette, incapable d'échanger un seul mot avec lui.

Si le couple traversait des orages, peu de gens s'en apercevaient. La vie continuait, bien que l'infidélité de Greg ait sans doute laissé des traces. Quelques jours après l'incident, Pam accompagna Greg à une réunion de famille à Nashua. Sur le chemin du retour, Greg, plus qu'à moitié ivre, se conduisit stupidement dans la voiture. Pam ne consommait de l'alcool que très modérément. Elle fut très irritée par l'attitude puérile et provocatrice de son mari.

Un peu plus tard, au cours de cette même nuit, Bill et Judy Smart virent arriver chez eux Pam en pyjama et chaussons. Elle prétendait que Greg l'avait giflée et avait même tenté de l'étrangler en la maintenant de force, la tête en bas, au-dessus de la rampe d'escalier.

Considérant que son fils avait besoin d'une bonne leçon, Bill Smart se précipita au 4E, Misty Morning Drive. « Quand je suis entré, il était dans la salle de bains, raconta Bill. "Comment oses-tu frapper ta femme ? lui ai-je dit. Es-tu devenu fou ?" "Je ne l'ai pas touchée, m'a-t-il répondu. C'est une emmerdeuse. Je lui ai juste conseillé de foutre le camp d'ici." Comme Greg n'avait pas l'air très lucide, je lui ai conseillé d'aller se coucher. Il m'a obéi. J'ai éteint la lumière et je suis sorti. Le lendemain, j'ai passé trois heures avec lui à le sermonner. S'il en arrivait à de telles extrémités, si l'alcool lui faisait perdre la mémoire à ce point et s'il ne maîtrisait plus ses actes, il fallait absolument qu'il arrête de boire. »

Plus tard, Pam modifia sa version des faits : la gifle était partie malencontreusement et Greg n'avait pas cherché délibérément à la brutaliser.

Quoi qu'il en soit, les événements de cette nuit agitée n'eurent pas de conséquences immédiates. Pam dit à ses beaux-parents qu'ils s'étaient réconciliés et avaient appris à admettre leurs différences.

Greg, toutefois, se plaignait de sa femme. Trop vindicative et rancunière, elle refusait de lui pardonner ses écarts. Elle ne perdait pas une occasion de les lui reprocher. Il est certain en tout cas que Pam n'était pas le genre de femme à oublier facilement que son mari l'avait trompée et battue.

Ces difficultés conjugales étaient restées secrètes. Les amis du couple considéraient que le mariage restait solide et qu'aucune ombre sérieuse n'obscurcissait l'avenir.

Pourtant, Pam commençait à mener une double vie. Sur la côte, avec ses amis adolescents, elle se laissait glisser vers une existence de plaisirs secrets.

En moins de six mois, Pam était devenue un personnage central pour Cecilia et Billy. Les deux jeunes gens étaient de nature très différente mais ils souffraient d'un manque d'affection que Pam comblait par son amitié.

Au mois de février, ils se voyaient constamment. La réalisation du film vidéo sur le jus d'orange était le prétexte de sorties et de rendez-vous perpétuels. En outre, Cecilia, en tant que stagiaire, allait au Centre d'études deux fois par jour. Quant à Billy, il avait toujours une bonne raison pour rendre quotidiennement visite à la jolie monitrice, seul ou accompagné de JR Lattime.

Pam faisait tout pour l'y encourager. Elle l'invitait à passer la voir sous n'importe quel prétexte et le retenait longtemps. Ils allaient déjeuner, ou prendre un verre, ou collaient ensemble des étiquettes en bavardant.

Un jour, Pam lui donna un rouleau de photos à développer. Billy lui avait dit que des voisins de sa mère, Kenny et Karen Knight, tenaient un « photo-shop » à Seabrook. Il leur avait déposé le rouleau en promettant à Pam d'obtenir une réduction.

Les tirages terminés, Pam et Billy allèrent en voiture les récupérer. Sur le chemin du retour, dans la Honda, Pam ouvrit l'enveloppe et regarda les clichés en riant. Bien entendu, Billy voulut les voir.

Pam et Tracy Collins s'étaient amusées à se photographier dans les poses suggestives des modèles qui remplissent les doubles pages des magazines pour hommes : vêtues d'un bikini, les deux jeunes femmes apparaissent tour à tour dans des attitudes provocantes. Pam, lourdement maquillée, porte un deux-pièces noir et blanc. Elle affirma ultérieurement avoir fait ces photos dans l'intention de se constituer un press-book de mannequin.

Le lendemain, Pam apporta les photos au bureau. Elle dit à Billy que ni elle ni Tracy ne les trouvaient très bonnes. Elle allait les jeter, à moins que Billy ne les veuille... elle les lui donnerait volontiers.

– Pourquoi pas ? répondit l'adolescent.

Il en prit quinze.

Il prit aussi une bonne raclée de sa mère. Karen Knight (la propriétaire du photo-shop) avait en effet montré à Elaine Flynn quelques négatifs que son fils aîné lui avait demandé de développer. Billy se défendit furieusement : les photos appartenaient à Pam ; il avait simplement voulu lui rendre service en les portant chez les Knight. Il n'en connaissait même pas le contenu. Bref, il rassura sa mère en lui jurant, avec tous les accents de la sincérité, qu'il n'était pas le photographe de cette série très particulière.

Quelques jours plus tard, Pam vit venir Cecilia dans son bureau. Elle voulait lui parler. Pam et sa stagiaire, désormais très intimes, étaient passées au stade des confidences.

– Cecilia, assieds-toi, dit Pam. J'ai quelque chose d'important à te dire.

La jeune fille s'exécuta.

– Je crois que je suis amoureuse de Billy.

Cecilia ne put s'empêcher de sourire. Quelle drôle d'idée ! Elle n'avait jamais été très proche de Billy et pourtant, elle l'aimait bien ; quant à Pam, elle la considérait comme sa meilleure amie. Néanmoins, elle n'arrivait pas à imaginer ces deux-là ensemble. Ça lui paraissait ridicule. Pam était une femme, une vraie, et Billy un adolescent de quinze ans.

– Cecilia, je suis sérieuse. Je t'assure, je suis amoureuse de lui !

– Pam, arrête de me faire marcher !

– Mais je t'assure que c'est *vrai.*

Pam obtint de Cecilia qu'elle s'arrange pour que Billy passe la voir au bureau en fin de journée. Elle avait l'intention de lui révéler ses sentiments sans plus attendre. Quand Billy arriva au centre après les cours, Pam tourna autour du pot sans réussir à être explicite, mais son attitude était suffisamment inhabituelle pour intriguer le jeune garçon. Lourd de questions sans réponses, il reprit le bus pour Seabrook.

Le lendemain, 5 février, Billy sécha une heure de cours et revint voir Pam dans son bureau. A nouveau, elle se montra évasive. Elle était nerveuse, gênée, fuyait son regard et restait de longs moments silencieuse, la tête entre les mains. Intrigué, Billy la pressa de lui confier ce qui la tourmentait. Pam, finalement, aborda le sujet de front.

– Billy, penses-tu à moi quand je ne suis pas là ?

– Bien sûr.

– Eh bien moi, je pense à toi tout le temps, murmura-t-elle.

Billy n'en croyait pas ses oreilles. Jusque-là, il menait une vie d'adolescent normal : il allait au lycée, s'amusait avec sa bande de copains et tournait gentiment autour de la belle animatrice. Maintenant, ses rêves les plus fous devenaient réalité. Cette femme qui l'avait troublé au premier regard, cette femme qu'il avait besoin de voir chaque jour, voilà qu'elle était en train de lui avouer son désir !

Pam se tut et baissa les yeux. C'était terriblement difficile pour elle, car elle était mariée, mais c'était vrai, elle ne pensait qu'à Billy.

L'adolescent resta silencieux. Un bonheur immense le submergeait mais il ne savait qu'en faire. Complètement hébété, il sortit de la pièce, traversa le parking et retourna en cours. La tête lui tournait.

Quand Billy revit Pam, il se sentit gêné, horriblement maladroit. Il fallait qu'ils trouvent un nouveau ton, qu'ils donnent une nouvelle couleur à leur relation, et cela ne pouvait se faire en un jour.

Pour mettre le garçon en confiance, Pam commença par lui raconter l'échec de son mariage. Elle était si malheureuse ! Elle dépeignit Greg comme un homme dur, indifférent, voire violent, qui prenait plaisir à la faire souffrir. Elle évoqua cette nuit où il l'avait laissée rentrer à pied, en pleine tempête de neige, vêtue d'un jean et d'un T-shirt. Elle n'aurait jamais dû se marier mais elle avait suivi l'exemple de tous ses amis. Elle ne voulait pas rester la seule célibataire du groupe. Maintenant, elle payait cher son erreur.

Au fur et à mesure que Pam lui faisait des confidences sur ses malheurs, réels ou imaginaires, Billy sentait monter en lui une haine irrépressible contre Greg Smart – haine que Pam entretint soigneusement dans les semaines qui suivirent. Non seulement Greg Smart était son rival, mais aussi manifestement un salaud !

Quelques jours après lui avoir avoué son amour, Pam

rappela à Billy une conversation qu'ils avaient eue pendant le tournage de leur petit film publicitaire.

Alors qu'ils étaient tous dans la camionnette, Pam leur avait demandé s'ils ne connaîtraient pas, par hasard, un tueur à gages. Elle voulait soi-disant éliminer sa secrétaire pour que son amie Tracy puisse la remplacer au centre.

En fait, c'était un ballon d'essai. Les réactions du jeune homme devaient déterminer sa décision. Billy avait pris la question pour une plaisanterie ; il lui avait répondu en riant qu'il connaissait un type, à Seabrook, qui ne refuserait certainement pas de faire une chose pareille.

Pam n'avait pas posé la question par hasard. Seulement, ce n'était pas sa secrétaire qu'elle voulait tuer, mais son mari, avoua-t-elle à Billy.

Billy ne la crut pas. Comment imaginer qu'elle veuille réellement acheter les services d'un homme de main ? C'était, à ses yeux, du même ordre que les menaces proférées contre un voisin bruyant qui vous empêche de dormir.

Pam ne désarmait pas. La situation ne pouvait se prolonger plus longtemps. C'était intenable. Elle avait envie d'être avec Billy, et non avec son mari. Le divorce ? Ce n'était pas une solution : Greg n'était pas le genre d'homme à l'accepter. Il la traquerait, la poursuivrait, lui rendrait la vie impossible et l'empêcherait de voir Billy.

En plus, Greg garderait tout – des voitures jusqu'aux meubles en passant par le chien. Elle serait probablement dépossédée. Son salaire ne lui permettrait pas de louer un appartement. Il lui faudrait donc retourner vivre chez ses parents. Et elle ne le supporterait pas, puisque son seul souhait était de s'installer sur la côte, près de Billy.

Pour le jeune Flynn, Pamela Smart n'était pas seulement une femme extrêmement désirable mais une enseignante responsable. Il ne lui serait pas venu à l'esprit de douter de sa moralité ou de sa santé mentale. Il la laissa donc parler, en mettant tout sur le compte de sa hargne et de sa frustration. Il finit par dire qu'il ne connaissait personne qui accepterait de tuer pour de l'argent. Il était persuadé qu'elle oublierait bientôt son plan farfelu.

Et il ne songeait qu'à profiter au mieux de sa relation avec Pam.

Pour travailler à quelques détails du film sur le jus d'orange, Pam et Billy se rendirent un jour chez les Flynn. Ce n'était pas la première fois. Le groupe était venu à plusieurs reprises dans l'appartement donnant sur la plage pour filmer une scène ou deux, de sorte que Pam Smart et Elaine Flynn se connaissaient.

Billy entraîna Pam dans sa chambre et ferma la porte à clé. Il ne voulait pas être dérangé par ses frères, ni par sa mère. Pam et l'adolescent s'étendirent sur le lit après avoir mis un Compact Disc de Motley Crue, *Starry Eyes*, mais le lecteur marchait mal : la chanson se répétait indéfiniment.

– Tu n'as pas envie de m'embrasser ? demanda Pam brusquement.

– Si, murmura le jeune garçon.

– Eh bien, vas-y ! Ou faut-il que je te viole ?

– Je suis d'accord aussi, répondit-il en riant.

Ils échangèrent leur premier baiser tandis que la chaîne jouait les premières mesures de *Starry Eyes*.

Le lendemain, Billy Flynn irradiait de bonheur. A l'école, tout le monde – les professeurs comme les élèves – remarqua cette subite transformation. Billy, évidemment, s'empressa de raconter l'histoire à ses copains. Ils ne voulurent pas le croire. Comment le petit Billy aurait-il pu séduire la brillante monitrice ?

Ils durent se rendre à l'évidence quand ils la virent le déposer en voiture chez JR Lattime et l'embrasser sur la bouche en guise d'au revoir. Il n'y avait qu'une seule explication possible : Pam utilisait le jeune garçon, pour une raison ou pour une autre. Ce ne pouvait être sérieux.

Mais Billy était persuadé de vivre une grande histoire d'amour.

Pam se donnerait à lui, elle le lui avait promis, mais pas dans n'importe quelles conditions. Elle voulait passer une nuit entière avec Billy et elle danserait pour lui, comme le faisait Kim Basinger pour Mickey Rourke dans *Neuf Semaines et demie* (que Billy, préférant les films d'action, n'avait pas vu). Elle en mourait d'envie depuis longtemps, lui avait-elle confié mais, jusqu'à présent, personne ne l'avait assez aimée. Elle projetait d'acheter des dessous sexy pour l'occasion. « Elle me promit de m'ensorceler toute la nuit », confirma plus tard Billy.

Peu de temps après, Pam, Billy et Tracy Collins allèrent ensemble faire du shopping. Ils entrèrent dans un magasin de vêtements. Pam entraîna Billy vers un rayon tandis que Tracy essayait une robe.

– Billy, tu vois ça ? demanda Pam en lui montrant sur un mannequin ce que Billy décrivit comme un « truc tout en dentelle ».

– Ouais.

– Ça te plaît ?

– Ouais.

– Eh bien, j'ai acheté à peu près le même pour notre nuit. Le mien est blanc et turquoise.

Ce fut en février, vers la Saint-Valentin, que Pam invita Billy à venir dans sa villa à Derry. Greg faisait du ski avec des amis. Cecilia était aussi invitée. Elle ne s'en doutait pas mais sa présence devait écarter les soupçons. Il paraissait plus naturel que Pam Smart invite à dormir chez elle un couple d'adolescents plutôt qu'un garçon.

Cecilia connaissait bien les sentiments de Pam envers Greg. En lui avouant son amour pour Billy, elle lui avait aussi raconté combien Greg la rendait malheureuse. Le choix était simple : divorcer ou le tuer. La jeune fille avait répliqué que la première solution semblait la plus simple mais Pam avait pris un air soucieux et dubitatif. Elle répéta ce qu'elle avait déjà dit à Billy : s'ils divorçaient, Greg conserverait tout, jusqu'à son chien Halen, et elle se retrouverait sans rien. Sa vie serait gâchée.

Avant de partir, Billy téléphona à sa mère de chez JR et lui annonça qu'il passerait la nuit chez les Lattime. Billy l'avait fait si souvent qu'Elaine ne s'en étonna pas. Pam et Cecilia vinrent prendre Billy chez les Lattime et ils roulèrent vers Derry. Avant de s'arrêter au 4E, Misty Morning Drive, Pam s'arrêta dans un club vidéo où elle loua plusieurs cassettes dont, bien entendu, *Neuf Semaines et demie.*

Pam et Billy s'installèrent sur le divan, Cecilia dans un fauteuil, et ils regardèrent le film-culte de la monitrice. Puis le couple monta au premier étage, non sans avoir au préalable installé la hi-fi dans la chambre pour pouvoir écouter de la musique. Billy était étendu nu sur le lit tandis que Pam, dans la salle de bains, enfilait son déshabillé blanc et turquoise.

De derrière la porte, elle lui demanda s'il ne la trouvait pas trop grosse. Il éclata de rire et l'assura qu'elle avait un corps parfait. Alors Pam sortit et se mit à danser sur la chanson de Van Halen, *Black & Blue.* Puis ils firent l'amour pour la première fois. Billy avait dit à Pam qu'il avait de l'expérience. En réalité, il était puceau.

Cette nuit-là, leurs ébats se répétèrent plusieurs fois. A un moment, Billy descendit à la cuisine chercher des glaçons pour en frotter le corps de Pam, comme il l'avait vu faire par Mickey Rourke dans le film.

Le lendemain, Pam ramena Billy et Cecilia à Seabrook. Elle déposa d'abord la jeune fille avant de prendre la direction de l'appartement des Flynn.

La route côtière était calme ; Seabrook, en plein hiver, n'était pas très fréquenté. La plage était presque déserte et l'océan roulait ses grosses vagues grises. Tristement, Pam annonça au jeune homme qu'ils ne pourraient probablement jamais revivre ces moments merveilleux. Cela resterait leur première et leur dernière nuit.

Elle ne voulait qu'une chose, être avec lui, mais Greg ne partait pas souvent. Ils avaient profité d'une occasion exceptionnelle. Maintenant, elle était perdue, désemparée.

Quand Pam déposa Billy devant chez lui, tous deux étaient en pleurs. Billy ne supportait pas l'idée de ne plus la voir. Il voulait vivre avec elle et l'aimer tous les jours, en toute liberté.

Dans ce cas, il n'y avait qu'une solution, dit Pam, les yeux humides. Tuer Greg.

Billy pensa que Pam se laissait encore aller à sa révolte et à sa rage. Il ne la prit pas au sérieux. Et puis, ils étaient tous deux trop émus pour donner aux mots leur poids réel. L'idée que ce bonheur tout neuf puisse leur échapper mettait leurs nerfs à vif. Billy trouva absurde d'entamer une véritable discussion dans ces conditions.

« Je lui ai dit que j'étais d'accord, raconta Billy. Je n'avais pas le cœur de la contredire. »

L'hiver finissait ; le monde de Billy Flynn avait totalement basculé. Il avait bien eu par le passé une ou deux petites amies de son âge, mais rien de vraiment sérieux. Maintenant, il avait une *maîtresse* ! Et pas n'importe laquelle ! Une femme, une vraie, qui enseignait dans son lycée.

Entre eux, le sexe joua un rôle primordial. Dans les semaines qui suivirent, Pam et Billy couchèrent ensemble de nombreuses fois : dans la chambre de Billy, à la plage, sur la banquette arrière de la Honda...

Pam continuait à tenir Cecilia dans la confidence. Elle lui raconta qu'un jour, alors qu'elle faisait l'amour avec Billy sur la plage isolée de Salisbury, ils entendirent une voiture s'approcher. Tous deux prirent la fuite, nus comme des vers, et Pam se blessa sérieusement au genou.

De son côté, Billy se vantait auprès de ses amis de ses exploits amoureux dans la Honda. Un après-midi, dit-il en riant, ils avaient arrêté la voiture sur un chemin de terre dans la campagne. Ils n'avaient pas vu qu'un paysan était en train de faucher le champ. L'homme les surprit et se mit à hurler en tapant sur la carrosserie comme un forcené.

Aux yeux de Billy, ces anecdotes donnaient à son aventure un caractère piquant et romanesque. A son âge, c'était compréhensible. Pam, en revanche, révélait par ces frasques l'immaturité de son caractère, malgré son tempérament apparemment structuré et son goût de l'organisation.

Pam et Billy ne se contentaient pas de faire l'amour. Ils jouaient aux amoureux, échangeaient des billets remplis d'allusions sexuelles parfois très explicites. Sous les arcades de Salisbury, dans une boutique de souvenirs, ils achetèrent deux médaillons qu'ils firent graver. Celui de Pam portait l'inscription *Pam et Bill pour toujours* ; celui de Billy, *Bill et Pam pour toujours.*

La passion du jeune homme était exacerbée par le secret inhérent à toute liaison adultère. Pam devait se montrer extrêmement prudente. Si un membre de l'équipe pédagogique apprenait son aventure, elle perdrait immédiatement son travail au Centre 21.

Cecilia était au courant mais Tracy Collins, par exemple, ne se rendit compte de rien, alors qu'elle travaillait sur le film publicitaire avec toute l'équipe. Pam avait demandé à Billy de ne rien trahir de leur relation devant Tracy ou toute autre personne. Il faut se souvenir que tous les amis de Pam étaient, en fait, les anciens amis de Greg.

Mais quel adolescent aurait su garder pour lui un tel ouragan dans sa vie ? Billy fit des confidences à JR et à Pete : c'était inévitable. Depuis des années, les garçons se racontaient tout.

Pete Randall avait rencontré Pam à deux ou trois reprises et il avait très peu parlé avec elle. A la différence de Billy, il ne lui trouvait rien de particulièrement fascinant. Petit à petit, Pete et JR prirent l'habitude de se moquer gentiment de Billy et de sa grande histoire d'amour. Ils ne pouvaient le prendre au sérieux. Ils le taquinaient en chantonnant à tout bout de champ le succès de Van Halen *Hot for Teacher*.

Malgré les promesses faites à Pam, Billy fut incapable de garder le secret. Dans les vestiaires, il fit des confidences à Ralph Welch. C'était le quatrième de la bande, qui préférait à cette époque la compagnie de sa petite amie à celle de ses vieux copains. Il se vanta d'avoir des relations sexuelles avec la directrice du Centre d'études et il fit les mêmes révélations à Sal Parks, un camarade de classe.

Billy fit encore des allusions à sa relation amoureuse chez JR, en présence de son oncle. *Il arborait le plus large sourire qu'on ait jamais vu*, relata Donald Soule dans le *Boston Herald. Je lui ai demandé pourquoi il était aussi joyeux. « Parce que je sors avec une femme plus âgée », me répondit-il. « Plus âgée ? Bon Dieu ! Quel âge a-t-elle ? » « Vingt-deux ans. » « Ce n'est pas très vieux, Billy », ai-je répliqué. Et il a dit : « C'est vieux quand on a quinze ans. »*

La plupart du temps, Billy avait sur lui les lettres de Pam. Il les faisait lire à JR ou à Jenny Charles, une fille qu'il connaissait depuis l'école primaire. Un jour, Jenny emprunta le blouson de Billy et y trouva un mot de Pam. Elle écrivait être affreusement jalouse d'une camarade de lycée que Billy avait embrassée au retour d'un concert de Motley Crue.

Un peu plus tard, Bill montra à Jenny deux autres lettres de Pam, beaucoup plus compromettantes, où elle évoquait sans pudeur leurs étreintes. Jenny finit par demander à Billy s'il était amoureux de la directrice du Centre d'études. « Il m'a répondu qu'il n'en savait rien, témoigna plus tard Jenny, mais il trouvait que c'était une expérience sexuelle fantastique. »

De son côté, Pam était beaucoup plus prudente. Pour l'anniversaire de Bill, qui devait avoir seize ans le 12 mars, elle avait pensé lui offrir une gourmette en or, mais elle avait renoncé à ce projet, de peur que Greg ne se demande où étaient passés les cinq cents dollars nécessaires à cet achat. Elle se décida pour un cadeau plus simple, un abonnement au magazine *Guitar*. Elle prit même la précaution de passer par l'intermédiaire de Cecilia : elle donna du liquide à la jeune fille qui envoya un de ses propres chèques.

Cinq jours plus tard, Billy, Cecilia et Tracy Collins roulaient le long de Salisbury Beach dans la voiture de Pam. Sur le trajet, un automobiliste tamponna l'arrière de la Honda. Sur le constat, Pam mentionna les noms des passagers en omettant soigneusement celui de Billy. Ainsi, ni Greg ni la police ne pourraient poser de questions embarrassantes, ni faire de dangereux rapprochements.

Mais Pam pouvait aussi être très imprudente. Par exemple, elle laissait Billy venir la voir chaque jour au centre ; elle rangeait ses lettres dans un tiroir de son bureau ; ils allaient déjeuner très souvent ensemble. Quand elle déposait Billy au lycée (ce qui arrivait presque quotidiennement), elle l'embrassait sans gêne devant tout le monde.

Un soir, elle alla dîner avec Cecilia et Billy dans un fast-food à l'extérieur de Seabrook. L'adolescent, complètement ivre (elle venait de lui offrir une bouteille de Southern Comfort qu'il avait déjà bien entamée), se mit à l'embrasser dans le cou et la caresser en public ; elle se laissa faire sans protester.

Quelques heures plus tard, Pam, Billy et Cecilia frôlèrent le drame. Sur la route du retour, ils croisèrent Elaine Flynn qui roulait dans la direction opposée. Très préoccupée (elle était à la recherche du petit frère de Billy qui n'était pas rentré à la maison), elle ne les vit pas. Dans la Honda, il y eut un immense soupir de soulagement. Leur « secret » demeurait intact.

Pamela avait toujours eu un très bon sens de l'organisation. C'est d'ailleurs ce qui lui avait permis d'obtenir une équivalence pour sa dernière année de lycée à l'université de Floride. Elle avait réussi ses études tout en travaillant pour gagner son argent de poche et en s'amusant avec ses petits amis.

Dès le début, elle chercha à donner à ses jeunes élèves des principes de méthodologie. Quand ils se mirent à travailler sur leur petit film vidéo, elle leur apprit à aborder le sujet en jouant librement avec les idées et les concepts puis à synthétiser et à critiquer les résultats, enfin à définir un axe de recherche simple et efficace, sans se perdre dans des directions opposées.

En fait, Pamela allait agir exactement de la même façon avec Billy Flynn pour l'amener à assassiner son mari. Une fois l'accord de l'adolescent obtenu (fût-il proféré du bout des lèvres), elle s'attela à l'idée pour ne plus la lâcher. Pam manifestait tout l'entrain et le dynamisme dont elle était capable, sachant fort bien qu'elle comptait, pour accomplir ce crime, non sur un homme endurci mais sur un jeune garçon aux sentiments confus et contradictoires.

Pas un jour ne passait qu'elle ne travaillât à la préparation du meurtre. Quand Billy venait la voir au Centre d'études, elle ne manquait jamais de mettre la question sur le tapis : comment faire pour éliminer Greg ?

En un sens, c'était une sorte de divertissement – l'élaboration théorique du crime parfait –, et Bill finit par se prendre au jeu.

Très vite, parmi les innombrables possibilités, Pam en choisit une : Greg devait surprendre des cambrioleurs en pleine action. L'idée n'était pas spécialement originale mais elle la trouvait efficace. De nombreux crimes avaient été imputés à de mystérieux étrangers dont on n'avait jamais retrouvé la trace.

Il ne lui restait plus, alors, qu'à broder des variations possibles autour de ce thème. Bill, vêtu de vêtements sombres, garerait la voiture sur le parking de Hood Commons, puis descendrait discrètement à pied vers la cité de Summerhill. Une fois dans la villa, il attendrait le retour de Greg.

– Mais ça semblera bizarre de voir un garçon tout en noir sortir de la voiture, rétorqua Billy.

– Bon, alors tu mettras les vêtements dans un sac et tu te changeras quand tu seras sorti de la voiture.

A force d'en parler, le plan se clarifiait. Pam conseilla à Billy de nouer ses cheveux longs en queue-de-cheval pour qu'on ne puisse pas le reconnaître. Evidemment, il porterait des gants car il ne fallait pas laisser d'empreintes digitales. Elle ne fermerait pas à clé la porte de derrière, ni celle de la cave. A l'intérieur, Bill mettrait tout sens dessus dessous, emporterait ce dont il aurait envie puis tuerait Greg d'un coup de revolver.

L'alibi de Pam serait indiscutable : une dizaine de personnes pourraient témoigner de sa présence à la réunion pédagogique du Centre 21 à Hampton.

Au début, Cecilia n'assista pas à ces « séances de travail » criminelles. Néanmoins, Pam la tint au courant du complot et de la progression de son plan.

Au début du printemps, certains horaires scolaires ayant été modifiés, Billy et Cecilia purent se retrouver plus souvent dans le bureau de Pam. Celle-ci, avec son obstination habituelle, continuait à élaborer son plan. Toutes ses idées étaient soumises à l'approbation des adolescents.

C'est ainsi que Cecilia en vint à connaître les détails déjà arrêtés – la queue-de-cheval et le lieu de stationnement de la voiture.

Pam n'était pas le genre de personne à laisser quoi que ce soit au hasard. Elle régla donc précisément le problème du chien Halen. Cecilia l'entendit dire à Billy qu'il fallait s'en méfier, que le shih-tzu pouvait avoir des réactions imprévisibles en le voyant attaquer son maître. D'ailleurs, pour éviter qu'il n'aboie, Pam conseilla à Billy d'enfermer Halen dans la cave dès son arrivée dans la maison.

Cecilia déclara plus tard n'avoir jamais vraiment cru à ce crime : elle ne pouvait s'imaginer Billy en meurtrier. Il était à ses yeux incapable de tout acte de violence. Cette machination criminelle n'était manifestement qu'un jeu gratuit.

– Pourquoi t'entêtes-tu ? répétait Cecilia à Pam. Billy ne le fera jamais.

Néanmoins, le complot progressait. Peut-être était-ce en effet devenu une sorte de jeu pervers qui n'avait plus aucun rapport avec la réalité. Peut-être le fait de caresser un projet aussi dangereux, de danser au bord d'un précipice les excitait-il. Peut-être les adolescents prenaient-ils simplement plaisir à la compagnie de cette femme adulte, apparemment saine d'esprit. Pam était idéale : non seulement elle ne les rappelait jamais à l'ordre, mais encore elle pouvait les accompagner dans leurs délires les plus fous sans jamais se soucier de moralité.

Toujours est-il que cette proximité liait profondément les trois protagonistes. Au fond, dans le cadre de ces incroyables réunions, Pam donnait à Billy et à Cecilia la sécurité affective dont ils avaient besoin. Ils se sentaient aimés ; ils éprouvaient enfin le sentiment de leur importance et de leur singularité. Bref, ils avaient l'impression de devenir des personnes à part entière.

Pam jouait sur des cordes différentes selon qu'il s'agissait du garçon ou de la fille. Elle confortait l'ego de Billy par le sexe ; celui de Cecilia par l'amitié et la confiance.

Tout cela était parfaitement insensé. Pourtant, sans la moindre réticence, les deux jeunes gens franchirent progressivement les étapes qui devaient aboutir à une mort d'homme.

Ainsi, quand il fallut trouver le moyen de se procurer une arme, ils passèrent très sérieusement en revue les personnes qui en possédaient. Cecilia affirma que son père avait une carabine ; Billy pensait que le père de JR avait un revolver ; peut-être aussi la mère de Sal Park et puis le propriétaire de l'appartement des Flynn... Cecilia parla d'une de ses amies, serveuse chez *Papa Gino*, une pizzeria où elle travaillait de temps en temps ; cette fille, disait-elle, avait toujours un petit revolver dans la boîte à gants de sa voiture.

Finalement, cette dernière possibilité leur parut la meilleure. Billy alla à la pizzeria et fouilla la voiture de Cindy Butt dans l'intention de voler son revolver. Sans succès. Il se fit raccompagner par Cindy et ouvrit à nouveau la boîte à gants. Aucune trace d'arme à feu.

Pam, Billy et Cecilia partageaient un secret qui, on s'en doute, fut bientôt éventé. Jusque-là, Cecilia était restée discrète sur les problèmes conjugaux de Pam et son projet d'assassinat. Cependant, un soir de printemps, alors qu'elle dînait chez *Papa Gino*, elle ne put tenir sa langue.

Cecilia raconta à Cindy Butt qu'elle avait une amie très malheureuse en mariage. Elle cherchait un tueur à gages pour éliminer son mari. Cindy, âgée de vingt-deux ans, écouta le récit de sa jeune amie d'une oreille distraite. L'histoire lui semblait aussi puérile qu'invraisemblable.

De son côté, Billy n'était pas non plus une tombe. Evidemment, il ne put s'empêcher de tout dire à ses copains. Un jour de mars, alors qu'il était avec Pete chez JR Lattime, il leur raconta, sur fond sonore de hard rock, qu'il avait l'intention de tuer Greg Smart.

Les deux autres garçons étaient au courant de sa liaison avec Pam et des malheurs conjugaux de sa maîtresse. Billy leur expliqua avec une grande conviction qu'un divorce était hors de question, qu'elle se retrouverait dépossédée de tous ses biens et sans le sou, bref, qu'il ne leur restait qu'une seule solution : tuer le mari.

Connaissant Billy, JR et Pete mirent ces déclarations sur le compte d'une fanfaronnade. Billy était le moins violent d'entre eux ; incapable de tuer une mouche, il ne faisait peur à personne ; en revanche, il aimait parfois se donner les allures d'un dur.

Pete Randall pensa que c'était aussi une façon d'exprimer sa haine à l'égard de Greg Smart.

– Tu es cinglé ! lui dit-il, persuadé qu'il n'entendrait jamais plus parler de cette affaire.

A peu près à la même époque, Billy Flynn joua publiquement les assassins.

Durant tout l'hiver, il avait assisté avec JR à un cours très populaire au lycée de Winnacunnet intitulé « Crime et châtiment ». Le professeur de droit, Leonard Barron, tentait de faire comprendre aux adolescents le système judiciaire américain, depuis les fondements du droit jusqu'au fonctionnement du système pénal. La partie du cours que les élèves préféraient consistait à mettre en scène des crimes et des procès. Chacun avait un rôle à jouer : criminel, policier, avocat, etc. Parfois des parents d'élèves ou des personnes étrangères à la classe étaient invités à incarner des témoins.

C'était aux « criminels » d'imaginer un scénario de départ. Une fois approuvé par Barron, la pièce commençait : délit, enquête, arrestations, procès.

Billy et JR, très intéressés par le cours, avaient obtenu de bonnes notes pendant tout le trimestre. Ils avaient proposé d'incarner des tueurs fous semant la mort et la terreur au lycée mais Barron n'avait pas apprécié l'idée. Pour ne pas trop refroidir leur enthousiasme, le professeur leur avait proposé de tenir deux rôles importants dans le scénario d'un autre élève.

L'intrigue était assez simple. Un groupe d'activistes militant pour la défense des animaux décident de mettre fin aux expériences faites sur des fœtus de porc au laboratoire scientifique de Winnacunnet. Ils envoient des lettres comminatoires, menaçant de passer à l'action violente si le laboratoire poursuit ses activités.

Billy et JR, les durs du groupe, avaient pour mission de tuer un professeur de sciences. Si les expériences sur les porcs n'étaient pas immédiatement arrêtées, il y aurait d'autres morts d'hommes. Trois autres professeurs furent « assassinés » par Billy et JR avant qu'ils ne soient arrêtés et jugés. Les jurés les déclarèrent coupables sans circonstances atténuantes.

Sur la côte du New Hampshire, le printemps est attendu avec une impatience toute particulière. L'Atlantique prend alors une merveilleuse couleur bleue qui attire sur la plage les enfants et les amoureux. Un peu plus à l'intérieur, les champs, enfin dégagés de la glace et de la neige, verdissent et se parent de jonquilles. Les gamins, avec leurs gants et leur batte de base-ball, ne sont pas longs à en prendre possession. Après un aussi rude hiver, les habitants du New

Hampshire retrouvent une énergie toute neuve dans l'éveil de la nature.

Pamela Smart dut, elle aussi, ressentir ce regain printanier. Elle décida qu'il était temps de mettre son plan à exécution.

Un matin de la fin du mois de mars, elle annonça soudainement à Billy qu'il devait tuer Greg le soir même. Tout était prêt. Son alibi était en place : elle assisterait durant la soirée à une réunion ; elle avait pris soin de laisser ouvertes les portes de la cave et de l'arrière de la maison. Quand Billy aurait fait ce qu'il avait à faire, il n'aurait qu'à l'avertir en lui téléphonant au centre.

Oui, dit Billy, mais il restait quelques petits détails : il n'avait ni arme ni voiture (sans parler du fait qu'étant donné son âge il n'avait pas encore son permis).

– Eh bien, dépêche-toi d'en trouver ! répliqua Pam sans se laisser démonter.

– Je vais essayer.

L'adolescent n'en fit rien. Il assista normalement aux cours, oubliant sa promesse, reléguée à plus tard comme un devoir scolaire ennuyeux. Depuis des mois, Pam ne cessait de lui parler de cette histoire mais il ne voyait pas pourquoi cela devenait subitement aussi urgent.

« Je ne voulais pas le tuer, déclara-t-il ultérieurement, et je ne pensais pas qu'elle m'en voudrait vraiment de ne pas le faire. »

Après l'école, Billy passa chez JR comme d'habitude, puis rentra chez lui. Il attendit que sa mère soit couchée pour téléphoner à Pam qui était encore au centre.

– Je suis désolé mais je n'ai rien trouvé ; ni revolver ni voiture.

– J'en étais sûre, tu ne m'aimes pas ! explosa Pam. Si tu m'aimais tu te serais débrouillé. Tu sais très bien que c'est la seule solution si nous voulons être ensemble. Puisque tu t'en fiches...

Jusque-là, Billy ne connaissait que le désir de Pam, sa douceur et ses larmes. Jamais il n'avait perçu dans sa voix ces intonations stridentes, cette sécheresse sans réplique.

Eclatant en sanglots, il l'assura qu'il l'aimait, qu'il voulait tuer Greg et vivre avec elle.

– Je ne te crois pas ! répliqua-t-elle. Tu fais semblant et tu me mènes en bateau depuis le début. Je ne vois pas pourquoi je continuerais à te voir alors qu'il n'y a pour nous aucun avenir. Adieu ! Tout est fini.

Elle raccrocha.

Billy ne comprit pas ce que cette scène avait d'insensé et de monstrueux. Sa maîtresse lui demandait de tuer un homme comme si c'était un gage d'amour parfaitement banal. Rien de plus simple : si tu m'aimes, tu le tues !

Ce ne fut pas l'horreur de cette exigence qui l'empêcha de dormir cette nuit-là, mais la crainte de voir Pam lui échapper à jamais.

Le lendemain, au lycée, il l'évita prudemment. Il était persuadé qu'elle ne voulait plus entendre parler de lui. Mais Cecilia l'entraîna à l'écart pour lui dire que Pam voulait le voir. Billy courut à son bureau. Pam s'excusa de s'être laissé emporter. Il ne devait pas s'en faire, tout cela n'était pas grave. Une autre réunion était prévue dans six mois. Il pourrait tuer Greg à ce moment-là.

« C'est alors que je me suis mis à y penser sérieusement, devait déclarer le jeune garçon au tribunal. J'ai compris que si je me défilais une fois de plus, elle me quitterait pour toujours. J'ai donc commencé à en parler à JR et à Pete. »

Pete Randall et JR Lattime étaient loin d'être des élèves modèles. Pete avait pris l'habitude de sécher les cours qui l'ennuyaient – et il y en avait beaucoup. Il ne pouvait plus compter que sur la chance pour réussir ses examens. Le jeune homme avait des qualités intellectuelles mais il manifestait un refus systématique de l'autorité qui devenait inquiétant. Sa famille avait d'ailleurs progressivement renoncé à lui imposer quoi que ce soit.

« Il affichait constamment un air rebelle et arrogant, dit un de ses professeurs. Il avait l'attirail et les manières d'un punk. Beaucoup d'enseignants avaient capitulé et ne cherchaient même plus à le faire travailler. On ne donnait pas cher de son avenir. »

JR s'en serait sans doute sorti plus honorablement que Pete. Il aurait pu terminer sans encombre ses études secondaires. Sa passion des voitures et de la mécanique l'aurait probablement conduit à travailler dans un garage.

Les deux garçons étaient impatients de faire leur service militaire. JR voulait observer de près les tanks et autres pièces d'artillerie lourde ; Pete avait envie de s'engager chez les rangers, un corps d'armée d'élite, car il était curieux de savoir ce qu'un homme peut bien ressentir en tuant.

En ce début de printemps, toutefois, ils menaient encore leur vie d'adolescents. Ils s'amusaient avec leurs copains et leurs petites amies, écoutaient les disques de leurs groupes favoris, volaient à l'occasion un autoradio, buvaient souvent et ne se refusaient pas, de temps en temps, une ligne de cocaïne.

Ralph Welch, qui était presque un frère pour JR, habitait toujours chez lui mais il sortait de plus en plus souvent avec sa petite amie. De son côté, Billy voyait beaucoup Pam, de sorte que la maison des Lattime était un peu désertée ces temps-ci.

Dans les premiers jours d'avril, Billy demanda à JR et à Pete s'ils accepteraient de l'aider à tuer Greg. Ce serait pour eux un coup formidable. Ils pourraient emporter ce qu'ils voudraient dans la maison des Smart : l'assurance de Pam rembourserait le vol.

Une fois débarrassée de son mari, Pam viendrait vivre à Hampton ; ils pourraient alors se retrouver chez elle au lieu de chez JR. Cela changerait et ils seraient beaucoup plus libres. Et puis elle leur prêterait la nouvelle voiture qu'elle projetait d'acheter ainsi que le 4 × 4 de Greg. Billy promit même à JR de lui donner tout ce qu'il avait s'il acceptait.

Les deux garçons refusèrent.

Billy revint à la charge. Il essaya un jour de convaincre ses amis en présence du cousin de Ralph Welch, Raymond Fowler. Agé de dix-huit ans, Raymond (ou Ramey, pour les intimes) avait été renvoyé du lycée et il avait déjà séjourné en prison. Il représentait le Seabrooker typique. C'était un garçon dur, difficile, renfermé et d'une intelligence plus que médiocre. « Ce n'est pas un rapide », déclara une personne qui le connaissait bien.

Billy lui demanda s'il savait où il pourrait se procurer un pistolet. Ramey répondit que ce n'était pas difficile : son père, décédé, était policier et son arme, un Magnum .357, devait encore traîner chez lui.

Ramey avait passé quatre mois à la prison de Rockingham County pour vol et recel. En outre, il avait commis de nombreuses infractions mineures au code de la route.

Fowler écouta avec attention la proposition de Billy. C'était, à ses yeux, une occasion inespérée. Le cambriolage ne présentait aucun risque puisque Pam était dans le coup et il pourrait voler tout ce dont il avait envie : le téléviseur, le magnétoscope, la chaîne stéréo, les cassettes, les Compact Discs, les bijoux... Fowler, s'il faut en croire ses déclarations ultérieures, s'était arrangé avec Pam sur un prix : elle devait le payer mille dollars.

Fowler était donc d'accord mais il posa ses conditions : il voulait prendre en main l'organisation du vol et du meurtre. Billy était l'amant de Pam, il serait sans doute le premier soupçonné par les flics. La prudence voulait qu'il se contente de le conduire jusqu'à Derry et de monter la garde.

Fowley avait commis des vols, mais sans agressions physiques sur des gens. On peut supposer qu'au départ seul le cambriolage l'intéressait. Selon la déclaration d'un témoin au procès, Fowley aurait dit qu'il ne voulait pas tuer Smart, mais que Flynn pouvait le faire s'il en avait envie. Il est difficile d'être catégorique, mais Fowley considérait vraisemblablement le meurtre de Greg comme une affaire subsidiaire qui ne le concernait pas vraiment.

Les deux jeunes gens se mirent à la recherche d'une arme et fouillèrent la maison du policier défunt de fond en comble. En vain. Le revolver était, en réalité, bien à l'abri chez un oncle.

Ils n'avaient pas de pistolet ? Qu'à cela ne tienne, ils changeraient leurs plans ! Le frère de Fowley était un collectionneur d'armes blanches. Fowley rapporterait un couteau ou un poignard pour trancher tout simplement la gorge de Greg.

Dernier point à régler : la voiture. Billy et Fowley cherchèrent à se procurer un véhicule dans la région mais il revinrent bredouilles. Finalement, ils décidèrent d'aller à Derry dans la Honda de Pam, bien qu'à l'évidence cette solution soit la plus risquée. Pam leur dit qu'elle garerait la Honda devant le Centre 21 et qu'elle laisserait les clés sur le contact. Ils pourraient venir prendre la voiture pendant qu'elle assistait à sa réunion.

Tout était donc prêt. En cette mi-avril, Greg devait mourir.

Le jour dit, Billy, Ramey accompagné d'un de ses cousins, Pete et JR s'entassèrent tous dans la voiture d'un ami de JR, Johnny Mylo. Ils allaient à Newington Mall acheter des tickets pour un concert de Motley Crue. Ce fut une joyeuse randonnée : dans la voiture on s'amusait, on faisait des plaisanteries douteuses, on draguait les filles aux feux rouges, on leur adressait des gestes obscènes.

La petite bande revint à la nuit tombée. Ramey demanda à Mylo de le déposer avec Billy devant le Centre d'études : ils avaient promis à Pam de l'aider à faire quelque chose.

La Honda était bien garée devant le Centre 21. Les portes n'étaient pas fermées et les clés en évidence sur le contact. Le parking était désert. Deux fenêtres allumées montraient que la réunion avait commencé. A peine eut-il mis le contact, que la chanson fétiche de Billy et de Pam, celle qui avait accompagné leur première nuit d'amour à Derry, *Black & Blue* de Van Halen, résonna dans la voiture. Pam avait eu la délicate attention de mettre la cassette et la stéréo en marche automatique.

Fowler prit le volant. Ils allèrent d'abord chez Billy prendre le sac dans lequel il avait mis des vêtements sombres (sweat et pantalon de jogging) et le couteau. Fowler avait pensé à emporter une vieille paire d'espadrilles pour ne pas laisser d'empreintes de semelles trop facilement identifiables.

Ils s'arrêtèrent à une pharmacie de Seabrook pour acheter des gants. Billy demanda le prix des gants de chirurgien en latex. Il en prit six paires, expliquant au pharmacien qu'il s'en servait pour faire un tour de prestidigitation.

Il ne leur restait plus qu'à se rendre au 4E, Misty Morning Drive.

Ils prirent la route 51, jusqu'à Derry. Billy connaissait le trajet puisqu'il avait été chez Pam ; de plus, elle lui avait noté soigneusement l'itinéraire sur une feuille de papier.

Mais en approchant de Derry, Billy prit subitement conscience de ce qui se passait. Raymond semblait décidé. Il irait jusqu'au bout.

Ils étaient presque arrivés quand Billy eut l'impression qu'un voile se déchirait dans sa tête. Non !

– Tourne à droite, dit-il à Ramey.

Ramey obliqua.

– Je ne vois aucun panneau indiquant Derry, s'étonna Ramey au bout d'un moment.

– Bizarre, je ne reconnais rien, fit Billy. Espérons que nous ne sommes pas perdus !

– Demandons à la station d'essence.

Le pompiste leur expliqua que Derry se trouvait exactement dans la direction opposée. Ramey fit demi-tour.

Il était près de 10 heures du soir quand ils arrivèrent à destination. Selon leur plan, ils devaient se garer sur la place mais Billy suggéra, vu l'heure tardive, d'aller d'abord jeter un coup d'œil à la villa des Smart pour s'assurer qu'ils ne couraient aucun risque. Il eut raison. La Toyota de Greg était garée devant l'entrée.

– Greg est là, dit Billy qui se sentait renaître. Laissons tomber. On ne pourra pas faire croire à un cambriolage s'il est dans la maison.

– Attends, vérifions quand même.

Ils garèrent la Honda de Pam un peu plus loin dans la cité, derrière un bouquet d'arbres, puis se dirigèrent à pied jusqu'au 4E.

Au premier, la chambre était allumée. Leur victime était bien arrivée avant eux.

Ils retournèrent donc sur la place et Billy entra dans une cabine pour téléphoner à Pam.

– Nous y sommes mais nous ne pouvons rien faire. Il est là.

La réunion de Pam était terminée depuis longtemps. Comme elle ne voulait pas qu'on sache qu'elle avait prêté sa voiture à Billy et à Raymond, Pam était revenue discrètement dans son bureau. Elle attendait, lumières éteintes, que les garçons lui donnent des nouvelles. Entendant des bruits de pas s'approcher dans le couloir, elle s'était couchée par terre derrière une bibliothèque. Quelqu'un était entré – elle ne savait pas qui – et avait ouvert son bureau. Elle craignait, devait-elle confier ensuite à Billy, que cette personne n'ait vu ses lettres d'amour.

– Alors, revenez tout de suite !

Ce qu'ils firent. Raymond se gara sur le parking avec la voiture. Pam les attendait ; elle s'engouffra dans la Honda, morte de curiosité.

– Comment as-tu pu te perdre, Billy ? On y était allés ensemble et je t'avais laissé toutes les indications !

– Je ne sais pas comment je me suis débrouillé. En tout cas, il nous a fallu du temps pour retrouver le chemin.

– Faites voir le revolver, demanda Pam au bout d'un moment.

– Oh, je ne t'ai pas dit ? Nous n'en avons pas trouvé.

– Quoi ? Mais comment comptiez-vous faire ?

Fowler lui montra le couteau à la longue lame aiguisée.

– Vous vouliez le tuer au *couteau* ? Mais c'est de la folie, s'écria-t-elle. Ça aurait fait des saloperies partout !

– Mais c'est plus silencieux, rétorqua Fowler.

– Je n'arrive pas à le croire !

Une fois arrivé devant chez lui, Raymond descendit de la voiture et Pam prit le volant pour raccompagner Billy. Celui-ci était soulagé : elle ne semblait pas trop dépitée par leur échec. Son répit fut de courte durée. A peine se retrouvaient-ils seuls que Pam changeait de ton.

– Je ne crois pas une seconde à ton histoire. Tu connaissais le chemin. Je suis sûre que tu as fait exprès de te perdre. Si tu m'aimais vraiment, si tu voulais vivre avec moi, tu te serais mieux débrouillé que ça !

– Mais, Pam, je t'aime !

Billy était terrorisé. Cette fois-ci, Pam allait le lâcher pour de bon ; cette idée lui était insupportable.

– Ecoute, Billy, si tu ne veux pas tuer Greg, j'aime autant le savoir tout de suite. On se quitte et tout est dit. Moi, je ne peux pas continuer comme ça.

– Non, Pam, je le ferai.

– Bien. J'ai une autre réunion le 1er mai ; c'est la dernière de l'année. Tu n'as qu'à te préparer pour cette nuit-là, mais si tu rates encore ton coup, ce sera fini entre nous.

Pam s'arrêta sur la route côtière, à environ cinq cents mètres de la maison de Billy. Elle ne voulait pas que sa mère les voie ensemble à une heure si tardive. Billy ferait le reste du chemin à pied.

Le lendemain matin, Pam raconta à Cecilia l'aventure ratée de la veille. Elle était furieuse contre Billy. Non seulement ils avaient pris le risque d'aller à Derry avec sa Honda mais ils s'étaient équipés d'un couteau et s'étaient perdus en route ! Une telle stupidité était inimaginable.

Au printemps, Greg et Pam menaient des vies de plus en plus séparées.

En apparence, cependant, tout semblait normal. Ils se parlaient au téléphone quotidiennement en début d'après-midi ; ils dînaient de temps en temps avec des amis ; ils projetaient de passer en mai quelques jours en Floride. Les assurances Metropolitan Life avaient proposé à Greg d'aller y faire une conférence, tous frais payés (il était désormais considéré par ses employeurs comme le meilleur vendeur de la région). Enfin, Greg avait même annoncé à quelques amis qu'il ferait une grande fête pour son premier anniversaire de mariage.

Pourtant, Greg se plaignait de plus en plus souvent à ses amis. Même à de simples connaissances, il avouait avoir des problèmes avec Pam. Vers la fin mars, lors d'un cocktail organisé par sa compagnie, Greg but un peu trop et confia à des collègues de bureau que son mariage ne répondait pas à ses espoirs.

Lors d'un voyage improvisé à Atlantic City avec Yvon Pellerin, Greg dit à son vieil ami qu'il aurait aimé acheter une maison et avoir des enfants ; mais Pam n'était pas d'accord. Il se demandait si son mariage tiendrait encore longtemps. Il évoqua la possibilité d'acheter seul la maison et demanda à Pellerin s'il n'avait pas envie de s'y installer avec lui.

Pellerin travaillait dans une société qui fabriquait des circuits électroniques ; comme Greg, il avait deux ou trois heures de liberté au moment du déjeuner. Ils se retrouvaient donc plusieurs fois par semaine au restaurant *99* à Manchester.

Greg avoua à Pellerin que Pam était de plus en plus distante. Quand il l'appelait au travail, elle était souvent absente et elle rentrait de plus en plus tard le soir sans raison valable.

Un jour du mois de mars, Pam laissa un message sur le répondeur, avertissant Greg qu'elle avait quelque chose à finir : elle rentrerait plus tard que prévu. De son côté, Pellerin était passé voir Greg au bureau avec l'espoir de l'entraîner boire un verre.

Greg lui demanda de l'accompagner à Hampton, au Centre d'études des médias et communication. Il avait interrogé son répondeur et voulait savoir ce que sa femme trafiquait exactement. Il trouvait son comportement de plus en plus suspect. Cette fois, il avait envie d'en discuter franchement avec elle.

En entrant dans le parking du centre, Greg et Pellerin ne virent pas la voiture de Pam. Ils décidèrent d'attendre. Au bout de vingt minutes, la Honda fit son apparition.

– Bon Dieu ! Où étais-tu ? cria Greg, furieux. Tu m'annonces que tu dois travailler tard, je viens te chercher au bureau et tu n'es même pas là !

– Que fais-tu ici ? répliqua Pam froidement. Tu vérifies mon emploi du temps, n'est-ce pas ? Je ne suis pas obligée de te fournir un rapport détaillé sur mes activités. Tu fais bien ce que tu veux, toi !

La contre-offensive de Pam était si bien menée, raconta Pellerin, que Greg ne put rien dire de ce qu'il avait sur le cœur. Elle se débrouillait pour retourner contre lui tous les reproches qu'il réussissait à formuler.

En avril, Greg rentrait de plus en plus souvent dans une maison déserte. Il dînait seul. Un soir, l'atmosphère de la villa lui parut tellement sinistre qu'il quitta les lieux pour aller chez ses parents.

Cecilia Pierce, un jour, ouvrit la porte du bureau de Pam et la trouva au téléphone. Elle était manifestement en train de se quereller avec quelqu'un.

– Greg ? murmura Cecilia.

Pam fit un signe de tête affirmatif.

« Elle parlait de divorce. Elle se disputait à propos du chien, des meubles, de je ne sais quoi d'autre, rapporta Cecilia. Finalement, elle a dit sèchement : "Parfait, prends le chien", puis elle a raccroché. »

Cecilia jugea l'épisode favorablement. Après tout, un divorce était préférable à un meurtre. Mais quelques minutes plus tard, Pam appela Greg pour s'excuser. Elle expliqua ensuite à Cecilia qu'elle n'était toujours pas décidée à divorcer car elle y perdrait vraiment trop. En tout cas, elle ne voulait pas que Greg parle de leurs problèmes à ses parents.

Billy Flynn, également, en savait, ou pensait en savoir beaucoup sur ce qui se passait entre les Smart. Elle lui montra un bleu, prétendant que son mari l'avait battue. Bill avait aussi entendu Pam se disputer au téléphone avec

Greg. Cette conversation, dit-il plus tard, avait eu lieu en la présence de JR et de Cecilia (quoique cette dernière ne s'en souvînt pas). Ils étaient tous les trois dans le bureau de Pam, quand Greg avait appelé ; elle avait enfoncé la touche « haut-parleur ».

Greg avait attaqué sans détour. Il avait téléphoné un quart d'heure plus tôt et ne l'avait pas trouvée. Il voulait savoir où elle était.

– Qu'est-ce que ça peut te faire ? rétorqua Pam.

« Il y eut une scène terrible, poursuivit Billy. Tous les deux hurlaient. Au bout d'un moment, il lui a demandé : "Alors, qu'est-ce que tu proposes ? Le divorce ?" et elle a répondu : "Peut-être", puis elle lui a raccroché le téléphone au nez.

» Il a rappelé au bout de cinq minutes mais cette fois-ci elle n'a pas mis la touche d'écoute. J'ai eu l'impression qu'ils se réconciliaient. »

– Vous voyez, dit Pam aux adolescents, il n'y a pas d'autre solution. Il faut le faire.

Le sens de sa phrase était clair pour tout le monde ; personne ne lui demanda de précisions.

Etrangement, ni les parents de Greg ni ses amis ne se rendaient compte de la gravité de la situation. Au milieu du mois d'avril, durant le week-end de Pâques, Greg alla jouer au casino d'Atlantic City avec son ami Brian Washburn. Greg aimait surtout le baccara : voir des joueurs perdre des milliers de dollars en quelques secondes puis tenter à nouveau leur chance l'excitait beaucoup.

Washburn avait vingt et un ans, des cheveux longs et un caractère de brave chien tout fou. Alors qu'il tentait sa chance avec Greg au baccara en buvant des bières glacées, il fut frappé par son visage morose. Son ami n'avait pas son entrain habituel.

– Qu'est-ce qui se passe, Greg ? Tu n'as pas l'air en forme aujourd'hui.

– Si, ça va, marmonna Greg.

Il avala une gorgée de bière et laissa échapper un soupir.

– Allez, mon vieux, dis-moi ce qui cloche, insista Brian.

– Entre moi et Pam ça ne va pas fort. Je me suis tapé une fille et depuis on n'arrête pas de s'engueuler.

– Quoi ! Mais quand ?

– Oh, il y a déjà un moment mais Pam remet toujours cette histoire sur le tapis.

– Tu lui as *dit* ? Tu es complètement idiot. Qu'est-ce que tu croyais ? Qu'elle allait te prendre dans ses bras et te bercer avec des « Mon chou, c'est pas grave, je t'aime » ? Si elle t'avait annoncé un truc pareil, on se demande ce que tu aurais fait, toi !

– Je n'en sais rien.

– Allez, Greg !

– De toute manière, ce n'est pas le problème et, à mon avis, elle s'est bien vengée.

Washburn comprit que Pam avait une liaison mais il ne pressa pas Greg de lui donner plus de détails. Quand il aurait envie d'en parler, il le ferait.

Quelques instants plus tard, Pam et Tracy Collins vinrent les rejoindre à la table de baccara. Les deux jeunes femmes paraissaient insouciantes et gaies. Elles annoncèrent qu'elles repartaient faire des courses et leur fixèrent un rendez-vous pour le dîner. En voyant Greg et Pam parler comme si de rien n'était, Brian se dit qu'ils traversaient sans doute une mauvaise passe mais que tout finirait par s'arranger. Il ne pouvait croire à une faillite définitive.

Greg restait généralement discret et gardait ses doutes pour lui-même. Mais il recherchait de plus en plus la compagnie de ses vieux amis dont il s'était éloigné à cause de Pam.

Il renoua, en particulier, avec Terri Schnell qui lui avait présenté sa femme. En avril, il se mit à l'appeler de plus en plus souvent au téléphone. Il commença à lui rendre visite à l'improviste, comme dans l'ancien temps.

Un vendredi soir, à la grande surprise de Terri, il lui proposa d'aller boire un verre et danser dans une boîte de Manchester avec Steve Payment et une autre fille. Terri accepta. En plein milieu d'une danse, il lui dit sans préambule :

– Tout est foutu.

Terri comprit immédiatement qu'il faisait allusion à son mariage.

– Je divorce cet été, poursuivit-il.

Terri ne le prit pas au sérieux. Greg avait déjà fait des déclarations similaires ; elle crut qu'il sortait d'une petite brouille sans conséquence avec Pam et exprimait ainsi une mauvaise humeur momentanée. « En fait, déclara-t-elle ultérieurement, il devait avoir beaucoup de mal à parler de ses problèmes. Parfois, il laissait échapper une remarque mais passait immédiatement à un autre sujet. »

Toutefois, ce vendredi-là, Greg alla un peu plus loin. Plus tard, il revint sur la question de son divorce.

– Quand je serai séparé de Pam, nous pourrons nous voir bien plus souvent, n'est-ce pas ?

En guise de réponse, Terri se contenta de rire.

– Je t'aime beaucoup, Terri, tu sais ?

– Moi aussi je t'aime beaucoup, répondit-elle, étonnée par cet accès de sentimentalité.

Le dernier week-end d'avril, Greg se rendit à Rhode Island. Il devait y faire une conférence pour le compte de sa compagnie. Le dimanche soir, à son retour, il alla directement chez Terri Schnell qui organisait une fête. Greg but, fuma quelques joints, dansa et s'amusa. Pam n'avait pas été invitée.

Le lendemain, Greg, accompagné d'un ami, repassa chez Terri pour l'aider à mettre de l'ordre dans la maison et bavarder un moment avec elle.

Le dimanche suivant, il lui téléphona. Il voulait passer prendre le petit déjeuner chez Terri comme au bon vieux temps. Elle lui répondit, à regret, que c'était impossible car elle était invitée toute la journée chez des amis. Il faudrait qu'ils remettent ça à une autre fois.

Jamais plus Terri ne devait entendre la voix de son ami.

Les raisons qui poussèrent JR Lattime et Pete Randall à aider Pam et Billy dans leur projet meurtrier n'ont jamais été véritablement éclaircies. Les explications fournies par les deux garçons eux-mêmes restent très floues. Mis au courant dès le début par Billy, ils n'avaient pas ménagé leurs critiques : ils jugeaient le projet stupide. A leurs yeux, leur ami se faisait manipuler par la monitrice et il n'était pas question pour eux de participer à un assassinat.

Mais contre toute attente, après le premier échec de Billy et de Fowler, ils changèrent d'avis. Randall déclara, pendant le procès, qu'il s'était impliqué dans l'affaire parce que Billy était manifestement incapable de s'en tirer tout seul ; il ne voulait pas le voir arrêter par la police. Aussi avait-il décidé de prêter main-forte à son ami.

Il est vraisemblable que cette décision relevait en fait d'une multitude de facteurs convergents. D'abord, Pete et JR portaient à Bill une amitié fidèle et loyale ; et dans la petite bande de Seabrook, ce n'était pas un mot creux. Les garçons se connaissaient et s'entraidaient depuis des années. Ils savaient qu'en dehors de leur groupe ils ne pouvaient compter sur personne.

Par ailleurs, il est probable que l'engagement de Fowler servit de catalyseur. Puisque Raymond avait trouvé le coup intéressant, il méritait certainement d'être étudié.

Enfin, il se peut que Pete Randall, comme il en avait

parlé à plusieurs reprises ici ou là, ait voulu savoir pour de bon ce que l'on ressentait en tuant un homme.

Et comment ne pas envisager que la perspective du meurtre, et la terrible transgression qu'il implique, n'ait pas excité ces adolescents rebelles et asociaux (bien que JR ait toujours affirmé que, dans le fond de leur cœur, ils n'avaient jamais vraiment songé qu'il s'agissait de supprimer une vie humaine) ?

Billy lui-même ne comprit pas ce qui avait motivé le revirement de ses amis. Toujours est-il qu'ils acceptèrent de participer, à condition d'être payés.

Cela ne posait aucun problème, leur dit Billy : Pam leur donnerait à chacun mille dollars. Greg avait contracté une assurance sur la vie et les adolescents savaient qu'à sa mort Pam toucherait une somme d'argent très confortable. (Dans les semaines suivantes, ils apprirent que Greg avait une garantie de cent quarante mille dollars.)

Billy annonça donc la nouvelle à Pam.

– Ils sont d'accord si tu leur donnes du fric.

– Mais je leur ai dit qu'ils pouvaient tout emporter dans la maison ! répliqua Pam.

– Je suppose qu'ils veulent aussi de l'argent liquide.

– Combien ?

– Mille dollars chacun.

Pam s'offusqua. Si la police vérifiait son compte bancaire après le meurtre, elle s'étonnerait d'un retrait aussi important. Pam proposa néanmoins de leur donner cinq cents dollars à chacun, en plusieurs versements hebdomadaires afin d'éviter des mouvements d'argent suspects.

Ce point réglé par l'intermédiaire de Billy, il ne leur restait plus qu'à mettre leur plan sur pied. Ils s'y attelèrent.

La grand-mère de JR, Mary Chase, avait une caravane qui était stationnée sur le terrain des Lattime. Tous les jours, les garçons s'y installaient pour pouvoir parler tranquillement : comment éliminer, sans risque, le mari de Pam ? Parfois, ils se réunissaient chez Raymond Fowler.

Billy, JR et Pete se virent au moins à vingt reprises. Ils commencèrent par repenser le projet de fond en comble, évoquant la possibilité d'une attaque à main armée ou d'une fusillade en voiture. Quelqu'un proposa de tuer Greg à Nashua, à la sortie de son bureau.

Mais finalement, ils revinrent au plan initial : ils porteraient des vêtements sombres, gareraient la voiture sur le parking de Hood Commons et organiseraient une mise en scène de cambriolage interrompu.

Cependant, tout n'était pas réglé, loin de là. Pete et JR refusaient l'idée de tuer Greg d'une balle de revolver. Leur position provoqua des frictions avec Billy. Il avait beau répéter sur tous les tons que c'était la volonté de Pam, Pete et JR s'en moquaient. Evidemment, les désirs de Pam ne comptaient pas autant pour eux que pour Billy. Ils considéraient aussi que, se contentant de s'abriter derrière un alibi en assistant tranquillement à sa réunion, Pam n'avait pas d'ordres à leur donner.

Comme Fowler, Pete pensait qu'il était plus sûr de tuer Greg au couteau : le crime se ferait sans bruit, point capital dans une cité aussi peuplée. D'autre part, la police retrouverait moins facilement la trace d'un couteau que celle d'un pistolet.

Et puis, où trouver le revolver ? Le père de JR avait bien, dans sa chambre, une collection d'armes à feu parmi lesquelles une douzaine de fusils de chasse et deux revolvers (un Ruger calibre 22 et un Charter Arms calibre 38). Malgré l'insistance de Billy, JR restait inébranlable : il ne toucherait pas aux armes de son père. D'une part, il savait très bien que Vance Lattime ne le lui pardonnerait pas. D'autre part, c'était dangereux : s'il ne remettait pas l'arme à sa place après le meurtre, Vance Lattime ferait sans mal le rapprochement entre sa disparition et la mort de Smart ; s'il la remettait en place, l'enquête balistique risquait un jour ou l'autre de les trahir.

Il fallait donc chercher ailleurs. Pete Randall déclara au tribunal qu'il connaissait un petit trafiquant de drogue nommé Zeppelin. Cet homme ne se contentait pas de vendre de la cocaïne : il achetait des marchandises volées puis les revendait au marché noir. Billy et Pete allèrent le trouver à Haverhill, dans le Massachusetts. Avait-il un revolver à vendre ? Zeppelin répondit qu'il pouvait en trouver un, mais ce serait cher, environ trois cents dollars. Avertie par les garçons, Pam refusa : pas question de mettre un tel prix !

Les trois amis s'attaquèrent aussi au problème de la voiture. Ils pensaient d'abord utiliser celle de la mère de Pete ; ils songèrent ensuite à en voler une, mais cette solution fut aussitôt rejetée : ils ne pouvaient courir le risque de se déplacer dans un véhicule volé. Quant à la Honda de Pam, elle était trop facilement identifiable.

Malgré ces flottements, le projet prenait forme. JR hésita longuement avant de s'engager personnellement mais le lundi 30 avril, il donna son accord. Lui aussi ferait partie de l'expédition. Plus tard, il déclara n'avoir jamais cru au projet d'assassinat : puisque à ses yeux le meurtre restait douteux, pourquoi se serait-il privé des bénéfices du vol ?

Il faut reconnaître que le meurtre posait des problèmes épineux. Trop de gens étaient au courant. Outre Pam et les trois garçons, il y avait Raymond Fowler, Cecilia, ainsi qu'un ami de Billy, Sal Parks. Billy lui avait fait de nombreuses confidences. Il lui avait même demandé s'il accepterait de conduire la voiture jusqu'à Derry, le 1er mai. De son côté, Raymond Fowler avait raconté ici ou là quelques anecdotes sur son expédition manquée.

Les jeunes gens auraient dû aussi s'inquiéter d'un fait : une douzaine, au moins, de leurs camarades étaient au courant de la liaison entre Billy et Pam (*de visu* ou par ouï-dire).

Pourtant, l'affaire suivait son cours. Lattime – celui qui pensait ses amis incapables d'attenter à une vie humaine – devint paradoxalement la cheville ouvrière du complot.

Agé de dix-sept ans, il était le seul à avoir un permis de conduire et il empruntait souvent la Chevrolet jaune de sa grand-mère, Mary Chase. Il suggéra de l'utiliser pour faire l'aller-retour à Derry.

Mary Chase habitait Bradford, dans le Massachusetts, une petite ville frontalière près de Haverhill. Elle avait proposé à son petit-fils de venir à Seabrook, le 1er mai, avec la Chevrolet. Elle voulait bien laisser sa voiture chez les Lattime, de sorte que les garçons la trouvent en rentrant de l'école. JR lui avait promis, en échange, de la reconduire jusqu'à Bradford.

Randall avait décidé de poignarder Greg à l'arme blanche. A la limite, n'importe quel couteau de cuisine trouvé chez les Smart ferait l'affaire. Par précaution, JR avait fini par accepter de prendre le Charter Arms calibre 38 de son père. Simplement au cas où les choses tourneraient mal. Aucun des garçons n'avait l'intention de s'en servir.

Quant à Pamela, elle faisait tout son possible pour resserrer davantage encore ses liens affectifs avec les adolescents. Tout en les sachant gagnés à sa cause, elle redoutait un abandon de dernière minute. Profitant de l'absence de Greg, parti à Rhode Island, elle invita Cecilia à venir habiter chez elle, à Derry. Cecilia obtint la permission de sa mère : Pam la conduirait chaque matin au lycée et la ramènerait le soir, en sortant de son travail. Cecilia se faisait une joie de cette escapade : Pam lui avait promis de lui laisser le volant de sa Honda (elle devait passer son permis dans peu de temps). Et, surtout, elle n'aurait plus de comptes à rendre à sa famille et ferait tout ce qui lui passerait par la tête.

Lundi soir, Karen, l'amie de Cecilia, vint les rejoindre à Derry. Elles passèrent la soirée à bavarder en regardant des vidéos.

Mardi soir, Pam et Cecilia ramenèrent Billy. Il devait rester jusqu'au lendemain. Ils allèrent au cinéma voir *Pretty Woman.*

Le mercredi, Pam, Billy et Cecilia firent un tour de reconnaissance à Hood Commons. Pam indiqua précisément à son jeune amant où ils devraient garer la voiture. Elle lui montra les poubelles derrière lesquelles ils pourraient se changer tranquillement et la pente herbeuse qui leur permettrait de descendre jusqu'à la cité, à quelques pas de Misty Morning Drive.

Le mercredi matin, Billy téléphona à sa mère pour lui expliquer pourquoi il n'était pas rentré dormir à la maison. Il s'était rendu à une fête et, comme tout le monde était ivre, il avait préféré rester là-bas pour la nuit plutôt que de risquer un accident sur la route.

Pam s'agitait aussi sur un autre plan, professionnel celui-là. Elle avait proposé à ses chefs de faire à la rentrée de septembre un cours sur les techniques de production télévisuelle. L'accord avait été conclu, les crédits débloqués. Ses supérieurs appréciaient généralement son dynamisme et ses initiatives. Il restait simplement à fixer le montant de son nouveau salaire.

L'immeuble du Centre d'études des médias et communication, où Pam travaillait, devait être rénové. Les locaux de Pam et de sa secrétaire seraient réduits, au profit de bureaux administratifs. Après maintes discussions avec ses employeurs, Pam avait fini par céder. Elle se contenterait d'un espace moins important.

Tout était donc réglé et ces décisions n'avaient plus qu'à être ratifiées par l'administration. A l'étonnement de tous, Pam tint absolument à assister aux réunions administratives. En tant que membre de l'équipe pédagogique, elle n'avait pourtant aucun droit décisionnaire.

Elle suivit la réunion du 5 avril et celle du 12 (peut-être le soir où Flynn et Fowler avaient fait leur expédition ratée à Derry). Son chef, Norman Katner, le directeur du centre, se souvint d'avoir tenté de la dissuader : sa présence était superflue. Certes, les sujets débattus (l'établissement de son nouveau cours, son augmentation de salaire et la rénovation des locaux) la concernaient, mais puisqu'ils avaient déjà été approuvés par le conseil pédagogique, ils relevaient désormais du bureau administratif. A quoi bon perdre une soirée ?

Pam assista néanmoins à la réunion, du début jusqu'à la fin, pendant trois heures.

Le 30 avril, elle avertit Fred Engelbach, le directeur adjoint : après mûre réflexion, elle refusait le plan de rénovation qu'elle avait accepté depuis plusieurs semaines. Il n'était pas question de réduire ses locaux. Au contraire, elle avait besoin de davantage d'espace.

Engelbach n'accorda pas à ce revirement de dernière minute une grande importance ; de toute façon, il était quasiment impossible de revenir en arrière. Pourtant, Pam reprit la bataille avec une violence qui surprit tout le monde. Averti de la situation, Katner, dans l'espoir de calmer le jeu, fixa à Pam un rendez-vous pour le lendemain matin, 1er mai. Ils pourraient ainsi discuter tranquillement avant la réunion du soir.

Ce 1er mai 1990, vers 9 heures du matin, Gregory Smart quitta le 4E, Misty Morning Drive, pour se rendre à Nashua où l'attendait une matinée de travail ordinaire : coups de téléphone, dossiers, réunion.

Comme d'habitude, Smart fixa quelques rendez-vous

pour la soirée et prit son après-midi. En rentrant chez lui, il aperçut, venant en sens inverse, la voiture de Tom Parilla qui avait été son garçon d'honneur un an plus tôt. Il lui fit des appels de phares en signe de reconnaissance. En se croisant sur la route, les deux amis échangèrent de chaleureux signes de main.

La journée avait mal commencé ; le ciel matinal était gris et nuageux, mais quand Greg s'arrêta chez ses parents, le temps s'était agréablement éclairci. Il bavarda un moment avec Bill et Judy Smart, joua avec sa nièce, la petite fille de son jeune frère, puis partit après avoir tendrement embrassé tout le monde.

En début de soirée, Greg se prépara avant d'aller à ses rendez-vous. Il avait prévu de voir deux clients, un à Salem, l'autre à Pelham. Il enfila un pantalon gris, une chemise vert clair, une veste sport grise et noua une cravate écossaise. A peu près à l'heure du dîner, il monta dans sa Toyota et prit la route.

Il ne connaissait pas encore ses clients de Pelham, Charles et Nancy Sargent. Smart devait reconduire leur police d'assurance et leur proposer des garanties supplémentaires. Il arriva chez les Sargent vers 19 h 30, presque une demi-heure en avance. Ils s'installèrent autour de la table de la cuisine pour discuter du contrat.

Greg dut être convaincant car Charles Sargent, âgé d'environ soixante-cinq ans, signa le chèque d'une nouvelle police. Avant de partir, Greg échangea avec eux quelques commentaires sur le match de basket retransmis à la télévision. Il examina avec intérêt la télécommande du poste qui lui semblait plus perfectionnée que la sienne.

A 20 h 30, il fit ses adieux et remonta dans son 4 × 4. Il serait à Derry dans une demi-heure.

Le matin, Pam était généralement la première à partir travailler. Ce 1er mai, toutefois, elle traîna plus longtemps chez elle, étant donné qu'elle serait retenue tard le soir. Elle ne partit pour Hampton qu'à 9 h 45.

Billy Flynn déclara qu'elle vint le trouver dans les vestiaires du lycée pour lui confirmer qu'elle avait bien laissé ouverte la porte blindée de la cave. Qu'il se rassure, tout se passerait comme prévu.

Une fois arrivée au centre, Pam vit Katner et Engelbach. Elle tenta de leur expliquer son brusque revirement à propos des travaux, mais aucun des deux hommes ne comprit vraiment pourquoi elle se rétractait avec une telle violence, ni ce qu'elle cherchait à obtenir. Pam déclara qu'elle tenait absolument à assister à la réunion de la soirée ; si son opposition n'était pas prise en compte par ses chefs, elle ferait un scandale devant le conseil d'administration.

Katner fut très irrité par cette attitude.

– Pam, les jeux sont faits. Il n'est pas question de revenir sur des décisions qui ont été prises avec votre accord. Si vous tentez, ce soir, d'empêcher le bon déroulement de la réunion, vous le regretterez.

– Bien, dit Pam, mais j'irai quand même.

Le reste de la journée, elle ne fit pas grand-chose. Elle déjeuna à midi avec l'équipe du centre presque au complet. Tout le monde revint au bureau vers 14 h 30.

Peu de temps après, le téléphone sonnait. C'était Billy. Il y avait un pépin.

Flynn, JR et Pete étaient rentrés chez les Lattime avec le car scolaire. Ils avaient alors constaté que la Chevrolet de Mary Chase n'était pas là. Elle avait tout simplement oublié la promesse faite à son petit-fils. JR lui avait téléphoné. Mary Chase lui avait répondu que s'il avait besoin de la voiture, il n'avait qu'à venir la chercher à Bradford.

Billy voulait savoir si Pam acceptait de l'y conduire. Ne

voyant pas d'autre solution, Pam lui promit d'être chez lui rapidement.

Cet après-midi du 1er mai, Vance et Diane Lattime étaient tous deux au travail. Pendant que Billy et Pete bavardaient dans la cuisine, JR s'introduisit discrètement dans la chambre de ses parents et ouvrit le premier tiroir de la commode. Il contenait des caleçons et des maillots de corps, une collection de pièces de monnaie et au fond à droite, posé sur une liasse de papiers personnels, le revolver, un Charter Arms .38, dans son étui.

L'arme avait appartenu aux grands-parents maternels de JR, Naomi et Don Rogers. Don, atteint d'un cancer, était cloué au lit. Une nuit quelqu'un s'était introduit dans sa maison. Le vieil homme avait réussi à se traîner jusqu'au rez-de-chaussée et les voleurs lui avaient assené un coup. Après cet incident, Don, inquiet de voir qu'il n'était plus en mesure de protéger sa femme, lui avait demandé d'acheter un revolver.

Elle ne s'en était jamais servie.

En 1983, après la mort de Don, Vance Lattime avait racheté l'arme à Naomi pour deux cents dollars. Lattime chassait et s'exerçait souvent au tir. Il possédait de nombreuses armes à feu. Il n'avait pas besoin du Charter Arms et ne l'avait récupéré que pour des raisons sentimentales car il avait beaucoup d'affection pour ses beaux-parents.

JR fut la seule personne à l'utiliser.

Le revolver était resté des années dans son étui. Vance avait pris l'habitude d'aller chasser avec son fils dans les bois au nord du New Hampshire. Il emportait le revolver avec lui au cas où ils tomberaient sur un ours ou quelque autre danger.

Durant ces escapades, JR ne cessait de demander à son père de lui apprendre à tirer. Il voulait absolument essayer le Charter Arms. Finalement, un jour de l'année 1988,

Vance céda. Ils étaient à l'extrême nord de l'Etat, près de la frontière canadienne. JR tira sur des biscuits qui lui servaient de cible à moins de trente mètres de distance.

Le pistolet fut rangé dans le tiroir de la commode et oublié jusqu'à ce premier jour de mai 1990 où JR se l'appropria.

Les trois garçons examinèrent longuement le revolver, qui n'était pas chargé. Finalement, ce fut Billy qui le prit ; il le rangea dans la poche intérieure de son blouson en jean.

En attendant Pam, JR entra dans la chambre de Ralph Welch pour bavarder un moment avec lui. Welch avait pris ses distances avec le groupe et il n'était au courant de rien. Certes, il avait, lui aussi, fait pas mal de bêtises mais les trois autres garçons le trouvaient assagi depuis qu'il fréquentait sa petite amie. Jamais il ne serait assez fou pour s'embarquer dans une histoire pareille. On l'avait donc tenu soigneusement à l'écart du complot.

JR Lattime adorait les voitures. Il aimait les conduire, il aimait les réparer, il aimait en parler et toutes l'intéressaient également. Lorsque Pam arriva dans sa Honda, il ne put résister au plaisir de la conduire jusqu'à Bradford.

Pam accepta sans faire de difficultés. Elle s'installa à l'arrière avec Flynn, Pete s'assit sur le siège avant et JR prit le volant.

Lattime était connu pour être un « fou du champignon ». Il avait déjà eu deux contraventions pour excès de vitesse mais il s'en fichait complètement. Il voulut tester les limites de la Honda. Une fois sur l'autoroute, il appuya sur l'accélérateur. A fond.

Pam, furieuse, lui ordonna de ralentir. D'abord, elle n'appréciait pas vraiment ce genre de sensations fortes. Ensuite, elle ne voyait pas l'intérêt de se faire arrêter avec des passagers dont l'un portait sur lui un revolver, alors que son mari serait assassiné dans la soirée !

Quant à Randall, il était nerveux pour d'autres raisons. Il pensait au meurtre et voulait s'assurer, avec Pam, que tout était en ordre.

Elle se fit rassurante. Il n'y avait pas de quoi s'inquiéter. Les deux portes, celle de la cave et celle de l'arrière, étaient ouvertes. Evidemment, il était possible que Greg, en repartant en début de soirée, ferme la porte arrière mais il ne penserait sûrement pas à vérifier celle de la cave.

Elle avait réuni tous ses bijoux – bracelets, chaînes, bagues, broches et boucles d'oreilles – dans un coffret, de manière qu'ils n'aient pas à chercher dans tous les coins de la maison. Ils trouveraient la boîte à bijoux dans la salle de bains, au premier. Il y avait là des pièces de valeur, leur assura-t-elle. Elle avait néanmoins gardé pour elle quelques bijoux auxquels elle était sentimentalement attachée (ce jour-là, Pam portait une bague à presque chaque doigt !).

Une fois entrés dans la villa, ils ne devraient pas oublier de mettre le chien à la cave et d'éteindre toutes les lampes.

– Greg est trouillard. S'il y a de la lumière, il n'entrera pas dans la maison.

Pam demanda à voir le pistolet et Billy le lui montra.

– Et si je me servais d'un couteau ? demanda Pete, plutôt inquiet de la réaction de Pam.

– Les détails ne m'intéressent pas, répliqua-t-elle d'une voix qui se fit plus aiguë. Je ne comprends pas pourquoi vous n'utiliseriez pas le revolver. Si tu l'égorges, le sang va gicler partout et le canapé sera tout taché.

– Ne t'inquiète pas, reprit Billy. Nous nous servirons du revolver. Tout est réglé.

Pam avait elle aussi son rôle à tenir cette nuit-là mais, comme le raconta plus tard JR, elle n'avait pas encore décidé comment elle allait le jouer.

– Que dois-je faire quand je le trouverai ? demanda-t-elle.

Je crie, je cours chez les voisins demander de l'aide ou je téléphone à la police ?

– Essaie d'être naturelle, répondit JR. Laisse-toi guider par tes réactions.

Ils arrivèrent enfin à Bradford chez Mary Chase. JR entra chez sa grand-mère. Il lui dit qu'il était très pressé, que des copains l'attendaient. Il prit les clés de la Chevrolet, lui emprunta de l'argent pour payer l'essence et la quitta sans plus de formalités.

JR se mit au volant de la Chevrolet, avec Pete à ses côtés, tandis que Pam et Billy les suivaient dans la Honda. Les deux voitures s'arrêtèrent à une station d'essence puis prirent la route de Seabrook. Sur l'autoroute, JR fila comme un bolide, laissant la Honda loin derrière.

Les adolescents se regroupèrent pour leur expédition meurtrière en fin d'après-midi. Ils passèrent d'abord chez Billy prendre son sac de campeur qui contenait les vêtements et les gants. Ensuite ils allèrent chercher Raymond Fowler.

Celui-ci n'avait pas participé très activement aux derniers préparatifs, mais JR ne voulait pas rester seul dans la voiture en attendant que Billy et Pete accomplissent leur besogne dans la villa. Il tenait à ce que Fowler l'accompagne.

Fowler était chez le père de Ralph Welch. Il l'aidait à monter un pare-brise sur une camionnette.

– Ramey ! cria Randall. On y va ! Tu viens ou pas ?

– J'arrive.

Lattime s'arrêta à nouveau pour faire le plein. Les quatre garçons étaient prêts à affronter leur premier et dernier rendez-vous avec Greg Smart.

Dans la voiture, ils rediscutèrent du meurtre. Etait-ce vraiment malin d'opter pour le couteau ? Ils n'en étaient pas encore bien persuadés. Finalement, ils décidèrent de ne rien changer à leur plan : Pete Randall tuerait Greg au couteau mais Billy se tiendrait prêt à braquer le Charter Arms au cas où ils auraient besoin d'effrayer un voisin ou quiconque chercherait à les arrêter.

JR rata la sortie vers la 51. Il s'ensuivit une querelle entre Billy et Raymond qui n'étaient pas d'accord sur l'itinéraire à suivre. JR finit par retrouver la route de Derry. Une fois de plus, Billy s'était trompé dans ses indications ! Quand ils arrivèrent en ville, il faisait encore jour.

JR se dirigea d'abord vers Hood Commons, puis voulut faire un tour de reconnaissance dans la cité de Summerhill. Les garçons remarquèrent de nombreuses voitures stationnant près de l'école, la Hood Memorial Junior High School, où se déroulait vraisemblablement une compétition sportive.

Juste devant, là, à la limite de la cité et en bordure de la route, se dressait un pavillon : c'était le 4E, Misty Morning Drive.

Ils revinrent au parking du centre commercial de Hood Commons. La première chose à faire était d'acheter du Scotch. Randall avait suggéré qu'ils pourraient s'en entourer les doigts avant d'enfiler leurs gants. Cette précaution n'était pas inutile. Pendant le trajet, JR avait en effet testé l'efficacité des gants de chirurgien : malgré le latex, l'empreinte de ses doigts était restée sur la vitre de la voiture. Cette expérience avait déchaîné les sarcasmes des garçons à l'encontre de Billy.

– Dire que cela fait des mois qu'il nous bassine avec ce meurtre et qu'il n'est même pas capable d'acheter des gants corrects ! avait lancé JR.

Il est vrai que ces adolescents qui déambulaient en riant et en plaisantant parmi les rayons d'un supermarché de Hood Commons à la recherche d'un rouleau de Scotch n'avaient pas vraiment l'air d'assassins endurcis.

Ramey décréta soudain qu'il avait faim. Puisqu'ils étaient

en avance, il prendrait le temps de manger une pizza. Tandis qu'assis seul à une table il dégustait une « Reine » avec double ration de fromage, les trois autres, craignant de se faire repérer, s'engouffrèrent dans les toilettes.

La tension montait. JR, Flynn et Randall n'avaient soudain plus envie de rire. Sombres, un masque dur plaqué sur le visage, ils retournèrent à la voiture. Billy et Pete, à l'arrière, se scotchèrent méthodiquement les doigts. Puis Flynn chargea le Charter Arms.

Un ami de l'oncle de JR lui avait vendu une poignée de balles. JR lui avait raconté qu'il désirait s'en servir pour un exercice de tir qu'il organisait avec des copains. Une par une, Flynn les engagea dans les cinq alvéoles du barillet, puis il glissa l'arme dans la ceinture de son jean et ferma son blouson.

Il faisait noir. Billy saisit son sac. L'heure était venue.

On n'a jamais su exactement ce qui s'est passé dans la villa des Smart durant cette nuit du 1er mai 1990. L'expertise pose autant de questions qu'elle en résout. Quant au récit que firent au procès Flynn et Randall, il est loin d'élucider toutes les énigmes car il comporte diverses lacunes qu'il faut peut-être imputer à la panique ou à une mémoire sélective.

Billy et Pete laissèrent JR dans la Chevrolet et allèrent se cacher derrière la rangée de poubelles. L'endroit était désert. Pas un piéton, pas une voiture. Ils purent tranquillement enlever leurs vêtements et mettre ceux qu'ils avaient emportés. Randall enfila un sweater et un pantalon anthracite et se chaussa de vieilles espadrilles. Flynn mit un pantalon de jogging noir, un T-shirt, une veste d'hiver noire et une paire de tennis que Fowler lui avait donnée. Ils avaient prévu de jeter, après le meurtre, leurs habits d'assassins.

Flynn mit le revolver dans la poche intérieure gauche de sa veste puis déposa le sac, bourré de leurs vêtements de ville, dans la cage d'escalier d'un immeuble situé derrière la place.

Les deux garçons descendirent la route qui menait à la cité. Un couple venait dans l'autre sens. Billy et Pete adoptèrent un petit trot rapide, comme s'ils étaient sortis faire leur jogging.

Ils contournèrent au pas de course un pâté de maisons et arrivèrent bientôt près de la villa des Smart. Ils se cachèrent dans l'ombre d'un garage, à quelques mètres de la porte de la cave. Dans une allée voisine, des gens se disaient au revoir. Flynn et Randall enfilèrent leurs gants de latex.

Quand il n'y eut plus personne en vue, ils rampèrent jusqu'à la porte en métal gris. Pam avait dit qu'il suffirait de la pousser, mais pour une raison ou une autre, Billy eut du mal à l'ouvrir. Après quelques efforts infructueux, elle céda.

Ils refermèrent la porte derrière eux et descendirent l'escalier en béton qui menait dans la cave sombre.

La première chose qu'ils avaient à faire était de s'occuper du chien. Billy et Pete montèrent au rez-de-chaussée. Ils trouvèrent sans mal le shih-tzu qui les guettait, intrigué. Quand Billy voulut mettre la main dessus, il se mit à aboyer furieusement et décampa. Billy dut lui courir après quelques instants avant de pouvoir l'attraper. Les garçons jetèrent l'animal par la porte de la cave et rirent en entendant le badaboum de son petit corps qui roulait sur les marches.

Ils se mirent alors en devoir de mettre à sac la grande chambre à coucher, puis ils entrèrent dans la salle de bains. Comme il n'y avait pas de fenêtre, ils fermèrent la porte et allumèrent la lumière. Randall vida le contenu du coffret à bijoux de Pam dans une housse de coussin bleue à motifs floraux qu'il avait prise sur le lit. Ils emportèrent un petit poste de télévision portable qui se trouvait là, ainsi qu'une paire de lunettes de soleil qui plaisait à Pete.

Puis ils s'attaquèrent à la chambre d'amis.

Dans le salon, au rez-de-chaussée, Billy commença par ouvrir la porte arrière au cas où ils auraient à s'enfuir précipitamment. Dans la cuisine, ils cherchèrent vainement une torche électrique.

Randall s'attaqua à la chaîne stéréo. Il la délogea des étagères où elle était encastrée mais, ne trouvant pas l'extrémité de la prise électrique, il abandonna l'ampli sur le sol. Les mini-enceintes étaient plus faciles à prendre. Pete les déposa près de la porte-fenêtre pour les emporter en partant.

A l'aide d'un couteau à manche noir qu'il avait trouvé dans la cuisine, Randall lacéra un coussin du divan et éparpilla la bourre sur le sol. Il garda la housse noire pour remplacer la bleue à fleurs qu'il trouvait trop voyante. Il versa à l'intérieur les bijoux, la paire de lunettes de soleil et des Compact Discs.

Sur la place du centre commercial, Lattime et Fowler tuaient le temps comme ils pouvaient. Ils commencèrent par faire du lèche-vitrines, puis errèrent dans un immeuble en chantier, s'intéressant aux travaux de construction. Désœuvrés, ils revinrent au supermarché où ils avaient trouvé le rouleau de Scotch. JR acheta un bidon d'huile et en versa la moitié dans le moteur de la Chevrolet. Les deux garçons déambulèrent ensuite dans le parking en regardant si les voitures stationnées avaient des autoradios intéressants à voler. Ils revinrent ensuite s'installer dans la Chevrolet pour écouter leur station de radio favorite qui passait des anciens succès. Ils mirent le son à fond.

Ils décidèrent d'aller du côté du 4E, Misty Morning Drive

voir si Greg était rentré. Ne voyant pas la Toyota, ils repartirent vers la place de Hood Commons.

Vers 8 heures du soir, le sergent Vincent Byron de la police de Derry, qui était sorti avec sa femme et ses deux enfants, décida de faire un crochet par Hood Commons avant de rentrer chez lui. Grand amateur de golf, il aimait s'entraîner le soir sur le terrain de sport désert. C'était un arrangement qu'il avait conclu avec son club.

Devant la Hood Memorial Junior High School, il vit la foule de voitures stationnées. Bill et Pete étaient alors à quelques mètres de là, dans la villa des Smart.

– Ce ne sera pas pour ce soir ! soupira-t-il en repartant.

Un peu moins d'une heure plus tard, Dave Boss, un ami de Greg, s'arrêtait dans une librairie du centre commercial de Hood Commons pour acheter une revue de base-ball. Puisqu'il était dans les parages, pourquoi ne pas passer dire bonsoir à Greg ? Ne voyant pas de lumière aux fenêtres du 4E, ni la Toyota de Greg, il poursuivit sa route sans même ralentir.

Billy Flynn jeta un coup d'œil entre les lamelles du store de la cuisine. Toujours pas de Toyota en vue. Il alla rejoindre Pete au salon : il s'acharnait toujours sur l'ampli de la chaîne stéréo.

Les deux garçons ne savaient pas encore très bien comment ils allaient s'y prendre pour tuer Greg. Pam avait suggéré que Billy se cache dans les toilettes et se jette sur son mari au moment où il pendrait sa veste au portemanteau, juste à côté.

Billy monta chercher une serviette dans la salle de bains. Il prévoyait de la jeter sur la tête de Greg quand il ouvrirait la porte. Pour une raison ou une autre, ce plan fut abandonné, et la serviette avec.

Il saisit ensuite un des lourds chandeliers en cuivre qui ornaient la table de la salle à manger et l'examina avec intérêt. Cela ferait un parfait instrument pour assommer Greg.

Mais une nouvelle idée le traversa. Pourquoi ne pas dévisser l'interrupteur du vestibule ? Greg ne pourrait plus allumer. Posant à terre le chandelier qu'il tenait encore à la main, Billy alla examiner l'interrupteur près de la porte d'entrée mais il renonça aussi à ce projet : si jamais les choses tournaient mal, ce détail pourrait faire penser à un meurtre avec préméditation.

Ils finirent par arrêter un plan : Randall, plus solidement bâti, se cacherait près de la porte d'entrée. Billy, lui, se tiendrait sur le palier du premier étage. Quand Greg arriverait, Pete se jetterait sur lui pendant que Billy irait éteindre la lumière et fermer la porte.

Les minutes passaient, ils attendaient.

Flynn allait de temps en temps jeter un coup d'œil à la fenêtre de la cuisine. Randall, obsédé par les empreintes digitales, avait soigneusement enveloppé le manche du couteau dans du papier essuie-tout. Il s'assit à la table de la salle à manger, se préparant mentalement à égorger Greg.

Soudain, ils entendirent un bruit de moteur. C'était la Toyota.

– Pete, il est là ! Il est là ! cria Billy d'une voix suraiguë.

– Du calme, dit Randall en se levant. On y va !

Dans la panique, ils intervertirent leurs rôles : Billy se plaça près de la porte et Pete dans l'escalier.

Billy entendit Greg monter les marches du perron, le cliquetis des clés, le bruit métallique du verrou.

La porte s'ouvrit.

Greg fit un pas et alluma la lumière.

– Halen ! cria-t-il, surpris de ne pas voir le chien l'accueillir avec ses frétillements habituels.

Pas un bruit. La maison était étrangement silencieuse.

L'espace d'un instant, ils restèrent immobiles, comme suspendus tous trois à cette seconde où se jouait leur destin.

Flynn bondit. Il attrapa Greg par les épaules de sa veste. Greg poussa un cri de surprise, tenta de reculer.

Randall se précipita sur Greg et le poussa rudement dans le vestibule, puis se tourna pour éteindre la lumière et fermer la porte, mais elle était bloquée par le paillasson. Il dut le déplacer du pied. Entre-temps, Billy avait plaqué Greg contre le mur de la cage d'escalier et le bourrait de coups tandis que sa victime se protégeait le visage avec ses mains.

Randall bondit. Agrippant Greg par les cheveux, il lui cogna plusieurs fois la tête contre le mur.

– A genoux ! cria-t-il en brandissant le couteau de sa main libre.

Smart s'exécuta : il s'agenouilla, le dos au mur. Flynn était sur sa gauche, Pete le tenait toujours fermement par les cheveux.

– Qu'est-ce que vous voulez ? demanda-t-il dans un murmure plaintif.

– Ta gueule ! dit Randall en agitant la lame sous son nez. Ta gueule !

– Où est le chien ? Qu'en avez-vous fait ?

– T'inquiète pas pour ton chien ! Il va bien.

Randall, persuadé que Greg portait une chaîne autour du cou, lui ordonna de la lui donner mais Greg jura qu'il n'en avait pas.

Pete voulut alors son anneau de mariage.

– Je ne peux pas, gémit Greg. Ma femme me tuerait.

Sans perdre de temps en discussions, les garçons prirent son portefeuille : il ne contenait pas plus de cinq dollars.

Le moment était venu. Randall devait maintenant enfoncer son couteau dans la gorge de Smart.

Il en fut incapable. Il déclara au procès avoir été, malgré lui, impressionné par son attachement à son anneau de mariage et par l'évocation de sa femme. Et puis, il n'était pas aussi facile qu'il l'avait cru de tuer quelqu'un qui vous regardait en face.

Désemparé, Pete lança un regard à Billy. Celui-ci esquissa un geste vers la poche intérieure de sa veste. C'était une question.

Pete fit un signe de tête. Oui.

Flynn sortit le revolver de sa poche tandis que Smart tentait de convaincre celui qui tenait sa vie entre ses mains de l'épargner. Ni Pete ni Billy n'entendirent ses ultimes arguments.

Billy releva le chien de son revolver. Maintenant, la gâchette devenait très sensible.

Il resta un moment immobile (« Une éternité », déclara-t-il plus tard), le canon de son arme braqué, à trois ou quatre centimètres, sur le crâne de Greg.

– Mon Dieu, pardon !

Randall lâcha la chevelure de Greg. Il y eut une détonation, un éclair.

La tête de Greg tomba sur la serviette bleue que Billy avait laissée sur la moquette. Etait-ce une coïncidence ? Une précaution d'un des garçons soucieux d'éviter les taches de sang après l'avertissement de Pam ? Plus tard, ni l'un ni l'autre ne s'en souviendraient.

Autre coïncidence étrange, le pied de Greg vint buter contre le chandelier.

Le médecin légiste avait observé une coupure à l'annulaire droit de Greg, comme si sa bague lui avait été arrachée. Bizarrement, on la retrouva sous son cadavre avec ses clés et son portefeuille. Ni Pete ni Billy ne se rappelèrent ensuite ce qu'ils avaient voulu faire avec cette bague et nièrent l'avoir retirée du doigt.

Certaines conclusions du médecin légiste restent encore plus inexplicables. Les minuscules éclats de balle retrouvés sous le cuir chevelu et l'absence de trace de poudre autour de la blessure prouvaient, d'une part que le coup avait été tiré de très près (ce que confirmèrent Pete et Billy), d'autre part qu'un objet quelconque avait été placé entre l'arme et la tête de la victime.

Les garçons nièrent aussi ce point ; ils n'avaient mis ni serviette, ni coussin, rien...

Une fois le meurtre commis, ils se précipitèrent à l'arrière de la maison. Billy sortit le premier, suivi de près par Randall qui portait la housse noire pleine de leurs misérables trésors. Ils coururent comme des dératés, coupant à travers champs pour rejoindre le parking de Hood Commons.

Billy serrait son arme ; Pete avait le couteau dans une main, la housse dans l'autre.

Soudain ils virent des phares. C'était la Chevrolet ! JR et Fowler avaient fait un second passage pour voir si Greg était rentré chez lui. Comme la Toyota était garée devant la villa, JR était retourné sur la place. En arrivant, il vit dans le champ se dessiner les silhouettes de ses amis.

Flynn et Randall se précipitèrent dans la voiture. Billy tomba. Il avait couru trop vite, ses jambes ne le portaient plus. Pete le dépassa, puis il jeta son couteau dans l'herbe. Juste au moment d'atteindre la voiture, Pete aussi s'étala de tout son long.

Ils se retrouvèrent enfin à l'abri, sur la banquette arrière de la Chevrolet.

– Vas-y ! cria Pete.

– C'est fait ? demanda Lattime avec une certaine incrédulité.

– Oui, dit Pete. On l'a tué.

– Ah ? répondit Lattime.

La voiture n'avait pas bougé d'un pouce. JR n'y croyait pas.

– Vas-y, merde ! hurla Billy avec une angoisse bien réelle dans la voix. On l'a tué !

JR comprit que ce n'était pas une plaisanterie. Il avança jusqu'aux poubelles de Hood Commons. Randall sortit et reprit le sac de vêtements.

Dans le plan initial, il était prévu qu'ils retournent en voiture près de la villa chercher la chaîne stéréo, là où Billy et Pete l'avaient laissée. Evidemment, il n'en était plus question. JR prit la direction de Derry et remarqua soudain le poste de police situé à l'angle de la place de Hood Commons.

– Quoi ? Le poste de police est juste là, et tu ne nous as rien dit ? éclata-t-il.

Il n'en revenait pas.

Ils empruntèrent une petite route secondaire pour rejoindre l'autoroute et virent des phares derrière eux. C'était un camion. Lorsque la Chevrolet tourna à droite, le camion fit de même. Les garçons crurent qu'ils étaient suivis. Dans la voiture, l'angoisse et l'hystérie montaient.

– Je peux pas y croire ! J'ai tué un mec ! Touche le revolver, il est encore chaud, dit Billy d'une voix haletante.

– Tu as failli m'arracher la main, ricana Randall.

Sur la banquette arrière ils changèrent de vêtements. Ils en jetèrent quelques-uns par la fenêtre. La route traversait un petit bois. JR s'arrêta pour uriner et ils se débarrassèrent du sac avec le reste de leur attirail. Un peu plus tard seulement, Flynn s'aperçut qu'il avait perdu un gant.

Finalement ils retrouvèrent la célèbre 51, dite « route de la Mort ».

Plus tard, Pam dit à Billy qu'en rentrant chez elle, après sa réunion, elle avait croisé la Chevrolet et fait des appels de phares en signe de reconnaissance.

Dans la voiture, Randall et Flynn étaient passés subitement de l'hystérie à la prostration. Crispés et silencieux, ils ne desserraient pas les lèvres. La tension devint insupportable. Pour alléger l'atmosphère, Fowler et JR se mirent à chanter une des chansons qu'ils avaient entendues à la radio, alors qu'ils attendaient sur le parking, *Shoofly Pie and Apple Pan Dowdy.*

Billy ne put réprimer un sourire, mais cela rendit Randall encore plus nerveux. D'un ton sans réplique, il demanda le silence.

Au procès, on s'attarda longuement sur le comportement des garçons dans l'heure qui suivit le meurtre. JR Lattime déclara qu'il ne connaissait pas Greg Smart et que sa mort l'avait laissé indifférent. Son seul souci était d'arriver au plus vite et sans encombre à Seabrook. Selon le témoignage de Randall, Billy était dans un état d'excitation quasi paranoïaque. Il leur avoua qu'au moment de tirer il avait été envahi par le sentiment de sa « puissance », comme s'il découvrait soudain la force de son pouvoir de destruction et de mort. Flynn, de son côté, déclara ultérieurement que ce voyage de retour restait totalement flou dans sa mémoire, qu'il ne se souvenait de rien mais qu'il ne pensait pas s'être vanté de son acte criminel.

La Chevrolet entrait dans Seabrook. JR s'arrêta d'abord chez Fowler. Les quatre jeunes gens l'accompagnèrent dans sa chambre, au sous-sol. Ils vidèrent la trousse noire pour examiner de plus près leur butin. JR hérita des Compact Disc. Pete et Billy racontèrent en détail aux deux autres ce qui s'était passé dans la villa. Les quatre garçons remontèrent en voiture.

JR raccompagna Pete chez ses parents. C'est lui qui devait garder les bijoux. Sa mère le vit entrer, le sac à la main, et lui demanda ce qu'il contenait. Il lui répondit en riant que ça venait d'un cambriolage. Patricia Randall n'apprécia pas l'humour de sa remarque.

En fait, ce soir-là, Randall se coucha très tard. Il retrouva Fowler deux heures après et ils allèrent à Hampton Beach. Ils voulaient échanger, sans plus attendre, une chaîne en or de Pam contre de la cocaïne. Mais ils ne trouvèrent pas l'homme qu'ils cherchaient.

Ensuite, JR déposa Billy et monta avec lui dans sa chambre. Billy déchargea le pistolet, garda les balles restantes puis rendit l'arme à Lattime.

JR retourna alors chez Fowler et lui demanda de passer chez ses parents le lendemain matin pour nettoyer l'arme, pendant que les autres seraient au lycée. JR tenait à la remettre en parfait état dans la commode de son père. Lattime rentra enfin chez lui, laissa l'arme du crime dans la caravane de Mary Chase pour que Fowley s'en occupe, puis alla se coucher.

Le 2 mai, JR, Pete et Billy allèrent au lycée comme d'habitude. La tentative de la veille pour monnayer les bijoux était restée infructueuse, aussi avaient-ils décidé de faire un saut à Haverhill après les cours. Ils étaient curieux de connaître la somme que Zeppelin leur proposerait.

La première personne que Billy rencontra, en entrant dans les vestiaires du lycée, fut son ami Sal Parks. Ses parents étaient divorcés et il vivait avec sa mère dans le nord de Hampton. Coïncidence, son père était policier ! Billy lui avait fait plusieurs confidences sur le complot. Il lui avait même montré une des balles destinées à tuer Greg, et pendant un cours de biologie, il avait discrètement dessiné un plan de la villa des Smart et des environs.

Le 1er mai, Billy avait dit à Parks que Greg mourrait dans la nuit. Comme d'habitude, Sal l'avait laissé dire sans trop y croire.

– Alors ? lança-t-il en voyant Billy.

– Je l'ai tué, répondit Billy d'une voix saccadée.

Mais il n'en dit pas davantage.

De son côté, Cecilia se demandait avec curiosité ce qui s'était passé pendant la nuit. Elle était évidemment au courant du plan. Pam lui avait annoncé, la veille, que cette fois-ci, Greg n'en réchapperait pas. Au matin du 2 mai, Cecilia ignorait tout des événements de la nuit.

Dans l'après-midi, la conseillère pédagogique Barbara Kinsman vint la chercher au beau milieu d'un cours. Elle voulait parler d'urgence avec Cecilia Pierce et Karen Crowley.

Barbara Kinsman, âgée de quarante-cinq ans, travaillait au lycée Winnacunnet depuis presque vingt ans. Elle connaissait parfaitement les élèves qui avaient participé au stage de prévention contre la drogue et l'alcoolisme ainsi qu'au concours vidéo animé par Pam.

– Que se passe-t-il ? demanda Cecilia quand elles furent descendues dans le hall.

– Cecilia, je te demande une minute de patience. Allons d'abord chercher Bill et JR.

Elles traversèrent un couloir ; les deux garçons assistaient à un cours de biologie. Une fois les adolescents réunis dans son bureau, Barbara Kinsman les invita à s'asseoir.

– Eh bien, il y a eu un accident, commença-t-elle avec précaution. Le mari de Mrs Smart a été tué cette nuit.

– Oh non ! s'écria Cecilia qui ne jouait qu'à moitié la surprise.

JR et Billy étaient si pâles que Cecilia crut qu'ils allaient s'évanouir.

– Est-ce qu'on sait comment et par qui ? demanda Billy d'une voix faible.

En fait la conseillère en savait peu, si ce n'est que Greg Smart avait été touché à la tête.

Ils discutèrent un moment de ce qu'ils pourraient faire pour témoigner leur affection à Pam. Un petit mot gentil ? Barbara leur affirma qu'en tout cas elle était à leur disposition. Ils pouvaient venir lui parler n'importe quand. Elle les accueillerait toujours volontiers.

A l'heure du déjeuner, Billy Flynn offrit à Sal Parks un repas à cinq dollars en lui expliquant qu'il avait pris cet argent dans le portefeuille de Greg. A la fin de la journée, Parks savait exactement ce qui s'était passé dans la villa pendant la nuit du 1er. Il fut terriblement secoué quand il comprit enfin que Billy lui avait toujours dit la vérité. Néanmoins, il décida de garder toutes ces révélations, autant pour protéger son ami que par crainte de s'attirer des ennuis.

Après les cours, JR revint chez lui et se précipita dans la caravane de sa grand-mère. Fowler avait tenu sa promesse : le revolver était impeccablement nettoyé. Il le glissa dans son étui puis alla le ranger à sa place dans la chambre de son père.

Avant d'aller à Haverhill pour vendre les bijoux volés, les garçons décidèrent de tremper deux chaînes et deux bracelets dans de l'eau oxygénée pour voir s'ils étaient vraiment en or. Une pellicule noire se forma en surface de la solution. Les seules pièces qui avaient l'air d'avoir quelque valeur se révélaient n'être que du toc !

Furieux, Randall jeta les chaînes et les bracelets dans la rivière qui traversait Seabrook. Bizarrement, il garda la housse de coussin noire avec le reste de la camelote.

Après les révélations faites par Barbara Kinsman, Cecilia fut incapable de se concentrer normalement en classe. Elle était hantée par d'horribles visions de sang et de mort.

A la fin des cours, elle alla travailler deux heures à la pizzeria *Papa Gino*, mais elle eut un mal fou à servir les clients. Cindy Butt la trouva tellement abattue et hébétée qu'elle vint la voir dans la cuisine et lui demanda si elle était malade.

Cecilia lui expliqua qu'elle était très triste parce que le mari de son amie Pam avait été tué la veille par des cambrioleurs. C'était affreux !

Cindy lui proposa de l'accompagner pour livrer une pizza à domicile quand elle aurait fini ses heures de travail. Ça lui changerait les idées et elles pourraient parler plus tranquillement.

Cecilia accepta volontiers.

– Ne m'avais-tu pas parlé d'une amie à toi qui voulait tuer son mari ? demanda Cindy dans la voiture.

Elle se rappelait maintenant avec précision les confidences que lui avait faites Cecilia près d'un mois plus tôt.

– Ah merde ! J'avais oublié que je te l'avais dit ! s'exclama Cecilia.

Cindy Butt décida de garder pour elle ces révélations. Après tout, elle ne devait pas être la seule à connaître l'histoire. Cecilia avait dû en parler à d'autres personnes qui, *elles*, n'hésiteraient pas à aller tout raconter à la police.

La conscience plus ou moins apaisée par ce raisonnement, Cindy resta discrète deux semaines durant. Jusqu'au jour où elle proposa un verre à deux jeunes femmes qui habitaient dans le même immeuble et travaillaient également comme serveuses chez *Papa Gino*. N'y tenant plus, Cindy leur raconta ce qu'elle savait : Cecilia connaissait une femme de Derry qui avait manigancé le meurtre de son mari pour obtenir l'argent de l'assurance.

Louise Coleman, trente et un ans, enceinte et célibataire, fut scandalisée par ce qu'elle entendait. Elle considéra de son devoir d'avertir la police.

« En sortant de chez Cindy, dit-elle plus tard, j'ai traversé la cour de l'immeuble pour remonter chez moi. J'ai aussitôt téléphoné à la police. »

Louise Coleman n'avait pas retenu avec précision tous les détails de l'histoire. Elle dit à la police que Cecilia avait assisté à l'enterrement de Greg, alors qu'elle n'avait fait qu'une courte apparition à la veillée funèbre. Elle croyait que Pam avait acheté une nouvelle voiture, mais ce n'était encore qu'un projet.

Mais une chose était certaine :

« Il y avait eu mort d'homme et cela me tourmentait. Je n'en savais pas beaucoup mais je pensais que cela aiderait quand même la police car, apparemment, elle n'avait pas la moindre piste. Certes, ce n'étaient que des "on-dit" mais enfin... J'ai fait mon devoir de citoyenne. »

6

L'enquête entrait dans sa troisième semaine. Depuis l'assassinat de Greg Smart, Dan Pelletier n'avait pu consacrer une journée entière à sa femme et à sa petite fille.

Pelletier avait au moins une consolation. Il n'était pas seul. Cinq autres inspecteurs et un agent de police travaillaient avec lui d'arrache-pied. A Derry, un seul inspecteur s'occupait d'autre chose que du dossier Smart : il était pris par une affaire de drogue.

D'ordinaire, la police considère qu'en cas d'homicide l'enquête doit être pour ainsi dire bouclée dans les deux premiers jours suivant le meurtre. Au-delà, les chances diminuent. Les assassins sortent des frontières de l'Etat, voire du pays. Les preuves sont détruites. Les témoins s'éparpillent et les souvenirs de ceux qui restent s'estompent.

Les jours passaient, les policiers s'impatientaient. Ils avaient abandonné tous les autres dossiers pour se consacrer exclusivement au meurtre de Greg Smart. Pelletier, par exemple, s'occupait de deux affaires de viol quand Greg avait été tué ; elles n'avaient pas avancé d'un pouce.

Les policiers n'étaient pas les seuls à s'impatienter. Les boîtes aux lettres des résidents de la cité de Summerhill regorgeaient de prospectus vantant les mérites d'alarmes électroniques. Quelques voisins des Smart changèrent leur serrure. D'autres téléphonèrent anxieusement à la police pour savoir quand les assassins seraient arrêtés.

Les craintes des habitants de Summerhill ne furent pas apaisées par la conférence de presse donnée par le chef de la police de Derry, Edward Garone, et par le State attorney du New Hampshire, John Arnold. Ils déclarèrent que l'enquête était au point mort ; tous ceux qui pouvaient avoir des informations à communiquer étaient priés de se faire connaître. L'hypothèse initiale (Smart surprenant des cambrioleurs en pleine action) n'était toujours pas écartée.

A part cette conférence de presse, les policiers étaient d'une discrétion totale, et leur silence ajoutait à l'angoisse de tous.

Après ses bavardages inconsidérés, Pamela Smart (ainsi que sa famille) fut systématiquement tenue à l'écart de l'enquête. Linda Wojas avait beau téléphoner de temps en temps pour demander s'il n'y avait rien de neuf, elle ne réussissait pas à glaner un seul détail intéressant.

Après le coup de fil de Louise Coleman, les inspecteurs décidèrent d'aller fouiner plus méthodiquement dans la vie de Pam.

Le premier objectif était de rencontrer Cecilia Pierce. Elle avait été citée nommément par leur mystérieuse interlocutrice, mais surtout elle avait passé une semaine chez Pam avant la mort de Greg.

Le lundi 21 mai, l'inspecteur Barry Charewicz se présenta donc à la villa que les Eaton louaient à Seabrook. Il fut reçu dans le salon par Mrs Eaton et sa fille, Cecilia. Il venait, dit-il, prendre ses empreintes digitales : toutes les personnes qui étaient passées au 4E, Misty Morning Drive avant le meurtre étaient soumises à cette formalité. Il avait aussi quelques questions à lui poser.

Cecilia, qui allait fêter ses seize ans trois jours après, parla volontiers de son amitié pour Pamela Smart. Elle admit avoir passé quelques jours chez elle pendant l'absence de Greg. Elle affirma ne rien savoir du meurtre. Ceux qui prétendaient le contraire n'étaient que des menteurs. Charewicz prit les empreintes de Cecilia et retourna à Derry.

Il revint peu de temps après à Seabrook. Il voulait faire une visite-surprise au lycée Winnacunnet ainsi qu'aux bureaux de la police de Seabrook : il était intéressé par toute information sur Cecilia Pierce.

Par ailleurs, Charewicz interrogea Pam sur ses rapports avec Pierce et son amie Karen Crowley. Pam parut scandalisée : comment la police pouvait-elle s'intéresser à d'adorables gamines ? Il était inadmissible de suspecter des êtres aussi jeunes et innocents. De toute manière, ajouta-t-elle, Cecilia n'avait même pas son permis de conduire.

Pendant ce temps-là, à Derry, l'inspecteur Jackson se demandait comment faire pour en savoir davantage sur Pam. Il lui fallait quelqu'un capable de l'informer sur ses activités, son état d'esprit, ses propos. Il paria sur le père de Greg.

C'était une bonne intuition. En effet, Bill Smart commençait à avoir de sérieux doutes sur l'amour que Pam portait à son fils défunt. Il avait été très ébranlé, au lendemain de l'enterrement, quand il l'avait vue marcher négligemment sur la serviette maculée du sang de Greg. Quand Pam lui avait apporté les affaires de son fils, jetées pêle-mêle dans des sacs-poubelle, il avait eu du mal à contenir son indignation. Cependant, il s'efforçait, comme sa femme, de maintenir avec elle des relations courtoises.

Jackson téléphona donc à Bill. Pourrait-il le voir rapidement et seul à seul ? Bill répondit qu'il l'attendait immédiatement. Judy Smart ne rentrerait pas avant 6 heures du soir.

Quand Jackson entra chez Bill Smart, il alla droit au but :

– J'ai besoin de votre aide. Voulez-vous m'aider, mais dans le plus grand secret, sans même en parler à votre femme ?

Bill accepta. Jackson lui confia que Pam était maintenant la suspecte numéro un. Il avait besoin de savoir ce qu'elle faisait, comment elle se comportait, ce qu'elle disait.

– Vous me demandez de jouer les espions, c'est ça ? demanda Bill Smart avec un petit sourire triste.

A la fin de la première semaine de juin, Jackson en était arrivé au point de vouloir organiser une surveillance systématique des faits et gestes de Pam. Il en parla à Byron pour voir ce qui était possible, concrètement, et le budget qu'il pouvait obtenir pour une telle entreprise.

Il devenait nécessaire, argua-t-il, de connaître son emploi du temps et les personnes qu'elle fréquentait, ne fût-ce que pour écarter d'elle tout soupçon. La piste ouverte par Louise Coleman devait être suivie avec sérieux, ou abandonnée.

Après le meurtre, Pam ne tarda pas à revoir Billy Flynn et ses jeunes amis de la côte.

Leurs premières retrouvailles eurent lieu lors de la veillée funèbre. Billy, Cecilia et JR avaient accepté la proposition de Barbara Kinsman. Refuser d'aller présenter leurs condoléances à Pam eût semblé bizarre.

Billy et JR s'étaient agenouillés devant le cercueil de Greg. S'il faut en croire Cecilia, ils firent ensuite des commentaires sarcastiques sur l'excellent travail de l'employé des pompes funèbres : le maquillage était parfaitement réussi et personne n'aurait pu imaginer que Greg était mort la tête transpercée par une balle !

Pam fut fort étonnée de voir ses jeunes amis en cette circonstance mais elle les accueillit avec chaleur. Billy, JR et Cecilia lui adressèrent une petite phrase gentille.

Pam réussit à glisser quelques mots en aparté à Cecilia : elle était touchée de leur visite mais elle devait avouer que leur présence la mettait mal à l'aise.

– Sois gentille, dis à Mrs Kinsman que, maintenant, vous voulez partir. Ce sera mieux pour tout le monde.

Ils ne restèrent donc pas plus de dix ou quinze minutes.

Barbara Kinsman ramena les adolescents chez elle à Hampton Falls. La conseillère pédagogique se rendait le soir même au théâtre, et elle n'aurait pas eu le temps de les reconduire à leurs domiciles. Ils devaient donc attendre chez elle l'oncle et la tante de JR qui allaient passer les chercher. Barbara leur fit visiter sa maison puis les quitta, en les engageant à faire « comme chez eux ».

A un moment donné, Billy et Cecilia se retrouvèrent seuls dans la cuisine.

– Billy, raconte-moi, murmura Cecilia.

Elle savait qu'il avait tué Greg mais voulait l'entendre de sa bouche.

– Oh, Greg n'était qu'un salaud, répondit Flynn. Il se fichait complètement de Pam. La seule chose qui l'intéressait, c'était son chien. Il n'a pas arrêté de pleurnicher : « Où est mon chien ? Où est mon chien ? »

Lattime apparut sur le pas de la porte et Billy se tut.

– Je ne veux pas parler de ça devant JR, dit-il.

Une semaine plus tard, Pam fit savoir aux garçons qu'elle voulait les voir. Elle leur annonça triomphalement que la police n'avait strictement aucune piste et s'était laissé prendre à leur mise en scène de cambriolage.

Elle ajouta qu'elle viendrait probablement bientôt vivre à Seabrook. Ses amis de Derry l'encourageaient à vendre la villa. Partout, elle répétait qu'elle considérait comme un devoir moral de continuer à vivre normalement malgré la tragédie qui l'avait frappée.

Avant la fin du mois, elle trouva une villa à louer à Hampton, juste en face du stade du lycée Winnacunnet.

A l'époque où la police de Derry commença à s'intéresser aux faits et gestes de Pam, elle se remit à travailler à temps plein. Elle reprit bientôt ses rendez-vous avec Billy, le tenant informé de ce qu'elle savait sur l'enquête.

Pam fut aussi très heureuse de lui annoncer que l'assurance de Greg était beaucoup plus élevée qu'elle ne l'avait cru. Elle reçut quatre-vingt-dix mille dollars pour son assurance-vie ; elle en attendait cinquante mille autres pour une police complémentaire.

Jamais Billy ne révéla à Pam les détails du meurtre. Elle préférait ne rien savoir, ce qui arrangeait bien son jeune amant. En revanche, elle voulut connaître tous les détails touchant à son chien Halen. Les garçons l'avaient-ils bien traité ? Le chien avait-il eu peur ?

De son côté, Pam ne fit à Billy qu'une seule confidence : après la découverte du corps, elle avait été incapable de pleurer.

Elle fut beaucoup plus loquace avec Cecilia. Elle lui détailla ses impressions quand elle était entrée et avait découvert le cadavre de Greg étendu dans le vestibule. Elle ne lui cacha pas sa fureur de voir ses meubles salis par les relevés d'empreintes et lui confia, d'un ton très irrité, qu'elle trouvait Billy stupide d'avoir perdu un gant.

Pour l'anniversaire de Cecilia, Pam l'emmena à Newington choisir ses cadeaux. Sans doute jugeait-elle important, en ces circonstances, d'entretenir son amitié et d'encourager sa loyauté.

« Pam avait tout, raconta plus tard Cecilia. On aurait dit qu'elle voulait subitement que moi aussi, j'aie tout. »

Pam lui demanda de choisir tout ce qui lui ferait plaisir.

Oubliant leurs différences d'âge et de niveau culturel, Pam voulut lui offrir un vase en cristal de quatre-vingts dollars ; mais Cecilia préféra s'acheter une paire de Nike (ses baskets étaient bien usées) et un T-shirt.

Quelques jours plus tard, Pam fit venir Cecilia chez ses parents à Windham. Toutes deux allèrent passer la journée au parc d'attractions de Canobie Lake. Elles prirent des photos : moins d'un mois après la mort de Greg, on y voit une Pam radieuse, souriant gaiement à l'objectif.

Pam ne cherchait pas à cacher ses liens avec ses jeunes élèves, pas même aux vieilles amies de Greg comme Terri Schnell, Sonia Simon ou Tracy Collins. Les trois jeunes femmes n'ignoraient pas qu'elle passait du temps avec les adolescents de Seabrook, mais elles pensaient que Pam cherchait simplement à aider des jeunes gens qui avaient eu moins de chance qu'elle dans la vie. Aucune ne soupçonnait la liaison de Pam et de Billy.

« Je voyais très bien qu'ils étaient très intimes, se souvient Sonia Simon, mais je croyais que c'était le stage de prévention contre la drogue et l'alcoolisme qui les avait rapprochés. Et puis je me suis dit qu'après la mort de Greg elle avait encore plus besoin d'eux. »

Plusieurs fois, du reste, les anciennes amies de Greg accompagnèrent Pam, Cecilia, Billy et JR dans leurs sorties. Terri Schnell se demanda, à un moment, si l'école trouvait acceptable qu'un professeur sorte ainsi avec ses élèves, mais elle ne s'appesantit pas sur la question.

Pam ne se souciait plus d'apparaître publiquement avec ses jeunes élèves. Cette étrange intimité étonnait, mais ce qui surprit davantage, ce fut la rapidité avec laquelle la jeune veuve reprit goût à la vie.

A la fin du mois de mai, Pam décida de vendre la Toyota de Greg mais elle souhaitait d'abord faire démonter la chaîne stéréo (un matériel coûteux et d'excellente qualité).

Elle avait l'intention de la faire installer sur la nouvelle voiture qu'elle achèterait avec l'argent de l'assurance. Billy lui dit qu'il s'en chargerait avec l'aide de JR.

Pam conduisit le 4 × 4 chez les Lattime. Ce jour-là, Billy, Pete, Ralph et leurs petites amies respectives étaient présents. JR se mit au travail : les enceintes acoustiques lui plaisaient énormément. Il demanda à Pam s'il pouvait les conserver. Elle refusa. JR insista : si elle les lui offrait, elle ne lui devrait plus que deux cent cinquante dollars sur les cinq cents promis pour le meurtre.

Pam ne se laissa pas fléchir. Elle prétexta qu'offrir un matériel aussi cher et sophistiqué à des lycéens ferait jaser tout le monde.

Un peu plus tard, Pam, en compagnie des trois garçons, alla au garage où travaillait la mère de JR pour regarder les voitures et commencer à faire son choix. Elle avait envie d'une Trans-Am ou d'une Camaro.

Ils attendaient, dans le hall d'exposition, qu'un vendeur vienne les renseigner quand Pam remarqua un panier d'osier plein de sucettes mises à la disposition des enfants.

– Va me chercher une sucette, dit-elle à Billy en présence de Randall.

Billy resta paralysé. Il avait l'impression qu'elle avait voulu l'humilier devant Pete. Il fit comme s'il n'avait rien entendu.

– Non ? Tant pis ! soupira Pam avec un sourire pincé.

Elle raccompagna Pete et JR chez les Lattime, puis repartit avec Billy. A peine étaient-ils seuls dans la Honda que Pam se mit à jouer les amoureuses déçues :

– Tu ne m'aimes pas, c'est évident, sinon tu m'aurais apporté cette sucette !

– Ça donnait plutôt l'impression que tu voulais te foutre de moi, répliqua Billy, furieux.

Ils se disputèrent un moment. Pour une fois, Billy ne

semblait pas disposé à céder du terrain. Pam, folle de rage, fit brusquement demi-tour et le ramena chez JR. Billy descendit de la voiture. Il marchait sur le chemin de terre quand Pam klaxonna.

« Alors je suis revenu vers elle, raconta-t-il. Elle m'a dit qu'elle avait bien failli partir et ne jamais me revoir et des trucs comme ça. Elle m'a demandé : "C'est bien ce que tu veux ?" J'ai répondu non et je me suis excusé de ne pas lui avoir apporté cette sucette. »

Au début du mois de juin, Pam s'installa dans sa nouvelle villa de Hampton. Elle l'avait joliment décorée, en partie avec des meubles de Derry, en partie avec de nouveaux meubles achetés grâce à l'argent de l'assurance. Comme elle l'avait promis, sa maison était toujours ouverte à ses jeunes amis : Billy passait quand il voulait, tout comme Pete et JR.

Ce dernier n'avait pas abandonné son projet de s'approprier les enceintes de la Toyota de Greg. Il ne lâchait pas prise et tentait de convaincre Pam : elle ne l'avait pas encore payé et il avait bien plus envie du matériel que d'argent. Il lui proposa de baisser de moitié le prix convenu pour le crime. Et puis il espérait trouver bientôt un travail. Pam n'aurait qu'à dire à ses amis qu'il les avait achetées lui-même !

Pam finit par se laisser fléchir, non sans avoir été vérifier préalablement le prix des haut-parleurs dans un magasin. JR disposa les enceintes dans sa chambre où il s'était bricolé une chaîne stéréo. Ecouter du hard rock avec les haut-parleurs d'un mort, c'était là un symbole morbide qui convenait parfaitement à ce grand lecteur d'Edgar Poe !

Depuis que la police avait décidé d'observer un mutisme complet, les journalistes se désintéressaient de l'affaire Smart. Mais pas Bill Spencer. Il avait téléphoné à Pam et l'avait convaincue de lui accorder une interview, sous le prétexte qu'il était important de continuer à parler du meurtre dans les médias : cela obligerait la police à ne pas relâcher sa pression. Et puis un reportage inciterait peut-être d'éventuels témoins à se faire connaître. Pam ne se fit pas prier longtemps. Le 6 juin, Spencer, accompagné d'un cameraman, rencontra la jeune veuve dans sa nouvelle maison de Hampton.

« En entrant, j'ai eu une impression bizarre. La maison était gaie, coquettement meublée. Il n'y avait rien pour rappeler son mari, pas un souvenir, pas une photo, rien ! D'habitude, chez les gens qui viennent de perdre un être cher, il y a une atmosphère très particulière. Là, la mort semblait complètement effacée. »

Ce soir-là, dans le journal télévisé, les spectateurs de Channel 9 purent voir une Pam moulée dans un jean et un pull rose.

– Je suis déçue, attaqua-t-elle. Tant de questions demeurent sans réponses.

Spencer enchaîna en voix off :

« Plus d'un mois après que Gregory Smart a été sauvagement abattu d'une balle de revolver dans sa maison de Derry, sa femme, Pamela, ne sait toujours rien. Le drame qui a bouleversé sa vie demeure inexpliqué. Aucun suspect n'a été appréhendé et l'enquête semble au point mort. »

Pam reprit :

– Je sais que les interrogatoires continuent. La police cherche dans toutes les directions et procède par élimination, mais voilà... beaucoup de pistes ont dû être abandonnées : elles ne menaient nulle part.

« Pam ne vit pas seulement avec sa déception, commenta ensuite Spencer ; elle vit aussi avec une terrible angoisse. Oui, l'assassin rôde toujours et l'idée que d'autres puissent vivre la même tragédie la tourmente beaucoup. »

– Oui, parfois, je songe que le meurtrier peut encore

frapper aveuglément. Je ne souhaite à personne de vivre ce que j'ai vécu.

Et Spencer concluait son reportage sur cette note menaçante :

« Certes, la police de Derry a fait de l'affaire Smart une priorité, mais pour l'instant, la liste des suspects reste totalement ouverte. Elle comprend évidemment tous ceux qui ont connu Greg : ses amis, ses parents, Pamela elle-même. Il est inadmissible que cette situation se prolonge indéfiniment. »

Diane et Vance Lattime considéraient Ralph Welch comme leur fils. Il était issu d'une famille nombreuse, très pauvre. Son père faisait n'importe quoi pour survivre : pêcheur, brocanteur, il acceptait sans discuter tous les petits boulots qu'on lui proposait. La mère de Ralph était postière.

Depuis sa plus tendre enfance, Ralph avait toujours passé beaucoup de temps chez les Lattime. D'abord parce qu'il pouvait y voir son grand ami JR mais aussi parce qu'il profitait d'un confort inconnu chez lui. Par exemple, il y avait l'eau chaude et Ralph aimait venir se doucher chez eux. Et puis, il régnait là une atmosphère familiale chaleureuse.

Diane et Vance aimaient beaucoup Ralph. Malgré son visage maigre à l'ossature marquée et dure, malgré ses révoltes et ses esclandres d'adolescent qui l'avaient fait renvoyer du lycée, Ralph était un garçon droit et généreux. Les Lattime étaient certains qu'il était capable d'échapper au déterminisme social de sa naissance pour se construire une vie honnête.

Ralph en arriva à être plus souvent chez les Lattime que chez lui. Diane pensa donc lui proposer un marché : il vivrait chez elle complètement s'il retournait au lycée et finissait ses études secondaires.

Ralph accepta et se trouva donc pourvu d'une seconde famille. Vance et Diane le traitaient exactement comme les autres enfants : il avait sa place à table, il avait son lit. Pour la première fois de sa vie, Ralph connut la joie de vrais Noëls, avec des cadeaux et des sapins décorés.

La proposition de Diane était très positive car, au fond, Ralph aimait bien aller au lycée Winnacunnet.

Evidemment, il avait ses moments de révolte, comme tout adolescent. Un jour qu'il s'était disputé avec sa petite amie, il se saisit d'un bureau pour l'envoyer valdinguer à l'autre bout de la classe. Ce n'était pas non plus exactement un saint : il avait participé à quelques expéditions, volant autoradios et motos avec Pete et JR. Il avait même organisé le cambriolage d'un entrepôt qui se révéla très fructueux pour la petite bande.

Ralph Welch était réaliste. Peut-être parce qu'il avait connu la vraie misère, il avait une vision du monde très concrète. Ce n'était pas le genre de garçon à se lamenter ni à rêver d'un futur idyllique, comme Billy. A ses yeux, tenir une petite brocante constituait, par exemple, un avenir tout à fait acceptable.

Welch savait que Billy était l'amant de Pam Smart. Billy le lui avait avoué, et il avait d'ailleurs vu plusieurs fois Pam l'embrasser en le déposant devant chez lui. Environ une semaine avant l'assassinat de Greg Smart, il avait entendu Billy chantonner : « Greg, on va te faire la peau. » Evidemment, il était au courant de la mort du mari de Pamela mais n'avait pas songé un seul instant à faire le rapprochement.

Enfin, jusqu'à l'après-midi du 9 juin.

Ralph était en train de bricoler sa voiture sur le terrain des Lattime quand arriva Danny Blake à bicyclette. C'était à la fois son cousin et celui de Raymond Fowler.

– Mon vieux, si j'étais Billy, j'irais casser la gueule à Raymond, dit Danny.

– Pourquoi ? demanda Ralph.

– Raymond crie sur tous les toits qu'il a tué ce type.

Danny Blake était le « Seabrooker » typique. Il avait très vite quitté le lycée. A vingt et un ans, il fréquentait des bandes plus âgées mais rendait parfois visite à son cousin chez les Lattime.

Dès le mois d'avril, Danny avait entendu Fowler se vanter d'avoir été engagé comme tueur à gages par la petite amie de Bill Flynn. Une première tentative ayant échoué, le projet d'assassinat avait été reporté. Fowler était connu pour aimer jouer les durs ; Danny ne l'avait pas pris au sérieux.

Au début du mois de mai, Fowler avait raconté à Danny l'aller-retour criminel à Derry en compagnie de JR, de Billy et de Pete, qui avaient tué Greg Smart. Blake crut encore à un mensonge.

– Raymond est le genre de type qui raconte tout le temps des bobards. Quand il dit une chose, il fait exactement le contraire et, de toute manière, il a une nette tendance à l'exagération.

Pourtant, à la fin du mois de mai, Blake entendit parler du meurtre de Greg à la radio. Intrigué, il en reparla à Fowler. Celui-ci confirma les faits : Billy et Pete étaient entrés dans la villa des Smart et avaient tué Greg alors qu'il les attendait avec JR dans une voiture.

En juin, Fowler quitta la ville. Etait-ce pour mettre une bonne distance entre lui et les autres garçons au cas où les choses tourneraient mal, ou simplement pour changer d'air ? Toujours est-il qu'il partit dans le Maine passer quelques semaines chez des parents. Blake n'était pas le seul à être au courant : Fowler avait parlé du meurtre à plusieurs personnes. L'histoire commençait à circuler.

Immédiatement, Ralph Welch pensa que les propos de Danny devaient contenir une parcelle de vérité. Le seul moyen de s'en assurer, c'était d'interroger les intéressés.

Ce soir-là, après que Vance, Diane et la petite Ryan se furent couchés, Ralph vint trouver JR qui discutait avec Pete dans sa chambre. Les deux garçons revenaient d'une séance de cinéma.

Welch leur demanda sans détour si l'histoire de Blake était vraie. Avaient-ils réellement trempé dans un meurtre ? Pete et JR jouèrent les étonnés. Jamais ils n'auraient fait une chose pareille. Non, jamais.

– Parfait, dit Ralph. C'est tout ce que je voulais entendre.

Là-dessus, il sortit, ferma la porte derrière lui et s'éloigna. Puis il revint, sans faire de bruit, coller son oreille à la porte.

– Ça risque de barder pour Billy, entendit-il murmurer.

– Oui, et on sait qui va être le suivant !

Ralph en savait assez. Bondissant dans la pièce, il se jeta sur Pete et l'immobilisa.

– J'ai tout entendu. Vous m'avez menti froidement. Je vous préviens, je veux *tout* savoir.

Sentant la résistance de Pete céder, il se releva et alla fermer la porte. Les trois garçons s'assirent sur le lit en tailleur, face à face. Randall raconta d'une voix posée tous les événements de la nuit du meurtre. JR n'intervint qu'à une ou deux reprises pour préciser un détail.

Pete décrivit comment ils avaient mis à sac la villa pour faire croire à un cambriolage, comment ils avaient enfermé le chien à la cave, comment Greg avait supplié qu'on lui laisse la vie sauve, comment Billy l'avait tué.

– Greg n'a même pas vu le coup partir, conclut-il.

Welch n'en croyait pas ses oreilles. Pourquoi ? Pourquoi ses amis avaient-ils été si loin ?

– Greg se conduisait comme un salaud avec Pam, répondit Pete. Et puis, elle nous a proposé cinq cents dollars à chacun.

– Comment crois-tu que j'ai eu ces trucs-là ? intervint JR en montrant les enceintes acoustiques sophistiquées.

Ralph eut l'impression d'étouffer. Il dut sortir respirer un peu d'air. Les autres le suivirent. Mieux valait continuer la conversation loin des oreilles indiscrètes.

Bientôt Ralph connut tous les détails : il sut que Pete avait prévu d'égorger Greg avec un couteau de cuisine et que Billy avait tiré avec le calibre .38 du père de JR. Comme pour prouver sa sincérité, Pete lui dit que Sal Parks était également au courant.

– Comment avez-vous pu faire ça ? demanda Ralph, effondré.

– C'est ce qu'ils font tous les jours à l'armée, répondit Pete.

– Non, à l'armée, ils ne font pas *ça*, rétorqua Ralph qui sentait la colère l'envahir.

Ralph s'étonnait que ses amis aient pu commettre un crime, et il était tout aussi scandalisé qu'ils en parlent aussi calmement, comme s'il ne s'agissait que du vol d'un autoradio.

– Billy et moi, on a dit notre « Je vous salue, Marie » avant, ajouta Pete en ricanant.

– Et ça vous a plu d'éclater la tête à ce type ? demanda Ralph avec une ironie amère.

– On lui a pas éclaté la tête. Il y avait juste du sang qui coulait.

C'en était trop. Ralph blêmit, son visage se ferma.

De leur côté, Pete et JR furent très étonnés de la réaction de Ralph. Ils étaient persuadés qu'il les protégerait et ne pouvaient pas imaginer que leur vieil ami se retourne contre eux.

– Alors, que vas-tu faire ? demanda JR, inquiet.

– J'en sais rien.

– Ecoute, il n'y a pas trente-six solutions. Oublie ça !

– Je ne pourrai jamais. Je ne pourrai pas garder pour moi un truc pareil. Qu'allez-vous faire si je parle ?

– On se casse immédiatement, répondit JR.

Dans l'obscurité de la nuit, les trois garçons s'observèrent un moment en silence, puis Ralph Welch monta dans sa voiture et démarra en trombe.

Il avait besoin de temps pour clarifier ses idées mais surtout il voulait prévenir Raymond Fowler qu'il était en danger. Le « on sait qui va être le suivant » murmuré derrière la porte l'avait fait frémir. Pete et JR voulaient maintenant éliminer Raymond. Il en était persuadé.

Welch conduisit sans but un moment puis s'arrêta dans une station d'essence pour faire le plein. Il décida alors de revenir chez son père pour lui emprunter cinq dollars avant de repartir directement dans le Maine, chez Fowler.

Il s'arrêta d'abord chez Danny Blake pour lui demander l'adresse de Raymond. Blake monta dans la voiture pour l'accompagner.

Il était près de 3 heures du matin quand ils arrivèrent dans le Maine. Welch réveilla toute la maisonnée. Il dit à Fowler, encore endormi, que Pete et JR le cherchaient. Fowler n'eut pas l'air impressionné ; il répondit qu'il s'en fichait et remonta se coucher.

Pendant ce temps-là, Pete et JR s'étaient rendus sur une moto (qu'ils venaient de voler) chez Pam, à Hampton. Ils voulaient l'avertir que les choses commençaient à mal tourner. Il était environ 1 heure du matin quand ils sonnèrent à sa porte. Pas de réponse. Ils revinrent bredouilles à Seabrook.

A l'aube, Ralph était de retour chez les Lattime après avoir déposé Blake chez lui. Il s'étendit sur son lit et sombra instantanément dans un profond sommeil. Au matin, il fut réveillé par JR : son père le demandait.

Ralph retourna chez lui pour aider son père à faire un chargement, puis revint chez les Lattime. Dans la cuisine, il tomba sur Pete.

– Je ne veux plus te voir traîner par ici, lui dit-il, la voix tremblante de rage. Je ne supporte pas de te voir tourner autour de Ryan, compris ?

– Je viendrai ici quand ça me chante. Ce n'est pas toi qui vas m'en empêcher.

– J'ai bien peur que si.

– Non !

– Dans ce cas, nous allons nous battre. Sortons.

– O.K.

Randall et Welch se retrouvèrent sur l'allée de terre battue. JR les suivait. Soudain, Ralph empoigna Pete par sa chemise et le poussa vers la route, comme pour le jeter dehors.

– Tu ne remets plus les pieds ici ! hurla-t-il.

Randall se défendit à coups de poing. Il profita d'un moment de faiblesse de Ralph pour le saisir à la gorge. Bientôt, les deux garçons roulèrent à terre et la tête de Ralph cogna contre une pierre.

Il perdit connaissance. Quand il revint à lui, quelques secondes plus tard, Pete serrait toujours sa gorge entre ses mains. Puis soudain il desserra son étreinte et partit sans mot dire, accompagné de JR qui pleurait.

Ralph se remit sur ses pieds, un œil au beurre noir, les vêtements maculés de boue.

– Je ne veux plus vous voir ici, cria-t-il, oubliant qu'il n'était pas chez lui, mais justement chez JR.

Secoué de sanglots, Ralph rentra. Quand Diane le vit dans ce piteux état, elle crut qu'il s'était blessé en réparant une voiture, que le cric avait lâché, ou quelque chose de ce genre.

– Qu'est-ce qui t'arrive, Ralph ?

– Ils ont pris le revolver de Vance pour tuer un mec, articula Ralph entre deux hoquets.

Diane ne comprit pas ce que Ralph voulait dire. Elle appela son mari qui discutait au salon avec un ami.

Vance était un robuste gaillard de trente-neuf ans avec une épaisse chevelure grisonnante, une grosse moustache et une voix de baryton. Il avait tout l'air d'un bûcheron.

– Que se passe-t-il ?

– Ils ont tué un homme avec une de tes armes ! hurla Ralph entre deux sanglots.

Il était en proie à une véritable crise de nerfs : il criait, pleurait, s'étouffait et arpentait la pièce en tous sens comme un forcené. Par bribes incohérentes, il raconta à Vance ce qu'il savait ; il parla aussi de son aller-retour dans le Maine pour prévenir Fowler.

Vance ne comprit qu'une chose : les garçons s'étaient servis d'une de ses armes.

– Laquelle, Ralph ?

– Je ne sais pas. Un calibre 38 peut-être, je n'en suis pas sûr.

Lattime courut dans sa chambre tandis que Ralph, vidé, épuisé, s'était laissé tomber sur le sol de la cuisine.

Vance ne savait trop que penser. Jusqu'à présent, jamais les garçons ne s'étaient battus ou dénoncés. Il devait y avoir, dans tout ça, un fond de vérité. S'ils avaient tiré sur quelqu'un, peut-être était-il encore temps de lui sauver la vie.

Toutes ses armes étaient là. Il examina minutieusement le calibre 38, la carabine et le pistolet. Il fut frappé par la propreté du Charter Arms. Pas une seule trace de poudre. Or, il était certain de ne pas l'avoir nettoyé après que JR s'en fut servi dans les bois pour s'exercer au tir. Il l'avait rangé tel quel dans son étui.

Vance revint au salon et demanda à son ami Dave de l'aider à étendre Ralph sur le divan. L'adolescent était toujours prostré dans la cuisine, les yeux rougis de larmes.

– Que se passe-t-il ? demanda Dave.

– Je préfère ne rien te dire pour l'instant, répliqua Vance fermement.

Quand ils eurent couché Ralph, Dave s'éclipsa. Vance reparla un moment avec Welch. Le garçon était toujours en état de choc. Son récit n'était pas vraiment plus clair, mais Vance fut alors persuadé que *quelque chose* s'était passé avec son revolver.

Il ne voulait pas croire que son fils ait participé à un meurtre mais il tenait absolument à connaître la vérité. Bonne ou mauvaise, il *devait* la connaître. Il ne lui restait qu'une solution : aller trouver la police.

Ralph, lui, se releva péniblement. D'un air hébété, il annonça qu'il allait chez sa petite amie.

C'était un dimanche paisible. Il était environ midi quand Vance et Diane Lattime poussèrent la porte du poste de police de Seabrook. Vance portait sur lui le revolver. Il avait laissé la carabine dans sa voiture.

Ils furent reçus par l'inspectrice Carlene Thompson.

« Quand il commença à parler, il me sembla que bien des morceaux se recollaient, raconta-t-elle plus tard. C'étaient comme les pièces d'un puzzle qu'on assemble soudain. »

Elle apprit à Vance Lattime que la police de Derry suivait, depuis quelque temps, des pistes à Seabrook. Elles menaient toutes à une certaine Pamela Smart, directrice du Centre d'études des médias et communication.

– Auriez-vous entendu parler d'elle ?

– Oui, il y a tout juste quinze jours. Elle est allée au garage où travaille ma femme avec les garçons pour se renseigner sur les voitures. Je crois qu'elle avait l'intention d'acheter un véhicule neuf.

Carlene Thompson n'eut pas une seconde d'hésitation. Elle prévint immédiatement l'inspecteur Jackson, à Derry. Elle s'en souvenait parfaitement. Elle l'avait vu quand il était venu demander des renseignements sur Cecilia Pierce.

Pete et JR ne tenaient pas en place ; ils pressentaient une catastrophe imminente. Ils enfourchèrent à nouveau la moto volée et filèrent chez Pam.

Pam et Billy s'attardaient au lit. Ils entendirent la moto pétarader en bas puis des coups de sonnette impérieux. Billy se doutait qu'il s'agissait de ses copains mais il n'avait aucune envie de les recevoir. Les deux amants ne réagirent pas, espérant que les intrus se décourageraient. Les coups de sonnette redoublèrent. Furieux, Billy descendit ouvrir en pyjama. Il lui suffit de voir les visages crispés de Pete et de JR pour comprendre que c'était sérieux.

Leur récit confirma son intuition : Pete avait tout avoué à Ralph qui avait très mal réagi. Il irait probablement tout raconter à la police.

Flynn n'en croyait pas ses oreilles. Comment avaient-ils pu être assez bêtes pour en parler à Ralph ?

Ils étaient au salon, essayant de définir une ligne de conduite, quand Pam descendit les rejoindre.

La nouvelle la paniqua complètement. Il fallait immédiatement téléphoner à Welch chez sa petite amie.

– Allô ! Ralph, que se passe-t-il ? demanda Billy d'une voix qui se voulait calme.

Pam se tenait derrière lui.

– Je sais tout, répondit Ralph froidement. Pete m'a parlé.

– Mais qu'est-ce qu'il t'a dit, bon Dieu ?

– La vérité.

Billy, qui n'était pas très doué pour les mensonges, se

lança alors dans une histoire invraisemblable : Pete et JR, qui connaissaient parfaitement la rumeur leur attribuant l'assassinat, l'avaient répétée à Ralph pour tester sa réaction. Ils espéraient que Ralph les aiderait à mettre fin à ces ragots. Ils étaient à mille lieues de penser qu'il prendrait tout à la lettre !

Puis il ajouta que Pete et JR étaient passés quelques minutes à Hampton pour l'avertir. Ils étaient déjà repartis, mais lui, Billy, ne voulait surtout pas que ces odieux cancans parviennent aux oreilles de Pam. Si elle apprenait ça, elle le quitterait et il ne pourrait pas le supporter. Il l'aimait. Elle était toute sa vie. Il se tuerait si Pam l'abandonnait.

– Ralph, tu sais très bien que je n'ai pas pu faire ça, conclut-il.

– Je sais très bien que tu l'as fait.

Ralph n'était peut-être pas un élève modèle mais quand une histoire ne tenait pas debout, il était capable de s'en apercevoir. Pete et JR n'étaient pas assez imaginatifs ni bons comédiens pour avoir inventé des détails aussi affreux. De plus, il entendait des chuchotements à l'autre bout du fil et se doutait que les garçons étaient tous là, suspendus à ses mots.

Aussi Ralph refusa-t-il tout net quand Billy le supplia de lui accorder un rendez-vous pour qu'il puisse se disculper, puis il raccrocha. Il n'avait pas envie d'être le prochain cadavre.

Désespérés, Pam et les garçons estimèrent qu'il était urgent d'avertir Fowler. Il fallait absolument mettre au point une version des faits qu'ils pourraient tous raconter à la police sans se contredire. Ils lui téléphonèrent pour lui demander de revenir à Seabrook sur-le-champ. C'était un cas de force majeure. Fowler dit qu'il arrivait tout de suite.

Deux heures passèrent... Toujours pas de Fowler. Billy rappela plusieurs fois. Fowler répondait toujours la même chose : il était sur le point de partir. En fait, Fowler s'était souvenu de l'avertissement de Ralph et redoutait de tomber dans un guet-apens : il préférait rester loin de ses « amis », bien en sécurité dans le Maine.

Dans le milieu de l'après-midi, JR prit son courage à deux mains et téléphona à sa mère ; il voulait évaluer l'ampleur des dégâts. Diane Lattime lui ordonna de revenir immédiatement à la maison.

Pam prit sa voiture et partit avec les garçons pour Seabrook. La moto avait été cachée dans son garage. Elle déposa JR chez lui puis alla dans un drugstore avec Pete et Billy.

En arrivant, JR trouva une maison déserte. Il se précipita chez un de ses oncles qui habitait à quelques pas de là pour lui demander où étaient ses parents. Au poste de police, répondit-il. Désemparé, JR courut au drugstore rejoindre Pam, Billy et Pete, qui venait de téléphoner à sa mère pour lui annoncer qu'il avait de gros ennuis et un besoin urgent de son aide. Pouvait-elle le rejoindre ? Il l'attendrait sur la route 286.

Tandis que Pam attendait au drugstore, les trois garçons se rendirent ensemble au point de rendez-vous. Billy et JR se cachèrent derrière des buissons tandis que Pete guettait sa mère.

Soudain, il vit la voiture et fit de grands signes. Pete avait toujours été très proche de Patricia Randall. A peine s'était-elle arrêtée qu'il lui avoua tout. Il avait tué un homme et n'avait plus le choix : il devait fuir avec ses amis.

Mrs Randall, une petite femme timide et réservée, fut complètement abasourdie. Elle ne savait plus que penser mais c'était son fils, son fils unique. Elle lui donna tout ce qu'elle avait sur elle : cent dollars.

Pete et ses amis revinrent au drugstore puis tous montèrent dans la Honda pour discuter fébrilement de ce qui leur restait à faire.

Soudain, à un feu rouge tout près de la villa, Pam leur demanda sèchement de descendre de la voiture. La police était à leurs trousses et elle ne voulait plus rien avoir à faire avec eux. Bon vent !

Pete et JR sortirent la moto du garage. Billy était livide. Ce qu'il redoutait le plus au monde venait de se produire. Pam ne voulait plus de lui ! Il refusa de la quitter sans un dernier baiser. Il lui jura, les yeux mouillés de larmes, que s'il était arrêté, il ne la dénoncerait pas. Elle lui dit qu'il n'y avait pas de quoi s'inquiéter. Après tout, même s'ils étaient condamnés pour meurtre, en tant que mineurs, ils ne risquaient pas une grosse condamnation : ils passeraient un an ou deux dans une maison de redressement puis seraient libérés à leur majorité.

Pete et JR n'assistaient pas à cette scène attendrissante ; ils étaient déjà repartis vers Seabrook. Leur unique préoccupation était de trouver une voiture pour sortir des frontières de l'Etat. Ils pensèrent emprunter celle des Eaton.

Arrivés en ville, ils croisèrent, sur Main Street, Patricia Randall : elle rentrait chez elle au volant de sa Sunbird. Au même moment, un policier à moto qu'ils venaient de croiser fit, aussi subitement qu'inexplicablement, demi-tour.

Les garçons paniquèrent.

JR conduisait le visage crispé, le pied vissé sur l'accélérateur. Dans un impressionnant crissement de pneus, il s'arrêta devant chez Pete. Il fallait faire vite et semer le motard à leurs trousses. Pete devait convaincre sa mère de lui prêter sa Sunbird. Ils se donnèrent rendez-vous dans une petite rue d'un quartier mal famé qu'ils connaissaient tous deux très bien puis JR démarra en trombe. Le flic avait déjà obliqué à droite.

Patricia Randall accorda à son fils tout ce qu'il voulait :

elle lui donna les clés de la Sunbird puis le serra dans ses bras avec désespoir.

– Mon chéri, je ferais n'importe quoi pour toi.

Pete et JR retrouvèrent Billy au lycée Winnacunnet. Désormais, plus rien ne les empêchait de fuir. Mais les trois garçons ne s'étaient pas fixés pour destination l'Amérique du Sud... Ils filèrent tout simplement vers le Connecticut.

L'inspecteur Barry Charewicz était « le dernier des cœurs purs ». A trente ans, Charewicz avait une conscience professionnelle hors du commun. C'était le genre de flic à remplir scrupuleusement tous les formulaires. Il ne remettait jamais au lendemain l'ennuyeux travail de paperasserie que ses collègues reportaient toujours à plus tard.

Charewicz aurait voulu être vétérinaire mais comme cette formation était trop chère pour lui, il s'était tourné vers la police criminelle. Il était inspecteur depuis 1987.

Le samedi 10 juin, Charewicz était en train d'installer une clôture autour de son terrain pour empêcher son chien de s'échapper. C'était un vieux projet qui était devenu une source perpétuelle de plaisanteries auprès de ses collègues. Il s'était juré d'en finir ce week-end. En espérant que pour une fois, rien ne viendrait le déranger.

Le dimanche après-midi, le téléphone sonna. Un homme était venu déposer au poste de Seabrook une arme qui semblait bien être celle qui avait tué Greg Smart à Derry. Barry Charewicz devait aller immédiatement vérifier les faits avant qu'on ne mette en branle toutes les polices de l'Etat. Une fois de plus, la clôture attendrait !

Quand Barry arriva à Seabrook, il interrogea immédiatement Diane et Vance, puis il téléphona à Jackson pour lui confirmer le diagnostic : la piste ouverte par les Lattime était sérieuse.

Un peu plus tard, Ralph Welch, totalement défait, le visage blafard et les yeux rouges, fit irruption dans les locaux de la police de Seabrook, accompagné de son père. Sa déposition fut enregistrée en vidéo.

Ralph ne cessait de sangloter et de renifler en racontant son histoire. Il était en train de donner ses amis aux flics, de les envoyer en prison, et cela lui était presque aussi odieux que le crime dont il les accusait.

A l'issue de l'interrogatoire, Charewicz avait compris que l'affaire Smart était résolue. Tous les inspecteurs de Derry furent prévenus ainsi que le bureau de l'attorney général.

Billy Flynn, Pete Randall et JR Lattime fuyaient vers une petite ville du Connecticut située au sud de Worcester, Grosvenordale. Pete y avait de la famille – ses grands-parents et deux tantes.

Les garçons avaient prévu d'y faire escale, de voler des motos et de repartir ensuite plus loin, vers une destination qu'ils n'avaient pas encore fixée.

En arrivant à Grosvenordale, Pete se rendit chez l'une de ses tantes. Il lui annonça qu'il avait de légers ennuis avec la police. On le recherchait, avec ses deux amis, pour un vol de motos. Il désirait rester en ville le temps que les choses se calment un peu dans le New Hampshire.

Ensuite, les trois garçons s'arrêtèrent à une cabine téléphonique. Pete et JR téléphonèrent en P.C.V. à leurs mères respectives : qu'elles se rassurent, tout allait bien. JR refusa de dire où il se trouvait mais nia avoir participé au meurtre de Smart. Tout ce que Pete avait dit à Ralph était faux. Juste une plaisanterie. Il promit à sa mère de la rappeler le plus vite possible.

Ensuite, les trois garçons tournèrent un peu en ville

avant d'entrer dans une pizzeria où ils avaient rendez-vous avec le grand-père de Pete. Le vieil homme annonça à son petit-fils qu'il venait de parler à son père. Mr Randall avait très mal réagi. Il était furieux contre Pete. S'il ne lui téléphonait pas sur-le-champ, les choses tourneraient mal pour lui.

Inquiet, Pete s'exécuta. Mr Randall ne savait pas tout : sa femme, trop effrayée par sa réaction, n'avait pas eu le courage de lui parler du meurtre. En tout cas, il savait que son fils avait pris sa voiture avec l'intention de rester plusieurs jours à Grosvenordale. S'il n'était pas revenu à Seabrook avant 21 h 30, il préviendrait la police du Connecticut, signalerait le vol de la Sunbird et ferait arrêter tout le monde. Pete argumenta un moment mais finit par céder.

Et c'est ainsi que les trois adolescents (décrits plus tard par la presse à sensation comme des tueurs sanguinaires) retournèrent gentiment chez papa et maman.

De son côté, Pamela Smart sentait aussi le sol s'effondrer sous ses pieds. Elle avait peur mais s'en remettait à son tempérament de lutteuse. Face au danger, Pam était le genre de femme à se battre, non à fuir.

Ce dimanche soir, vers 21 heures (à l'heure où les trois garçons revenaient sagement chez eux), Cecilia Pierce, accompagnée d'un ami, Robby Fields, se présenta chez Pam. Elle sortait d'un concert de rock. Pam fit patienter le jeune homme au salon et pressa Cecilia de monter dans sa chambre. Elle avait à lui parler.

Elle raconta à Cecilia, avec un débit si précipité qu'elle en avalait la moitié de ses mots, les événements des dernières vingt-quatre heures. Ralph allait les dénoncer !

Si les autres avaient un peu de bon sens, poursuivit-elle, ils tenteraient de tout mettre sur le dos de Fowler ou de

Welch. Puisque ces deux-là en savaient tant, on pouvait se poser des questions, non ?

Tandis que Pam et Cecilia discutaient fébrilement, les inspecteurs Pelletier et Lussier passèrent près de la villa à bord d'une voiture banalisée. Ils voulaient simplement voir ce qui se passait. Apercevant, à la fenêtre, les silhouettes de deux femmes qui semblaient en train de parler gentiment, ils repartirent.

Pam ne voulait pas passer la nuit toute seule. Elle demanda à Cecilia de rester avec elle. Mais d'abord, toutes deux firent un saut à Seabrook pour permettre à Cecilia de prendre quelques vêtements de rechange.

Sur le chemin du retour, le véhicule de Pam fut subitement entouré d'une impressionnante armada de voitures de police. On recherchait la Honda gris métallisé dans l'espoir d'y trouver les trois garçons en fuite.

Pam et Cecilia eurent l'impression que tous les flics de l'Etat s'étaient mobilisés pour elles : des voitures, des motards et même un car de police !

Cecilia demanda ce qu'on lui voulait. Un flic lui répondit brutalement qu'elle le saurait bien assez tôt. Pour l'instant, elle était priée de patienter sans bouger.

D'un geste naturel, Pam se retourna et tendit le bras pour attraper son chien sur la banquette arrière.

– Haut les mains ! hurla un agent.

La tension nerveuse était à son paroxysme. Agitation, grésillements de talkie-walkie, hurlements de sirènes, ordres, contrordres... Finalement, on s'aperçut que c'était sans doute la bonne voiture mais pas les bons occupants. On cherchait trois garçons et non deux femmes !

Un agent de police femme fut chargée d'aller annoncer à Pam qu'elle était libre.

– Qu'est-ce que je lui dis ? demanda-t-elle par la radio.

– Qu'on s'est trompés de voiture !

Quand Ralph eut terminé sa déposition, on l'avertit qu'il lui faudrait une protection policière pendant quelque temps. Il fut amené à Salem, à l'autre bout de l'Etat, et caché pendant deux jours dans un motel. On raconte qu'il y mangea de bon appétit et passa son temps à téléphoner à sa petite amie, laissant une note coquette.

A peu près au même moment, les policiers mirent la main sur Danny Blake. Puis, vers 23 heures, Raymond Fowler, accompagné de sa mère, se présenta au poste de police. Il fut reçu par l'inspecteur Michael Surette, qui l'avertit de ses droits. Il pouvait exiger la présence d'un avocat. Fowler répondit qu'il n'en avait pas besoin. Il n'avait pas peur de parler.

Il raconta à Surette qu'il avait bien accompagné Pete, Billy et JR à Derry, la nuit du meurtre, qu'il avait garé la voiture sur le parking de Hood Commons, mangé une pizza et attendu tranquillement le retour des deux autres. Il précisa qu'il les avait retrouvés, coupant à travers champs, hors d'haleine. Bref, Raymond n'oublia pas un seul détail.

Il évoqua tout, sauf sa propre responsabilité. Il croyait qu'ils allaient juste faire un tour en bagnole, déclara-t-il. Il n'était pas au courant du projet d'assassinat et avait appris trop tard ce qui s'était passé, quand Pete et Billy étaient remontés en voiture.

Surette ne fut pas dupe. Il l'engagea à tout dire ; sa seule chance était de ne pas mentir, de ne pas minimiser son rôle. Fowler ne varia pas d'un pouce sur sa version des faits : il ignorait totalement qu'il s'agissait d'un crime.

JR Lattime dut regretter amèrement d'avoir quitté le Connecticut. Jamais de sa vie il n'avait vu son père dans un tel état !

Il faut dire que Vance était à bout de nerfs. Ce dimanche avait été terriblement éprouvant. Il avait remis l'arme du crime, répété deux ou trois fois son histoire devant des inspecteurs différents, convaincu Ralph Welch de venir faire une déposition.

« Je voulais savoir. Il était très important pour moi de connaître la vérité », déclara-t-il plus tard.

Mais maintenant, face à son fils, toute sa tension nerveuse explosait. Incapable de se contrôler, il déversa sur JR une avalanche de reproches tonitruants. Diane pleurait doucement dans un coin de la pièce. JR était prostré, assis tête baissée sur le divan.

– Mais réponds, nom de Dieu ! cria-t-il finalement. Dis quelque chose !

Mais, sans même lui laisser le temps, il recommença à hurler et à gesticuler. JR profita d'un moment d'accalmie pour tenter de s'expliquer. Il commença par le début : la liaison de Billy et de Pam. Avant qu'il n'ait pu en dire plus, Vance éclata à nouveau :

– Encore heureux qu'elle ne vous ait pas tous mis dans son lit ! Vous auriez été capables de tuer la ville entière !

Quand Vance eut repris son calme, JR essaya d'expliquer à son père, à grand renfort de mensonges et d'ellipses, comment il avait pu se fourvoyer dans une pareille aventure. Evidemment, il se garda bien de lui dire toute la vérité.

Vance comprit une chose : ni son fils, ni Pete, ni Raymond ne pensaient que Greg Smart serait assassiné.

– C'est Billy qui l'a tué ? demanda Vance.

– C'est ce qu'il dit.

– Tu le crois capable de l'avoir fait ?

– Et toi, tu le crois capable de ça ?

– Non ! Je parierais tout ce que j'ai qu'il en est incapable, répondit Vance.

– Eh bien moi, pourtant, je le connais mieux que toi, alors comment aurais-je pu le croire ?

– Bon, mais est-ce qu'il l'a tué ?

– Oui, avoua JR. Il a dit qu'il l'avait tué.

Vance Lattime retourna aussitôt au poste de police déclarer que les garçons étaient bien complices d'un meurtre. Il ajouta que son fils accepterait de parler, mais seulement à un certain inspecteur Mike Frost.

Vance ne connaissait pas ce Frost qui était affecté à la délinquance juvénile. Ce policier connaissait tous les garçons. Il entretenait avec eux, et avec JR en particulier, des rapports suivis.

Les flics refusèrent cette proposition en avançant plusieurs prétextes (d'ordre essentiellement hiérarchique). De toute manière, Frost n'était pas en ville ce soir-là. Ils perdirent ainsi une occasion précieuse. JR refusa ensuite de voir tout autre représentant de la loi. La famille dut aussitôt prendre un avocat. Celui-ci fut scandalisé par le comportement de la police, alors que Vance Lattime avait tout fait pour aider la progression de l'enquête.

En rentrant chez lui, au volant de sa voiture, Vance repassa dans sa tête le film de cette terrible journée.

« Je n'avais pas fait la moitié du chemin, avoua-t-il plus tard, que je me disais déjà : ''Bougre d'idiot, pourquoi as-tu fait tout ça ?'' »

Billy avait à peine franchi la porte qu'il comprit : sa mère savait ! En fait, le téléphone avait beaucoup fonctionné entre les Randall, les Flynn et les Lattime et les parents des trois garçons avaient déjà eu le temps de se rencontrer.

Depuis des années, Billy était beaucoup trop renfermé, beaucoup trop secret pour qu'Elaine espère tirer quelque chose de son fils en de telles circonstances. Elle n'essaya même pas. Elle lui dit simplement que Kenny Knight, le propriétaire de la maison (et aussi ami de la famille), l'attendait au premier. Elaine espérait qu'il pourrait lui expliquer tout ce qui s'était passé.

Mais avant tout, il fallait qu'il se débarrasse de tout ce qui « sentait mauvais ». En d'autres termes, tout ce qui pouvait constituer une preuve de la liaison entre Billy et Pamela Smart devait disparaître. Elaine craignait une perquisition à tout moment.

L'adolescent se précipita dans sa chambre. Dans un grand sac en papier, il mit les lettres d'amour de Pam, les photographies où elle posait en bikini, le médaillon gravé *Pam et Bill pour toujours*, et de nombreux billets qu'elle lui avait fait transmettre au lycée. Il chargea sa mère de jeter le sac puis monta.

Le soir même, Kenny Knight contacta son avocat de Boston, James Merberg. Merberg s'était chargé dans sa carrière de cas difficiles, dont un bon nombre d'homicides. Il était connu pour défendre les délinquants juvéniles. Il avait eu pour client le célèbre rocker Sid Vicious, accusé d'avoir tué sa petite amie, mais le chanteur était mort d'une overdose avant même le début du procès.

S'il faut en croire ce que déclara Elaine Flynn à la cour, Merberg lui conseilla « d'emmener son fils dans un endroit tranquille et d'attendre la suite des événements ».

Craignant d'être suivie par la police, Elaine emprunta la voiture de Kenny Knight et conduisit son fils chez son frère à Haverhill. Billy y resta jusqu'au lendemain, puis Elaine revint le chercher pour le ramener à Seabrook.

Pendant le trajet, ni la mère ni le fils ne parlèrent du problème qui les occupait.

« Je ne pouvais pas affronter ça, avoua Elaine au tribunal. En fait, je ne voulais rien savoir. »

Les enquêteurs Pelletier et Surette travaillèrent toute la nuit. Accompagnés de Fowler, ils cherchèrent en vain le sac de vêtements que les garçons avaient jeté sur le chemin du retour, après le crime. On procéda à de nouveaux interrogatoires, on s'occupa de taper les avis de recherche et les mandats de perquisition. L'activité était si fébrile que les inspecteurs ne purent se reposer qu'une heure ou deux, sur des nattes posées à même le sol dans l'un des bureaux du poste de police.

Le lundi matin, vers 11 heures, des policiers se rendirent au lycée Winnacunnet pour interroger les petites amies de Pete et de JR. Un peu plus tard, ils entendirent Sal Parks.

Pete Randall était le seul à être allé à l'école ce jour-là. Il assista à un ou deux cours et se disputa violemment avec la petite amie de Ralph Welch. Quand il apprit l'arrivée des inspecteurs de police, Pete téléphona à sa mère pour se faire dispenser et rentra aussitôt chez lui.

Entre-temps, le revolver de Vance Lattime avait été remis au laboratoire de Concord, New Hampshire. L'expert compara au microscope la balle extraite du crâne de Smart avec l'une des balles restantes qu'il avait lui-même tirée. L'expérience fut concluante.

En milieu d'après-midi, Jackson voulut réinterroger Cecilia Pierce. Pelletier téléphona à sa mère et lui demanda d'accompagner sa fille au poste de police de Derry.

Mrs Eaton répondit qu'il fallait d'abord qu'elle trouve Cecilia. Peut-être était-elle chez Pam mais elle n'en était pas sûre. La jeune fille était inscrite à un cours de perfectionnement de conduite et devait prendre une leçon dans l'après-midi, elle ne savait pas exactement à quelle heure.

Par téléphone elle joignit Pam. Elle lui dit que Cecilia

était en effet passée à Hampton mais qu'elle était déjà partie.

– Ah, c'est ennuyeux. Les inspecteurs de police veulent absolument lui parler aujourd'hui.

– Ah bon ? dit Pam sur un ton qui trahissait son inquiétude. Et que lui veulent-ils ?

– Je ne sais pas. Ils m'ont simplement demandé de la conduire au poste de Seabrook pour un entretien.

– Mais je peux m'en charger. Je vais la chercher tout de suite.

– Pam, je m'excuse mais *c'est moi* qui m'en occupe. Je tiens à savoir ce qui se passe.

Elle raccrocha sans laisser à Pam le temps de répliquer, puis finit par trouver sa fille chez une amie qui habitait tout près de chez elle. Avant de monter dans sa voiture, Mrs Eaton rappela Pam.

– Pam, je l'ai trouvée. Je pars à l'instant.

– Attendez-moi, j'arrive ! cria Pam, complètement paniquée. Je vais vous accompagner.

– Ecoutez, Pam, je n'ai pas besoin de vous ! Personne ne me dit jamais rien. Pour une fois, je veux savoir. Inutile de vous mettre entre moi et ma fille. Ça a assez duré !

Pam continua à argumenter, d'une voix tellement stridente que Mrs Eaton dut éloigner le combiné de son oreille. Finalement, elle céda :

– Alors, rendez-vous au poste !

Mrs Eaton, son mari et Cecilia se faufilèrent dans les embouteillages vers les locaux de la police. Pam avait un trajet trois fois plus long à faire depuis Hampton. Pourtant, quand les Eaton arrivèrent, la Honda de Pam était déjà garée sur le parking.

Sans perdre une minute, Pam accapara Cecilia ; sa mère et son beau-père suivaient, quelques pas derrière.

– Je ne sais pas ce qu'ils te veulent, Cecilia, mais ne t'inquiète pas. C'est sûrement un interrogatoire de routine.

A peine entrée dans l'immeuble, Pam se mit à récriminer :

– C'est insensé. On ne me tient au courant de rien ! Vraiment, pour une victime, je n'ai pas droit à beaucoup d'égards ! Votre inspecteur Jackson est au-dessous de tout !

Pelletier ouvrit une porte. En voyant Pam, son visage se ferma.

– Je n'ai pas besoin de vous pour l'instant, lui dit-il sèchement. C'est à *elle* que je veux parler.

Il poussa Cecilia et sa mère dans son bureau.

Il était presque 17 heures quand l'interrogatoire commença. Assis autour d'une table, Pelletier et Charewicz faisaient face à Cecilia. Jackson était présent mais il s'était retiré discrètement dans un coin de la pièce. Il voulait laisser ses hommes conduire l'entretien à leur guise.

Charewicz commença par reprocher poliment à Cecilia de n'avoir pas été très honnête, lors de leur première rencontre, trois semaines plus tôt. Il était temps d'en venir aux faits plus sincèrement.

Cecilia s'en tint obstinément à sa première déclaration : elle ne savait rien du meurtre et ignorait que Pam eût une liaison avec Billy Flynn.

La seule information nouvelle qu'elle leur livra était une pure invention qui lui avait été soufflée par Pam. Cela concernait les quelques jours qu'elle avait passés avec Billy en février chez les Smart. L'équipe voulait, déclara-t-elle, filmer Greg chez lui et intégrer cette séquence dans le film publicitaire sur le jus d'orange. Au dernier moment, Greg avait annulé parce qu'il avait un rendez-vous d'affaires.

Pam tenait beaucoup à cette histoire ; elle donna la même version lorsqu'on lui demanda d'expliquer la présence des empreintes digitales de Billy sur le lieu du crime.

Malgré les demandes pressantes de Pelletier et de Charewicz, Cecilia n'en démordit pas : elle ne savait rien.

Pour des hommes aussi expérimentés que les trois inspecteurs, il était clair qu'elle mentait. Sur son cou, une veine s'était mise à gonfler. Cecilia était assise toute raide sur sa chaise, bras et jambes croisés, dans une attitude défensive caractéristique.

Elle commença à jeter des coups d'œil inquiets à sa montre, comme si elle craignait d'être en retard à sa leçon de conduite, puis se mit à regarder le plafond. « On aurait dit qu'elle avait mieux à faire », remarqua Pelletier. En fait, lorsque Cecilia était mal à l'aise, tendue ou angoissée, elle avait l'habitude de jouer l'ennui ou l'indifférence.

Jackson se fatigua de ce chapelet de mensonges. A la surprise de tous, il se leva d'un bond et vint se placer devant Cecilia.

– J'en ai assez de vos conneries ! explosa-t-il. Vos airs de faux cul ne nous impressionnent pas. Il ne s'agit pas d'un jeu mais d'une affaire grave. Laissez-moi vous dire quelque chose, mademoiselle : ce n'est pas malin de mentir comme vous le faites. Nous pouvons vous accuser, pour commencer, d'entrave à l'action de la justice. Et croyez-moi, si vous continuez comme ça, nous n'allons pas nous en priver !

» Vous avez une chance de vous en sortir. Il faut la saisir maintenant. Dites ce que vous savez. Après, ce sera trop tard.

L'éclat de Jackson tira Mrs Eaton de son mutisme. Son orgueil de mère était blessé ; elle se mit à crier aussi fort que le policier :

– Dites donc, vous pouvez lui poser toutes les questions que vous voulez si vous restez polis, mais je n'accepterai pas les vulgarités. Ma fille ne dit pas des *conneries* ! Au cas où vous l'auriez oublié, cette enfant est mineure. Elle n'a que seize ans. Et je ne tolérerai pas qu'on la traite de *faux cul.*

» Inutile d'insister. Cecilia ne vous répondra plus. Je tiens à contacter un avocat dès maintenant.

– Mrs Eaton, puis-je vous parler un instant dans le couloir ?

Jackson ouvrit la porte et s'effaça poliment devant elle.

– Ecoutez, Mrs Eaton, reprit-il, abandonnant son agressivité pour un ton conciliant, il ne faut pas vous formaliser pour mon intervention. Ce n'est qu'un rôle, du théâtre... D'après ce que nous savons, Cecilia n'a rien fait de mal. Je crois que c'est une adolescente tout à fait normale. Mais je crains qu'elle ne nous cache des informations importantes. Je voudrais qu'elle traite cette affaire avec plus de sérieux. Elle n'a pas l'air de se rendre compte qu'il y a mort d'homme. Il fallait trouver un moyen de lui faire prendre conscience de la gravité de la situation.

Le discours de Jackson était sensé. Mrs Eaton se calma et promit de raisonner sa fille.

Sur le parking, elles retrouvèrent Pam qui bouillait d'impatience.

– Que s'est-il passé ?

– Rien, répondit Cecilia d'une voix morose. Ils m'ont posé les mêmes questions que la dernière fois.

Le soir, Pam téléphona à l'inspecteur Jackson. Elle voulait d'abord savoir pourquoi elle avait été arrêtée, la veille, dans sa voiture, et aussi où en était l'enquête. Il était inadmissible qu'on la traite de cette manière désinvolte. Jackson répondit qu'il ne pouvait rien lui dire. Pour ce qui était de l'incident de la veille au soir, il s'agissait simplement d'une erreur d'identification de véhicule.

– Vous me prenez vraiment pour une idiote ! lança Pam, furieuse, avant de raccrocher.

Vers 8 heures du matin, les mandats d'arrêt et de perquisition furent remis à Jackson et à ses hommes. L'arme du crime était déjà en leur possession ainsi que divers témoignages accusant les garçons. Il ne restait plus, en somme, qu'à leur mettre la main dessus.

Ils se scindèrent en plusieurs équipes. Byron, Surette et Lussier, accompagnés de quelques policiers de Seabrook, se rendirent chez Pete Randall. Il n'était pas là. Ils cherchèrent le sac noir à bande rouge dans lequel se trouvaient les vêtements sombres. Ils rapportèrent un sac, mais ce n'était pas le bon.

Les recherches se déroulèrent sans incident jusqu'au moment où un policier demanda un peu trop brutalement à Frank Randall s'il cachait quelque chose ; qu'il se méfie, car dans ce cas il risquait d'être poursuivi.

Frank Randall réagit très violemment ; seul le savoir-faire de Surette l'empêcha d'en venir aux mains.

« Quand ils se sont présentés à notre porte, mon mari n'était pratiquement au courant de rien, dit Patricia. Vous imaginez le choc ! Alors, quand le policier lui a parlé sur ce ton, il est devenu fou furieux. »

En fin d'après-midi, Jackson, Pelletier, Charewicz et le sergent Thompson entraient chez les Lattime. JR n'était pas là. Les inspecteurs fouillèrent la maison dans l'espoir de retrouver les enceintes stéréo de la Toyota de Greg. Ils cherchaient aussi le paquet de munitions qui avait servi à Billy (qu'ils ne trouvèrent évidemment pas).

Jackson avait l'art des contacts humains. Sans doute pouvait-il jouer l'intimidation quand cela s'avérait nécessaire, comme il l'avait fait avec Cecilia, mais il préférait la douceur. Il savait être patient, mettre les gens en confiance, rester naturel, raconter des anecdotes et même rire.

Pendant la fouille – situation délicate et toujours mal vécue – ,Jackson prit le temps de parler avec Vance.

« J'avais l'impression qu'il comprenait l'épreuve que nous traversions, raconta plus tard Vance Lattime. Il était comme un père qui parle avec un autre père et comprend sa souffrance. Mais il n'oubliait pas non plus son rôle de policier chargé d'une enquête. Il cherchait simplement la vérité. »

Et Diane d'ajouter : « Au moment de nous quitter, il avait les larmes aux yeux. »

Les policiers repartirent avec les enceintes stéréo.

Pendant ce temps-là, les garçons étaient au cinéma.

Tout l'après-midi, Billy, JR et Pete avaient tourné en rond chez les Lattime, attendant le coup de sonnette fatal qui mettrait fin à leur liberté. Leurs parents, eux, se regroupaient.

« Diane m'a téléphoné, raconta Patricia Randall. "Pourquoi restes-tu toute seule dans ton coin ? Viens. Autant être ensemble." J'ai dit "d'accord". Quand je suis arrivée, elle m'a demandé : "Tu veux d'abord parler, ou d'abord pleurer ?" J'ai répondu "pleurer", et c'est ce que j'ai fait. »

Les parents avaient même envisagé d'organiser la fuite de leurs fils. Il fallait les faire sortir du pays mais, sans passeport, ils ne pouvaient se rendre qu'au Canada ou au Mexique. Ils avaient aussitôt repoussé ce projet. Impossible de condamner leurs enfants à errer toute leur vie dans ces pays lointains. Et puis, qui disposait de l'argent nécessaire à une telle évasion ?

Billy, Pete et JR voulurent rompre cette lourde attente et évacuer l'angoisse qui les tenaillait. Ils décidèrent d'aller au cinéma. Ils virent d'abord *Total Recall* puis entrèrent dans une autre salle voir *Quarante-Huit Heures*.

Quand les inspecteurs présentèrent à Patricia Randall et à Diane Lattime les mandats d'arrêt, elles proposèrent d'aller récupérer les garçons. Diane les trouva en train de s'amuser sur des jeux vidéo pour tuer le temps à l'entracte. Elle leur annonça qu'ils étaient recherchés pour être arrêtés.

Ils acceptèrent de se rendre sans discuter, à l'exception de Billy. Il était furieux contre Diane et lui fit de violents reproches : s'il ne pouvait pas voir la fin de *Quarante-Huit Heures*, il voulait être remboursé !

« Je crois que Billy voulait se persuader qu'il appartenait encore au monde normal, au quotidien, déclara à la barre Patricia Randall. Il avait dû mettre le meurtre dans un coin de sa tête et tout bien verrouiller pour ne pas craquer. »

Les deux mères et les garçons repartirent donc pour le poste de Seabrook. Pendant le trajet, JR fit une prédiction :

– Quand on saura tout, ce sera le plus gros scandale de la côte.

Billy, Pete et JR furent arrêtés à 21 h 45 ce lundi. Ils étaient, techniquement, inculpés pour « criminalité juvénile » ; en tant que mineurs, ils devaient être jugés par un tribunal pour enfants puis envoyés dans un centre de redressement où ils resteraient jusqu'à dix-huit ou dix-neuf ans. En fait, s'ils avaient été majeurs, Flynn aurait eu à répondre d'homicide volontaire, et Randall et Lattime de complicité d'homicide volontaire.

Comme l'accusation était grave, l'Etat ferait évidemment tout son possible pour qu'ils soient jugés devant une cour d'adultes, qui pourrait les condamner à la réclusion criminelle à perpétuité.

Bill Spencer fut le premier à annoncer l'arrestation. Vers 20 heures, ce lundi soir, le journaliste se rendait à un cocktail lorsqu'il rencontra un officier de police qu'il connaissait bien. Celui-ci lui révéla que l'affaire Smart était résolue. Apparemment, les assassins étaient trois adolescents de

Seabrook. Spencer rentra immédiatement passer quelques coups de téléphone et, à 23 heures, la nouvelle passait sur Channel 9, dans un flash d'information.

A ce moment-là, Pam Smart était devant sa télévision.

Depuis la mort de Greg, elle passait rarement une nuit seule. Ce soir-là, elle était en compagnie de Terri Schnell. Toutes deux apprirent ainsi que trois garçons avaient été arrêtés. Ils étaient présumés coupables du meurtre de Greg. Selon la loi en vigueur pour les mineurs, on ne donna pas leur nom.

Pam bondit sur son téléphone et appela sa secrétaire dont le mari était enseignant au lycée Winnacunnet. Elle lui demanda si elle savait quels étaient les trois inculpés. Elle appela aussi la police de Derry mais il lui fut répondu qu'aucun inspecteur ne pouvait lui parler pour l'instant.

Dès 5 h 30 le lendemain, Pam était déjà pendue au téléphone. Elle commença par appeler Elaine Flynn (« Une pure coïncidence », devait-elle déclarer plus tard), qui lui confirma ce qu'elle redoutait tant : oui, il s'agissait bien de Billy, de Pete et de JR !

– Vous feriez bien de prendre tout de suite un avocat, lui conseilla Elaine Flynn avant de raccrocher.

Pam téléphona ensuite à tous ceux qui pouvaient en savoir un peu plus sur l'arrestation. En tant que veuve, dit-elle ultérieurement, il était normal qu'elle veuille savoir ce qui se passait. Elle chercha une nouvelle fois à joindre les inspecteurs de Derry et même les avocats des garçons.

Bien entendu, une seule chose l'intéressait : la police avait-elle des preuves ? Avait-on trouvé le revolver ? Les adolescents avaient-ils avoué ?

Elle finit par avoir Jackson au bout du fil. Elle craignait, lui dit-elle, que les familles des inculpés ne lui veuillent du mal ; elle ne se sentait pas en sécurité.

– J'ai peur, inspecteur. Je connais ces garçons. Suis-je en danger ?

– Non.

– Comment en êtes-vous aussi sûr ?

– Vous le savez aussi bien que moi, rétorqua-t-il.

Linda Wojas vint, elle aussi, se renseigner au poste de police de Derry. Depuis des mois, la mère de Pam était inquiète. Elle avait enfin la nouvelle qu'elle attendait si impatiemment : les assassins étaient arrêtés, il n'y avait plus rien à craindre.

– Ah, inspecteur, vous n'imaginez pas comme nous sommes soulagés ! s'écria-t-elle en secouant la main de Pelletier avec chaleur. Merci, merci de tout mon cœur !

– Oh, vous savez, il reste encore beaucoup à faire, murmura l'inspecteur, non sans une certaine gêne.

Entre-temps, les journalistes s'affairaient. Pas question de laisser passer une telle nouvelle ! Bill Spencer, poussé par un nouveau directeur des programmes sans scrupules, était décidé à faire feu de tout bois. Comme d'habitude, il fit enrager les flics en agitant ses micros sous le nez des garçons que l'on conduisait à la chambre des mises en accusation de Hampton.

– Avez-vous tué Greg Smart ? hurla-t-il sans aucune pudeur.

Quelqu'un fournit à Spencer une copie de la lettre d'information rédigée par Pam pour le Centre d'études, après la réalisation du film sur le jus d'orange. Le document comportait une photo de Cecilia et de Billy. Spencer ne se priva pas d'annoncer que la veuve connaissait très bien au moins un des accusés.

Il traqua Cecilia. Elle lui resservit la petite histoire montée par Pam expliquant son séjour, avec Billy, dans la villa des Smart en février.

Spencer réussit un coup de maître : il se présenta à l'improviste chez Pamela Smart avec une petite équipe de tournage.

A son coup de sonnette, Pam entrouvrit la porte, en peignoir, les cheveux en pagaille, le visage défait, les yeux gonflés comme si elle venait de pleurer. Le cameraman ne put filmer que le journaliste, debout sur le seuil, mais le preneur de son réussit à enregistrer ses réactions.

– Pam, vous allez bien ?

– Ça va, Bill, mais je ne peux vraiment pas vous parler en ce moment, répondit-elle d'une voix tremblante. Je suis vraiment trop bouleversée.

Bill Spencer n'était pas le seul, on l'imagine, à se jeter sur l'affaire. Une journaliste de l'hebdomadaire *Derry News*, qui tirait à dix mille exemplaires, ainsi qu'un reporter de l'*Union Leader*, un journal vendu dans tout l'Etat, réussirent à publier diverses interviews et même quelques phrases de Cecilia Pierce, de Raymond Fowler et de Ralph Welch.

Tous les médias, depuis Nashua jusqu'à la côte, pourchassaient les parents, les amis, les voisins et les camarades de classe des trois jeunes inculpés, mais la plupart des journalistes respectaient la loi ; ils se gardèrent de les citer nommément et de publier leurs photos.

Ils dressaient le portrait d'une Pam très troublée par la nouvelle de l'arrestation. *Je croyais être soulagée quand les assassins seraient arrêtés*, déclarait-elle dans le *Telegraph*. *Mais, c'est étrange, je n'arrive pas à croire qu'ils soient coupables.*

Je suis en état de choc, confia-t-elle au *Lawrence Eagle-Tribune*. *Je ne peux rien dire sur ces garçons sinon qu'ils me paraissaient très bien. Il m'est difficile de parler des élèves car, travaillant au Centre pédagogique, je risque de perdre mon emploi. Et vraiment, en ce moment, je n'ai pas besoin de ça !*

En réalité, dans les circonstances présentes, Pam se souciait peu de garder ou non son emploi. Son problème majeur s'appelait Cecilia. Combien de temps tiendrait-elle ?

7

En raison des événements, Pam prit quelques jours de congé. Elle vit Cecilia et Tracy Collins au tribunal de police du Massachusetts. On y évoquait l'accident de voiture qui s'était produit en mars sur Salisbury Beach. Tracy Collins et la mère de Pam étaient également convoquées.

A la barre, Pam déclara qu'elle était la conductrice et qu'elle avait deux passagers, Cecilia et Tracy. Comme sur le constat, elle omit de mentionner Billy Flynn (qui se trouvait déjà au centre de détention pour adolescents de Concord).

Pam et Cecilia ne purent pas beaucoup se parler ce jour-là. Cependant, Pam demanda à son amie de lui rapporter les bruits qui couraient à son propos. Qu'est-ce qu'on murmurait ? Quels liens lui supposait-on avec les garçons ?

Mais, alors que Pam s'inquiétait des réactions de l'extérieur, la menace venait de beaucoup plus près. Cecilia était en train de lui échapper.

En fait, le coup de gueule de Jackson avait atteint son but. Cecilia avait peur. Elle était obsédée par la crainte d'être arrêtée, comme ses trois camarades.

« Même la nuit, au lit, je tendais l'oreille à chaque fois qu'une voiture passait. J'étais sûre que c'était la police. »

La jeune fille était en proie à des émotions aussi violentes que contradictoires. Elle se sentait tiraillée entre le désir de ne pas trahir Pam, la conscience de la gravité du crime et la crainte de se retrouver derrière les barreaux.

« Impossible de dormir. Je ne pensais qu'à ça. Je me demandais comment les garçons réagiraient si je disais tout. Ce serait sûrement par la haine ! »

Elle confia plus tard à un journaliste de télévision que ses sentiments à l'égard de Pam commencèrent alors à se modifier. « Son amant était en prison et je voyais bien qu'elle s'en fichait. Comment aurais-je pu avoir confiance en elle et croire encore en son amitié pour moi ? Sachant ce que je savais, il ne me restait plus qu'à me pendre et j'aurais parié qu'elle n'attendait que ça ! »

Plus les jours passaient, plus Cecilia avait envie de partager son terrible secret avec sa mère mais elle ne voyait pas par où commencer. Quels mots utiliser ? Et puis Pam lui répétait toujours qu'il ne fallait surtout pas qu'elle confie *leur* secret à ses parents : leur colère serait terrible et elle s'en repentirait toute sa vie.

Le jeudi après-midi, Cecilia était chez son ami Robby Field quand elle entendit à la radio qu'une adolescente allait être prochainement inculpée dans le cadre de l'affaire Smart.

C'en était trop ! Les nerfs de Cecilia lâchèrent. Elle se mit à sangloter.

– Ils vont m'arrêter ! Ils vont m'arrêter ! hurlait-elle, le corps secoué de spasmes.

Robby et ses parents firent tout ce qui était en leur pouvoir pour la calmer.

– Mais enfin, Cecilia, pourquoi t'arrêteraient-ils ? C'est ridicule. Il n'y a aucune raison. Tu n'as rien à voir avec ça.

Mais ces mots de réconfort la bouleversèrent encore plus.

« Ils me consolaient si innocemment que je ne pouvais le supporter.

» Savoir quelque chose quand on ne vous demande rien, c'est supportable ; quand on fait tout pour vous faire avouer, c'est beaucoup plus difficile et vous vous sentez deux fois plus coupable. »

– Maman, dit-elle en rentrant chez elle, puis-je te parler ?

Sa mère était occupée.

– Attends une minute, ma chérie.

– Maman, je t'en prie ! cria Cecilia. C'est urgent.

Toutes deux montèrent dans la chambre de la jeune fille. Elle était en pleurs.

– Maman, Billy et Pam couchaient ensemble...

– Cecilia, pourquoi me racontes-tu des histoires ? répondit Mrs Eaton qui ne pouvait pas en croire un mot.

– Je te jure. Elle était sa maîtresse.

– Comment le sais-tu ?

– Parce que quand je suis allée chez Pam, à Derry, Billy y était aussi ; il a passé toutes les nuits avec elle dans sa chambre et ils... enfin, ils l'ont fait. A un moment je suis entrée et je les ai surpris.

Mrs Eaton garda le silence un long moment.

– Et que sais-tu d'autre, ma chérie ? murmura-t-elle enfin.

– Pas mal de choses, maman.

Vers 22 heures, Mrs Eaton téléphona au poste de police de Derry et demanda à parler à Jackson. On lui dit qu'il était chez lui mais qu'il la rappellerait. Un quart d'heure plus tard, le téléphone sonnait. C'était Jackson. Mrs Eaton lui annonça qu'elle avait des révélations à lui faire. C'était urgent. Ils convinrent de se retrouver en terrain neutre, dans un restaurant de Haverhill.

Mrs Eaton, Cecilia et sa tante, qui était passée les voir,

montèrent en voiture. Pendant le trajet, la mère de Cecilia était en proie aux plus folles pensées. Elle était persuadée qu'on chercherait à les tuer avant que Cecilia ne révèle à l'inspecteur ce qu'elle savait.

« Pendant tout le chemin, j'ai remarqué qu'une voiture nous suivait. J'étais terrifiée ; j'imaginais les choses les plus rocambolesques, mais Cecilia s'est moquée de moi. »

Dans le restaurant de Haverhill, elles retrouvèrent Jackson et le sergent Byron. Cecilia prit place entre les deux inspecteurs. Elle portait sa tenue d'écolière et elle commanda un Coca-Cola. Cecilia leur dévoila ce qu'ils soupçonnaient mais ne pouvaient prouver, à savoir que Pam avait poussé Billy à tuer son mari.

Jackson, Byron et Cecilia partirent pour Derry tandis que Mrs Eaton et sa sœur les suivaient dans leur voiture. A l'aube, Cecilia fit une déposition qui fut filmée en vidéo. La bande dure une demi-heure. Apparemment, parler devant une caméra donnait à Cecilia une nouvelle vigueur. Elle répéta sans lassitude ce qu'elle avait déjà dit.

Malgré sa fatigue (elle avait mal dormi les nuits précédentes), son récit est circonstancié et précis. Elle raconte tout, depuis sa première rencontre avec Pam jusqu'à la préparation du meurtre. Cecilia révèle aussi que Pam lui avait donné des conseils pour mentir sans être repérée par le détecteur de mensonge.

Au petit matin, Jackson téléphona chez Bill Lyons, du bureau de l'attorney général, pour lui résumer les aveux de Cecilia Pierce. Il ne voyait qu'un seul moyen d'obtenir une preuve de la culpabilité de Pam : enregistrer une conversation téléphonique avec Pam au cours de laquelle leur nouvelle alliée, Cecilia, la ferait parler. Le bureau fédéral accepterait-il ?

Lyons approuva le projet. Selon lui, il n'y aurait pas d'objection.

Jackson annonça à Cecilia qu'il aimerait entendre Pam avouer son crime au téléphone, mais la jeune fille affirma que cela ne marcherait jamais. Pam était déjà persuadée que ses lignes téléphoniques, celle de Hampton et celle de son bureau au Centre 21, étaient sur écoute. Elle craignait même qu'on n'ait caché des micros dans sa villa.

Jackson la persuada que cela valait quand même la peine d'essayer.

Le 19 juin, Jackson et Pelletier se rendirent chez les Eaton pour installer une écoute téléphonique « avec le consentement des parties ». En fait, le dispositif était rudimentaire. Il s'agissait d'un petit magnétophone Panasonic dont le micro était collé à l'écouteur du combiné ; une prise dérivée permettait à un inspecteur de suivre la conversation.

Certes, le budget de la police de Derry était restreint, mais on peut s'étonner qu'elle n'ait pu s'offrir un matériel un peu plus fiable. L'appareillage sommaire pouvait tomber en panne au moment de l'aveu ou même fournir un enregistrement de si mauvaise qualité qu'il ne pourrait être accepté par un tribunal.

Et c'est exactement ce qui se passa.

Les problèmes commencèrent dès les premiers essais, qui se révélèrent insatisfaisants. Le son était complètement brouillé. La mère de Cecilia pensait que cela pouvait venir de son téléphone sans fil. Elle alla chercher un vieil appareil à fil. Ce n'était pas mieux. Il y avait un terrible grésillement sur la ligne.

Jackson finit par appeler le poste de Derry. Il demanda qu'on lui prête un appareil. Comme le temps passait et que Pam risquait de quitter son bureau, Jackson prit sa voiture pour aller le chercher. Il fit l'aller-retour en un temps record. Il brancha le nouveau téléphone... pour s'apercevoir que le bourdonnement était toujours présent.

Finalement, ils décidèrent de tenter quand même leur

chance et de filtrer, plus tard, les bruits parasites. Cecilia composa le numéro. Pelletier écoutait et Jackson s'était installé avec un bloc de papier pour prendre des notes ou passer des messages à Cecilia pendant qu'elle parlait.

Dès les premiers mots, il apparut que Pam ne se trahirait pas facilement. Elle était sur la défensive.

PIERCE : Salut, Pam. Je ne te dérange pas ?

SMART : Je travaille. Je prépare la rentrée.

PIERCE : Ecoute, les flics de Derry m'ont appelée de leur voiture. Ils vont arriver chez moi d'un instant à l'autre. Ils vont recommencer à me cuisiner ; je ne sais plus quoi faire.

SMART : Réponds à leurs questions, tout simplement.

PIERCE : Et s'ils me demandent si tu avais une liaison avec Billy ?

SMART : Je n'en avais pas.

PIERCE : Quoi ?

SMART : Non. Il ne s'est rien passé.

PIERCE : Qu'est-ce que tu racontes ?

SMART : Il ne s'est rien passé.

Cecilia tenta de reprendre la question par un autre bout mais, à l'évidence, Pam n'était pas disposée à parler. Ni de ses rapports avec Billy ni du meurtre. Elle était tellement sur ses gardes qu'elle évita de conseiller explicitement à Cecilia de mentir aux policiers.

En revanche elle fit tout pour la dissuader de parler.

Elle lui conseilla de refuser de répondre aux policiers ou d'exiger, en tout cas, que l'interrogatoire se déroule en présence de sa mère (conseil fort habile puisque Pam pensait que c'était la dernière personne à laquelle Cecilia se serait confiée).

Si on voulait la soumettre au détecteur de mensonge, elle devait refuser tant qu'elle n'aurait pas engagé un avocat.

– Ils vont tout tenter pour te faire dire la vérité, finit-elle par admettre.

Jackson souffla, par écrit, à Cecilia quelques remarques qui auraient pu lancer Pam sur la voie d'un aveu, du genre « Je ne sais pas ce que je dirai quand j'aurai prêté serment » ou encore « En fait, tu aurais mieux fait de divorcer ».

La jeune fille réussit à glisser ces phrases assez naturellement dans la conversation, mais Pam ne mordit pas à l'hameçon.

PIERCE : C'est trop bête ! Au fond, vous auriez mieux fait de divorcer.

SMART : Oh, tout ça, c'est du passé ! Mais bon, on en reparlera une autre fois.

PIERCE : Pourquoi ? Patty est là ?

SMART : Non, mais tu sais, j'ai peur d'être sur écoute.

Cecilia dit à Pam qu'elle la rappellerait après que les flics l'auraient réinterrogée, puis elle raccrocha. La conversation avait duré moins de sept minutes. Cecilia ne s'était pas trompée : Pam, méfiante, en avait dit le moins possible.

Si Pelletier avait suivi l'intégralité de la conversation, Jackson, lui, n'avait entendu que Cecilia. Il voulut immédiatement écouter l'enregistrement.

Soudain, le téléphone sonna. Occupés à manipuler le magnétophone, les inspecteurs eurent à peine le temps de remettre le matériel en position d'écoute.

C'était Pam.

Pour une raison ou une autre, elle se sentait maintenant

plus libre de parler mais son but était clair : engager Cecilia à garder le silence.

Elle commença par l'assurer de son amitié et de sa compassion. Elle était ennuyée de la voir assaillie de toutes parts, par les policiers comme par les journalistes. Surtout, qu'elle ne se laisse pas faire ! Elle n'avait qu'à opposer un refus définitif aux demandes d'interviews et les reporters la laisseraient tranquille. Quant aux inspecteurs, ils finiraient aussi par se décourager si elle s'en tenait à sa version des faits.

SMART : Ils ne t'embêteront plus si tu n'en démords pas. Tu sais, ils font leur travail, c'est tout. Il n'y a pas de quoi se laisser impressionner. Je ne sais pas ce que les garçons ont pu raconter de leur côté. A mon avis, il y a toutes les chances pour qu'ils tentent de se décharger et de nous mettre dans le coup... Tu vois ce que je veux dire ? Et les flics vont évidemment chercher à te faire avouer je ne sais trop quoi. Mais il ne faut pas que tu rentres dans ces combines.

PIERCE : Non.

SMART : Bon, eux ils vont être jugés, c'est normal qu'ils cherchent à se blanchir, mais toi, tu n'as qu'une chose à faire : répondre simplement aux questions qu'on te pose. Pour te faire parler, ils vont te faire croire qu'ils en savent beaucoup plus que tu l'imagines. C'est leur méthode : te rendre nerveuse, te faire peur et te pousser à te contredire sur des détails. Ne te laisse pas faire. Maintiens ton histoire, un point c'est tout. Tu n'as rien à craindre.

Ensuite, elles évoquèrent la nouvelle annoncée à la télévision, selon laquelle une jeune fille devait être bientôt arrêtée. Pam rassura Cecilia : elle ne devait pas s'inquiéter.

Billy, Pete et JR étaient incarcérés depuis plusieurs jours et s'il y avait eu une bonne raison de l'arrêter, cela serait fait depuis longtemps.

PIERCE : Tu as raison. Si Billy avait parlé, nous aurions toutes les deux été arrêtées.

SMART : Tu sais, j'ignore vraiment ce qu'ils ont pu raconter.

PIERCE : Hum...

SMART : S'ils ont dit que nous étions au courant, la police peut nous embêter puisque nous affirmons le contraire, mais ça n'ira pas plus loin. Au fond, c'est leur parole contre la nôtre, tu comprends ?

PIERCE : Oui.

SMART : Il n'y a strictement aucune preuve, c'est ça qui importe.

PIERCE : C'est vrai.

SMART : Alors, pas de panique !

PIERCE : O.K.

SMART : Evidemment, si tu te mets à prendre en compte tous les ragots qui circulent en ce moment...

PIERCE : Sûr, on raconte pas mal d'histoires !

SMART : Evidemment, mais tout cela est ridicule. Pourquoi une femme de mon âge aurait-elle pris pour amant un adolescent de seize ans ? Ça ne rime à rien. Au fond, personne ne pourra croire une telle absurdité.

Elles raccrochèrent. La conversation avait duré six minutes et vingt-cinq secondes mais elle ne pouvait en aucun cas constituer une preuve de la culpabilité de Pam. Tout juste montrait-elle une chose : Pam s'accrochait au fait qu'il n'y avait aucune preuve matérielle contre elle. Elle savait que les rumeurs courant sur sa liaison avec Flynn ne suffisaient pas à la faire arrêter, pas plus que les prétendus « aveux » d'adolescents inculpés pour homicide volontaire.

La situation ne deviendrait dangereuse que lorsqu'on aurait établi son rôle dans le meurtre de Greg, ou encore si on démontrait la réalité de sa liaison avec Billy.

Et elle avait raison.

Vers 16 heures, Cecilia rappela Pam chez elle, à Hampton, pour tenter à nouveau de la faire parler. Elle lui annonça que les flics venaient de partir. Ils connaissaient apparemment l'existence de la lettre d'amour que Jenny Charles avait trouvée dans le blouson de Flynn, quelques mois auparavant. Une fois de plus, Pam réussit à éviter les plus gros écueils.

Sur les trois enregistrements effectués ce jour-là, le dernier (long d'une quinzaine de minutes) était carrément inaudible. Plus tard, la cour le rejetterait en tant que pièce à conviction.

Mais la qualité sonore n'était pas seule en cause. Le contenu même des bandes était loin d'être satisfaisant. En rentrant à Derry, Jackson et Pelletier se promirent de faire mieux la prochaine fois.

Néanmoins, Pamela Smart marchait sur une corde raide.

D'un côté, elle devait continuer à entretenir son image de veuve éplorée ; de l'autre, il lui fallait s'arranger pour faire savoir à Billy, à Pete et à JR qu'elle ne les laissait pas tomber, qu'elle était toujours avec eux. S'ils se croyaient abandonnés, rien ne les retiendrait plus. Ils passeraient des aveux complets. Au fond, elle le savait, c'étaient des adolescents fragiles et non des tueurs endurcis capables de garder le silence jusqu'à la mort.

Elle chercha donc le moyen de les rassurer sur ses sentiments en allégeant les accusations qui pesaient sur eux.

Et c'est ainsi que Pamela Smart se mit à accumuler des

déclarations bizarres, qui surprirent quelque peu son entourage. Elle commença par dire un peu partout qu'elle aurait aimé aller voir les garçons en prison. Elle les connaissait bien et elle souhaitait les aider en ces moments difficiles. On s'étonna. Comment Pam pouvait-elle avoir envie de rendre visite aux assassins de son mari ?

Un jour, Pam envoya anonymement à Elaine Flynn une cassette audio contenant des morceaux de hard rock que Billy aimait particulièrement. Elle comportait, paraît-il, une chanson de Van Halen qui s'intitule *Hot for Teacher*. Elle joignit un mot : *Pour Billy. Quand il l'écoutera, il saura qu'il* a encore de véritables amis qui l'aiment et pensent à lui.

Pam joua un jeu assez subtil avec les inspecteurs Pelletier et Charewicz. Ils la rencontrèrent chez ses parents le lendemain des enregistrements téléphoniques.

Ils prétextèrent vouloir parler avec elle des trois garçons. Pour les faire juger en cour d'assises, comme des adultes, ils avaient besoin de renseignements sur leur comportement psychologique et sur leur maturité affective. Puisque Pam avait travaillé avec eux, elle saurait certainement les aider. En fait, ils voulaient voir comment Pam réagissait à la pression des événements.

Pam se débattit comme un beau diable.

Elle voulut persuader les inspecteurs que les trois garçons n'étaient pas coupables. Le jeu était difficile à jouer, dans la mesure où elle ignorait ce qu'ils savaient exactement.

– Je vais tâcher de vous répondre sincèrement. Pour moi, il est impossible que ces gosses soient des assassins. Je ne peux pas y croire, c'est tout.

Elle fit ensuite dévier la conversation sur Cecilia.

– Je dois vous avouer que je suis extrêmement choquée de la façon dont vous traitez cette malheureuse gamine. Je doute fort qu'elle ait quelque chose à voir avec toute cette histoire. Les trois garçons n'étaient même pas ses amis ; des camarades de classe, tout au plus. Jamais elle ne sortait avec eux...

– Ah, fit Pelletier.

– Ils se croisaient au lycée, c'est tout. Je trouve que vous lui menez la vie dure. Vous avez réussi à faire naître en elle une espèce de... une espèce de sentiment de culpabilité. Elle m'en a parlé deux ou trois fois au téléphone. Elle ne sait plus où elle en est. Et c'est compréhensible. Elle se voit accuser de choses qu'elle n'a pas faites. En plus, maintenant, ses parents s'y mettent. Ils lui conseillent de ne plus me parler tant que toute cette affaire ne sera pas réglée. Oui, tout cela est extrêmement pénible. Cecilia est ma stagiaire, vous savez, et...

C'était un torrent de mots. Pam ne pouvait plus s'arrêter. Elle croyait évidemment convaincre Pelletier, mais elle ne faisait que dévoiler sa peur.

Craignant que ses conversations téléphoniques de la veille n'aient été enregistrées, elle en reprit ensuite certains éléments.

– La pauvre, se sentir accusée alors qu'elle n'a rien fait ! C'est affreux, surtout quand on a quinze ans. Tout est brouillé, confus dans sa tête. Elle ne sait même plus vraiment où est le vrai, où est le faux, car elle a beau vous dire et vous répéter les faits, vous n'êtes jamais satisfaits. Elle se torture, elle ne sait plus du tout où elle en est. Moi-même, j'ai vingt-deux ans et je ne sais pas si je supporterais cette situation. Et puis, elle voit que ses camarades ont été arrêtés, elle sent une menace planer sur elle. Il y a de quoi perdre la tête et avoir peur...

– Oui, marmonna Pelletier.

– Même si on n'est pas coupable.

– Mais elle n'est qu'une des innombrables personnes que nous avons interrogées depuis...

– C'est vrai. C'est ce que je lui ai dit, fit Pam en le coupant.

– ... depuis le 1er mai.

– Vous savez, je lui en ai parlé. Vous faites votre travail, c'est normal. Elle n'a qu'à répondre le plus simplement du monde à vos questions. Mais je vous le répète : elle s'inquiète car elle pense que vous ne la croyez pas. Elle vous voit revenir tous les jours à la charge. « Je ne sais plus quoi leur dire », m'a-t-elle avoué. Je fais de mon mieux pour l'aider mais ce n'est pas facile.

Le lendemain, Pam accorda une interview à Nancy West de l'*Union Leader*. Elle parut le 22 juin en première page. Pam révélait que la police était venue la voir pour lui poser des questions sur la maturité affective des trois garçons.

La facilité avec laquelle Pam se confiait aux médias était de plus en plus énigmatique. Certains y voyaient une sorte de pulsion incontrôlable, une propension névrotique au bavardage. Une fois que Pam avait commencé à parler, elle ne savait plus s'arrêter. Pour d'autres, c'était une manière de communiquer avec Billy, de l'assurer de son soutien et de son amour.

En tout cas, l'étau se resserrait autour de Pam et elle le sentait. Elle ne pouvait plus ignorer qu'on la comptait maintenant au nombre des suspects et elle n'avait plus personne à qui se confier, excepté Cecilia. A Seabrook, on chuchotait que Pam avait été la maîtresse de Flynn et on la soupçonnait de l'avoir payé pour tuer son mari.

Les rumeurs étaient si persistantes que les journalistes en firent état. L'un d'eux aborda même le sujet ouvertement avec Pam.

– Je sais très bien ce que l'on raconte, répondit-elle. Si jamais quelqu'un ose imprimer ces saletés, il s'en repentira, ajouta-t-elle d'un air menaçant.

Un article du *Derry News* cita une phrase de Pam : *Ces*

bruits sont répandus par trois jeunes gens de quinze ans qui vont être jugés. C'est tout de même terrible de voir des adultes responsables leur accorder la moindre crédibilité.

Les médias restaient prudents, insistant sur le fait qu'il ne s'agissait que de rumeurs non fondées. Quant aux amis et parents de Greg, ils se posaient la question beaucoup plus ouvertement.

Pourquoi trois élèves du lycée Winnacunnet avaient-ils tué Greg Smart, qui était justement le mari de leur monitrice ?

Judy Smart elle-même commençait à être ébranlée.

Elle n'avait pas récupéré depuis la mort de son fils et restait nerveusement très fragile. Pam lui téléphonait souvent, cherchant à gagner sa sympathie. A plusieurs reprises, elle avait confié à sa belle-mère qu'elle craignait d'être arrêtée. « Je n'ai pas pensé une seconde qu'elle pouvait être coupable, dit Judy plus tard. Je lui ai demandé pourquoi elle imaginait une chose aussi horrible. "Je ne sais pas. Cela me hante, m'a-t-elle répondu. J'en rêve la nuit." »

Bien sûr, Judy s'interrogeait. Pourquoi les trois adolescents de Seabrook auraient-ils voulu la mort de Greg ?

Un soir que Judy était seule chez elle, elle ne put se retenir davantage. Elle composa le numéro de téléphone de Pam.

– Pam, il faut que tu me dises ce que tu sais sur ces garçons. Les connaissais-tu bien ?

– Oui, ils ont fait ce film publicitaire avec moi.

– Pam, tout ça me rend folle. Il doit bien y avoir une raison pour que ces gosses aient été jusqu'à Derry, qui n'est pas la porte à côté, pour tuer Greg, ton mari ! Tu dois bien avoir une idée là-dessus.

– Franchement, non.

Judy ne se laissa pas démonter et continua à presser Pam de questions.

– Ecoute, Judy, je crois que l'un d'eux, Billy Flynn, avait le béguin pour moi, finit par lâcher Pam.

Judy lui retéléphona le lendemain, bien décidée à aller au fond des choses.

– Mais, Pam, quels étaient vraiment tes rapports avec eux ?

– Simplement des relations de prof à élèves.

– Pam, tu ne peux pas t'en tenir à ça, c'est impossible ! s'écria Judy qui sentait monter en elle une colère irrépressible. Il y a quelque chose qui cloche. Tu ne me dis pas tout. S'ils sont allés tuer Greg, ce n'est pas par hasard ! Ils avaient une raison, bon Dieu !

– Je te l'ai dit, je crois que Billy était amoureux de moi.

« C'était un pas de plus par rapport à la veille où elle n'avait parlé que de "béguin". A ce moment-là, j'ai commencé à penser que Pam avait joué un rôle dans la mort de mon fils. »

Et cet horrible doute ne fit qu'attiser davantage la douleur du deuil. Les Smart se sentaient gagnés par une rage impuisssante et se débattaient dans des sentiments contradictoires.

Un jour, Judy, Bill, son frère et sa belle-sœur prirent leur voiture pour se rendre à Seabrook. Ils éprouvaient brusquement le désir lancinant de voir le lieu où s'étaient noués les fils de la tragédie qui les avait frappés.

Ils allèrent d'abord voir le lycée Winnacunnet puis, traversant à pied le parking, ils jetèrent un coup d'œil au Centre 21 qui abritait le bureau de Pam. Ils se rendirent ensuite à la villa de Pam puis cherchèrent dans l'annuaire téléphonique l'adresse des trois assassins présumés de leur fils.

Ils crurent reconnaître la maison des Flynn.

– C'est ici, chuchota Judy, le cœur battant.

– Oui, répondit Bill d'une voix rauque.

Des mois plus tard, les Smart avaient encore le cœur

serré en pensant à leur sinistre pèlerinage. « Cela ne rimait à rien, mais étrangement, nous sentions le besoin de le faire. »

Avec la participation de Cecilia à l'enquête, les inspecteurs de police s'étaient senti pousser des ailes, mais maintenant l'espoir retombait. Et la chute était brutale.

Comme ils s'y attendaient, la qualité sonore des enregistrements était très mauvaise. Pelletier se rendit dans un laboratoire du Connecticut avec Robert Halvorson. Ce dernier travaillait parfois pour le F.B.I. Seize ans plus tôt, on l'avait chargé de « nettoyer » les enregistrements de Richard Nixon utilisés dans l'affaire du Watergate. Halvorson fit disparaître la plupart des bruits parasites et haussa le niveau sonore de la voix de Pamela. Mais ils savaient qu'il n'y avait pas grand-chose à en tirer.

Et ce n'était pas leur seul regret. Ils avaient appris par Cecilia qu'un des garçons avait perdu un gant en latex après le meurtre. Cecilia leur avait dit à quel point Pam avait été furieuse de cette négligence. Or, Paul Lussier leur annonça que, le 2 mai, un gant en latex avait été trouvé dans le champ, juste derrière la villa. La police d'Etat l'avait jeté, croyant qu'il provenait des laboratoires médicaux situés dans les immeubles bordant le champ.

C'était une erreur bien embarrassante. On avait ainsi laissé échapper une jolie preuve. Mais c'était du passé ; on ne pouvait plus rien y faire !

Il restait encore à recueillir le plus d'informations possible sur les trois garçons. En tant que mineurs, ils devaient être jugés devant un tribunal pour enfants de Derry. Pour qu'ils soient traduits devant les assises de Rockingham, comme des adultes, il fallait que l'accusation établisse le meurtre avec préméditation. La procédure était complexe.

Moins de deux semaines après l'arrestation de Billy, de Pete et de JR, Pam décida de faire appel à des avocats.

Bien sûr la police ne lui avait rien dit officiellement, mais Pam ne pouvait ignorer qu'on la soupçonnait. Sa mère, Linda Wojas, secrétaire dans un cabinet juridique, lui avait suggéré de prendre conseil auprès d'un avocat. Un ami de la famille leur recommanda Paul Twomey et Mark Sisti.

Les deux hommes avaient monté un cabinet et s'occupaient essentiellement d'affaires de meurtre. Ils étaient renommés dans le New Hampshire pour accepter de défendre des causes désespérées.

Paul Twomey, âgé de quarante et un ans, était le plus intellectuel et le plus aimable des deux. Il parlait toujours doucement, sans jamais élever la voix, mais il avait un sens de l'humour désarmant. « C'est un homme avec qui il est agréable de travailler et qui ne se prend pas trop au sérieux, dit un procureur. Quant à Sisti, eh bien, c'est tout à fait un autre genre ! Il est plus... disons, plus cynique. »

C'était bien l'image cultivée par Mark Sisti. A trente-cinq ans, il se donnait volontiers des allures de jeune rebelle. Il venait à peine de couper sa queue-de-cheval, un style de coiffure plus répandu auprès de ses clients que de ses collègues.

Pendant les procès, Sisti était le chien d'attaque de l'équipe, aboyant et grondant systématiquement contre les témoins à charge. Il entrait dans des colères noires à tout propos, vitupérant les procureurs. Toutes les déclarations, pièces et témoignages de l'accusation étaient à ses yeux des « insanités » et il voyait des vices de procédure partout.

« Ce qui est étonnant est que Sisti, malgré sa réputation d'"emmerdeur", était respecté... En fait, je crois qu'il arrivait à intimider certains juges », déclara un procureur.

En vérité, Sisti n'était pas seulement une grande gueule. C'était aussi un travailleur acharné. Il avait eu le courage et la force de financer ses études en travaillant comme mécanicien, aide-soignant ou métallurgiste. Et surtout, lorsqu'il plaidait, Sisti possédait son dossier sur le bout du doigt.

Lorsque Pam vint le voir, Twomey décida que la première chose à faire était d'empêcher sa nouvelle cliente de parler, spécialement devant un tribunal.

Pam lui avait expliqué qu'elle était une victime fort mal traitée. La police de Derry l'avait tenue à l'écart de tout. Elle ignorait comment s'était déroulée l'enquête et les motifs de l'arrestation des trois jeunes gens. Elle ne savait plus où elle en était. Elle se sentait même menacée.

Twomey n'avait pas besoin d'un dessin. Il comprit parfaitement ce qui se passait. Il téléphona aussitôt à Bill Lyons, du bureau de l'attorney général –, appel aussitôt suivi d'un courrier recommandé. Twomey avertissait Lyons qu'il représentait Pamela Smart. Toute entrevue se ferait dorénavant en sa présence.

De son côté, Pam savait que cette démarche pouvait la mettre en position de faiblesse, surtout aux yeux de Bill et de Judy Smart. Elle leur expliqua qu'elle avait pris un avocat pour faire cesser les calomnies de la presse. Quelques journaux, et le *Derry News* en particulier, avaient en effet laissé entendre qu'elle avait joué un rôle dans la mort de son mari. Il n'était pas question qu'elle laisse imprimer de telles horreurs. Elle comptait attaquer en diffamation.

Si ç'avait été le cas, Pam ne serait pas allée chercher Twomey et Sisti. Ces deux-là étaient des avocats connus pour défendre des meurtriers. Le 26 juin, Pam leur fit un chèque de cinq mille dollars.

Le mois de juin s'achevait. Cecilia Pierce obtint son permis de conduire, sans doute grâce à Pam qui l'avait laissée beaucoup s'exercer au volant de sa Honda.

Le samedi suivant, Cecilia, qui attendait une amie, s'assoupit. Elle fit un terrible cauchemar.

« J'ai rêvé que quelqu'un tirait d'une fenêtre sur mes amis, raconta Cecilia. Je courais dans tous les sens, agitant les bras en criant : "Non, non ! Pas eux !" J'ai reçu une rafale de balles. Tout mon corps saignait mais j'étais toujours vivante.

» Alors, j'ai compris que la personne qui tirait à la fenêtre, c'était Pam. Mais jamais elle n'a montré son visage.

» Alors, je me suis réveillée. Je frissonnais ; j'étais en sueur et j'avais peur.

» Mon amie est venue me chercher et nous sommes allées à la plage. Nous nous sommes promenées. Quand nous sommes arrivées devant le *Peacock Lounge*, j'ai remarqué un permis de conduire dans le sable.

» Je venais de payer trente dollars pour obtenir le mien et si je postais celui-là à son propriétaire, cela ne me coûterait qu'un timbre à vingt-cinq cents. J'ai eu envie, pour une fois, de faire un beau geste.

» Je me suis baissée pour prendre le permis. Je n'en croyais pas mes yeux. C'était celui de Pam ! Je venais de trouver le permis de conduire de Pamela Smart sur la plage devant le *Peacock Lounge* !

» Je l'ai mis dans mon sac. Ensuite je me suis rendue en cours. Je n'avais pas vu Pam depuis un bout de temps, mais en sortant du lycée, je l'ai rencontrée.

» "J'avais l'intention de sortir ce soir mais j'ai perdu mon permis de conduire", me dit-elle. "Tiens, lui ai-je dit en lui remettant son permis. Je l'ai trouvé sur la plage tout à l'heure." "Cecilia, comment est-ce possible ?" "Ne cherche pas à comprendre, Pam. C'est incroyable mais vrai." »

8

La police de Derry savait qu'avec Twomey et Sisti on pouvait s'attendre à tout. L'année précédente, les deux avocats avaient réussi à faire acquitter un assassin qui avait pourtant avoué un double crime ! Pour faire condamner Pamela Smart, il fallait des éléments autrement plus solides que leurs trois misérables enregistrements.

Jackson et Pelletier renoncèrent aux écoutes téléphoniques. Pam était beaucoup trop méfiante. Il fallait trouver autre chose.

Ils décidèrent d'équiper Cecilia d'un petit émetteur portatif pour surprendre Pam « sur le vif ».

La jeune fille n'était pas spécialement habile dans l'art du mensonge. Les inspecteurs s'en étaient aperçus lors de son premier interrogatoire. Mais depuis, et surtout au téléphone, elle semblait s'être améliorée et avoir pris goût au jeu.

Jackson proposa donc à Cecilia d'aller rendre visite à Pam dans son bureau, munie de son appareil soigneusement caché. Elles seraient seules et pourraient donc bavarder tranquillement. Cecilia n'aurait rien à craindre, dans la mesure où c'était malgré tout un lieu public.

Ils se décidèrent pour le plan suivant : l'adolescente devrait annoncer à Pam qu'elle allait être soumise à un nouvel interrogatoire et qu'elle aurait probablement à subir cette fois l'épreuve du détecteur de mensonge. Avec un peu de chance, Pam se trahirait.

Le jeudi 12 juillet vers midi, Cecilia entra au poste de police de Seabrook. Mais elle n'était pas seule ! A l'étonnement de tous, Cecilia était accompagnée d'une de ses cousines, âgée de quinze ans. En visite chez les Eaton, elle avait insisté pour venir et Cecilia s'était laissé convaincre. La jeune fille avait une dose d'inconscience assez incroyable !

A cette heure-là, Pam était sûrement en train de déjeuner. Un policier se précipita au *McDonald's* le plus proche et rapporta des hamburgers et des frites que les deux gamines dévorèrent avec appétit.

Pelletier et Byron examinèrent en détail avec Cecilia les sujets qu'elle devrait aborder et les questions qui pourraient inciter Pam à révéler ce qu'ils voulaient entendre.

Il fallut ensuite installer le matériel. Cette fois il s'agissait d'un équipement fiable, emprunté à la police de Salem. On lui mit en bandoulière sur l'épaule droite une pochette en tissu : scotchée juste sous le bras, elle contenait un petit émetteur. Le microphone était fixé sur la lanière à l'épaule. Attachée par une bande adhésive, il y avait également une petite antenne permettant de transmettre la conversation aux inspecteurs qui attendraient dans une voiture garée sur le parking. Par-dessus l'appareillage, Cecilia enfila son large sweat-shirt bleu de lycéenne.

Au volant de la Ford de sa mère, Cecilia (toujours accompagnée de sa cousine) prit la direction du bureau de Pam. Une voiture de police banalisée et un fourgon la suivaient.

Chacun prit sa place. Pelletier et Byron étaient dans la

voiture. Charewicz et Michael Raymond procédaient à l'installation du matériel dans le fourgon, un véhicule jaune aux vitres noires. Cette fois-ci, les inspecteurs étaient décidés à prendre toutes les précautions. Ils branchèrent deux enregistreurs, l'un directement sur le récepteur, l'autre à proximité du haut-parleur. De son côté, Pelletier avait un magnétophone Panasonic près de son poste scanner, dans sa voiture.

Quelques minutes avant 13 heures, Cecilia Pierce laissa sa cousine dans la voiture et entra dans le Centre d'études des médias et communication.

Pam l'accueillit plutôt fraîchement.

SMART : Ah, Cecilia ! Est-ce vrai que tu racontes partout que j'ai tué Greg ?

PIERCE : Qui t'a dit ça ?

SMART : Ton ex, Denny. J'ai cru avoir une crise cardiaque. Je n'en croyais pas mes oreilles. Alors tu t'amuses à dire que j'ai assassiné Greg, que je lui ai tiré une balle dans la tête, c'est ça ?

PIERCE : C'est complètement idiot !

SMART : Remarque, Denny est bien le genre à raconter des bobards.

PIERCE : Et comment ! Tu te rappelles le mois dernier, quand il est venu me dire que tu partais pour la Floride ?

SMART : Oui, c'est vrai.

PIERCE : Ta secrétaire n'est pas là ?

SMART : C'est son jour de congé.

PIERCE : Ah !

SMART : Je pensais justement à toi...

PIERCE : C'est vrai ?

SMART : Oui. Je me disais que... enfin, on ne s'est pas vues depuis si longtemps. Tu me manquais.

Alors, Pam se leva brusquement et les deux « amies » s'embrassèrent. Craignant que Pam ne découvre le micro, Cecilia pencha le buste en avant d'une façon assez peu naturelle. Pam, toute à sa joie des retrouvailles, ne s'aperçut de rien.

A cet instant elle semble ravie de revoir Cecilia et de pouvoir enfin parler sans contrainte des événements. Elle a un débit rapide, précipité, comme s'il lui fallait rattraper une longue période de silence et d'isolement.

SMART : Tu sais, je me disais : « Mais pourquoi irait-elle raconter que j'ai tué Greg ? » Tracy était là quand Denny m'a parlé. « Pourquoi aurait-elle fait ça ? » m'a-t-elle dit. Enfin, ça m'a rudement secouée !

PIERCE : [Rire.] Et en même temps tu pensais « Eh oui, elle sait tout ! »...

SMART : Evidemment, mais je ne pouvais pas le dire à Tracy ! Enfin, je suis super-contente de te voir. J'avais vraiment envie de te parler et en même temps... je suis certaine que... enfin mon avocat m'a dit qu'il fallait s'attendre qu'un jour ou l'autre les flics t'envoient m'espionner avec un micro portatif.

PIERCE : Je ne les ai pas vus, mais ça ne va pas tarder...

Cecilia dévie alors rapidement la conversation sur Ralph Welch. Toutes deux savent qu'il a parlé aux policiers et donne des interviews à tous les journalistes.

PIERCE : Avec Ralph, toute la ville est au courant !

SMART : Sauf que Ralph, au fond, ne sait rien.

PIERCE : Il sait ce qu'on a bien voulu lui dire.

SMART : Peut-être, mais ce ne sont que des on-dit. On ne va pas m'arrêter parce que Ralph a entendu dire que j'avais une liaison avec Bill. Ça ne suffit pas.

PIERCE : C'est vrai.

SMART : Après tout, Bill pouvait être complètement fou amoureux de moi et le clamer sur les toits, mais qu'est-ce que cela prouve ? D'ailleurs, si c'était le cas et si la police l'avait cru, je serais déjà en taule !

PIERCE : Oui, les flics ne doivent pas te soupçonner.

SMART : Heureusement, merde !

PIERCE : [Rire.]

SMART : Mais le danger ne vient pas de Ralph. C'est JR, Pete et Bill qui m'inquiètent. Ils peuvent dire que je suis mêlée à l'histoire.

PIERCE : Oui, mais ils ont promis de se taire. Bill ne te ferait jamais ça !

SMART : Je sais. Et puis, même s'ils parlaient, ils n'ont aucune preuve. Malgré tout, je suis inquiète. Si les flics veulent me faire chier, ils trouveront bien un moyen !

PIERCE : Oui.

SMART : Ils peuvent m'inculper.

PIERCE : Oui.

SMART : Mais n'aie pas peur, Cecilia. Jamais je ne lâcherai un mot sur toi, jamais !

PIERCE : O.K.

SMART : Et pourquoi le ferais-je ? Tu n'as rien à voir dans toute cette histoire. Evidemment, si Jenny leur a donné un de mes billets [inaudible]... l'enregistrement d'une conversation téléphonique, ou un truc entre moi et Bill, alors, il faudra que j'admette que j'ai eu une aventure avec lui. Mais je n'irai pas plus loin. Jamais ils ne me feront dire que je l'ai payé pour tuer Greg ! Jamais ! Je ne l'ai pas acheté, je ne lui ai rien demandé.

Pam veut alors être informée des rumeurs qui courent sur elle à Seabrook. Elle veut connaître les réactions des uns et des autres.

SMART : Et ta mère ? Est-ce qu'elle pense aussi que je les ai payés pour le faire ?

PIERCE : Elle... elle ne m'a rien dit de précis. Simplement, elle m'interdit de te voir.

SMART : Pourquoi ? Parce qu'elle pense que je suis une meurtrière ?

PIERCE : Je ne sais pas. En tout cas, elle ne veut plus que la police me harcèle.

SMART : Normal. Tu sais, Cecilia, à la rentrée, tu pourras retravailler au centre si tu veux.

PIERCE : Oui ?

SMART : Je ne sais pas si ta mère sera d'accord mais... bon, tout est un peu embrouillé en ce moment...

PIERCE : Tu vas reprendre ton cours ?

SMART : Non.

PIERCE : Non, pourquoi ? Bon, en tout cas, si tu laisses tomber, je m'inscrirai en physio.

SMART : Comment veux-tu que je sache ce qui va se passer l'année prochaine ?

PIERCE : Hum !

SMART : Tu sais, s'ils sont jugés en tant que mineurs, tout se passera bien et on n'en entendra plus parler dans un an, quand ils seront majeurs. Mais s'ils sont jugés normalement... ça va être autre chose. Tout ce que je sais, c'est que jusqu'à présent, aucun d'entre eux n'a parlé. Hier, mon avocat a vu celui de Billy.

Pam revient alors sur la question qui la tracasse visiblement, à savoir le billet prétendument remis à la police par Jenny Charles (c'est, bien sûr, une invention de Jackson destinée à la faire avouer).

SMART : Je me demande ce qu'on pense de moi à Winnacunnet. On me hait ou on me plaint ? Dis, Cecilia, on croit vraiment que je suis coupable ?

PIERCE : Je ne sais pas.

SMART : Cecilia, dis-moi la vérité. Tous sont persuadés que j'ai manigancé un truc, non ?

PIERCE : Enfin, oui... il y a des chances [rire].

SMART : Tu vois ! Mais je préfère savoir la vérité. Ça ne m'étonne pas. Tout le monde s'attend que je sois arrêtée d'une minute à l'autre...

PIERCE : Ça fait au moins la cinquième fois qu'on m'annonce que tu viens d'être arrêtée.

SMART : Moi aussi, figure-toi ! [rire] L'autre jour, on l'a dit à mon patron et il était tout étonné de me voir au bureau. Mais le fait est que je suis libre comme l'air. La police n'est même pas venue m'interroger ! J'ai quand même pris des avocats, et pas n'importe lesquels !

PIERCE : C'est vrai ?

SMART : Oui. Ils sont terriblement chers, mais je n'avais pas le choix.

PIERCE : De toute manière, tu peux te les offrir.

SMART : Pas du tout ! Bon Dieu, qu'est-ce que tu t'imagines, Cecilia ? Je suis complètement à sec. En plus, pour le moment, ils sont payés à ne rien faire. En tout cas, si ce billet de Jenny Charles n'est pas un bobard et que je suis arrêtée, je n'avouerai qu'une seule chose : ma liaison avec Billy. Un point, c'est tout.

C'est ce moment-là que choisit Cecilia pour lancer une véritable petite bombe. Elle annonce à Pam qu'elle est convoquée le lendemain par Bill Lyons, du bureau de l'attorney général. Il possède justement le billet amoureux remis par Jenny Charles. Cette révélation semble mettre Pam au désespoir. C'est la preuve qu'elle redoutait tant. Sa voix devient plus grave, son débit moins précipité.

SMART : En tout cas, je te le répète, il ne faut pas que tu te laisses impressionner. Si j'étais toi, je ne leur lâcherais rien, pas une miette !

PIERCE : Oui, mais voilà, je suis encore convoquée et je ne sais vraiment plus quoi faire. Cette fois-ci c'est l'attorney général qui va me cuisiner. J'en ai marre de mentir, tu comprends ?

SMART : Peut-être, mais si tu dis la vérité, tu seras tout simplement accusée de complicité.

PIERCE : Oui. C'est vrai.

SMART : A toi de choisir ! En plus, que diront tes parents ? Tu vois le tableau. Ça va être du genre : « Quoi ? Tu étais au courant et tu n'as rien dit ? » Et comme ça toute la journée...

PIERCE : Sûr !

SMART : Si tu nies, on te foutra la paix.

PIERCE : Hum...

SMART : Si tu acceptes de parler, ils ne te laisseront plus une minute de répit.

PIERCE : Je sais.

SMART : On n'y peut rien. C'est trop tard, maintenant, tu comprends ?

PIERCE : Oui. Franchement, quand tu vois ce qui se passe, tu ne te dis pas que tu aurais mieux fait de divorcer ?

SMART : Oh, je ne sais pas ! Tout allait bien avant que ces imbéciles ne parlent à Ralph.

PIERCE : Quels cons !

SMART : Tu peux le dire !

PIERCE : J'arrive toujours pas à comprendre pourquoi ils lui ont tout raconté. Ça me dépasse. Résultat, maintenant ils sont en taule ! A chaque fois que j'entends Motley Crue, je pense à Bill.

SMART : Moi aussi.

Pam embraye maintenant sur le détecteur de mensonge.

SMART : Ecoute, je ne sais pas grand-chose sur ce truc-là mais n'importe quel avocat te dira de refuser. Il faut que tu le saches : ça ne peut jamais être considéré comme une preuve, mais si jamais le test est positif, les flics ne te lâchent plus. Ils te cuisinent jusqu'à ce que tu n'en puisses plus, des jours entiers, sans te laisser souffler une minute.

PIERCE : Oui, je sais. Jusqu'à ce que tu craques.

SMART : Tout à fait. Tu te rappelles ? Ils l'ont fait avec Barnaby, l'année dernière. Ils l'ont interrogé pendant soixante-dix heures d'affilée et il a fini par avouer.

PIERCE : C'est le type qui a été jugé trois fois ?

SMART : Et qui s'en est sorti. Il était défendu par mes avocats !

PIERCE : Incroyable ! Il a été acquitté après avoir avoué ?

SMART : Oui, et [inaudible]...

PIERCE : Sans blague ?

SMART : Pas mal, mes avocats, hein ?

PIERCE : Alors, t'as peut-être intérêt à avouer.

SMART : [Rire.]

Pam sait parfaitement que tant que Flynn, Randall et Lattime gardent le silence, le maillon faible de la chaîne est Cecilia. Elle joue donc sur le registre affectif pour garder l'adolescente dans son camp.

SMART : Il me semble que j'ai été une vraie amie pour toi, non, Cecilia ? De ce côté-là, tu n'as rien à me reprocher. Qu'est-ce que ça pourrait te rapporter de m'envoyer au trou ? Si encore ça mettait fin à tes problèmes...

PIERCE : Et pour une nouvelle paire de Nike à mon anniversaire, je pourrais toujours repasser [rire] !

SMART : Sérieusement, Cecilia ! Non seulement ça ne serait pas la fin de tes problèmes mais c'en serait même le vrai début ! Tu imagines ? Toute la journée, ta mère te serinera le même refrain : « Je ne comprends pas. Tu savais qu'un meurtre était en train de se préparer et tu n'as rien dit ? Tu as laissé faire ! C'est honteux, tu n'es plus ma fille », etc. Tes copains te traiteront de salope, quant aux flics, tu les auras sur le dos toute la sainte journée. Ils n'arrêteront pas de te demander de venir témoigner sur ceci ou sur cela. Tu n'en auras jamais fini !

Pam s'inquiète bien sûr des réactions de Cecilia, mais elle ignore combien de temps les trois garçons vont garder le silence. En fait, JR est celui qu'elle redoute le plus.

SMART : Tu vois, je me dis que tôt ou tard JR va retourner sa veste.

PIERCE : JR ?

SMART : Oui.

PIERCE : Je le plains. Au fond, il n'a rien fait, lui !

SMART : Quoi ? Il a pris sa part, si tu veux bien y réfléchir. Et puis, merde ! Il était assez grand pour décider, non ? Vous étiez tous assez grands. Vous n'êtes plus des bébés, que je sache.

PIERCE : C'est vrai.

SMART : Ils l'ont fait, un point c'est tout. Et je n'ai forcé personne. Ils ont pris leur décision tout seuls.

PIERCE : Au moins, tu ne les as pas payés.

SMART : Non. C'est ce que je te dis, ils ont pris leur décision seuls. Surtout, Cecilia, il ne faut pas que tu te sentes coupable. Je sais que c'est dur. J'éprouve la même chose que toi, mais il faut à tout prix éviter la culpabilité. Souviens-toi, ils avaient décidé de... Enfin, je ne sais même pas ce qu'ils ont trafiqué chez moi, qui est entré dans la maison et qui est resté dans la voiture.

Pam revient rapidement sur les sujets déjà abordés puis les deux « amies » se disent au revoir. Pam propose à Cecilia de passer la voir après son interrogatoire par l'attorney général. Au dernier moment, elle confie à Cecilia qu'elle a décidé de consulter un psychiatre. Elle a besoin d'être aidée en ces moments difficiles.

Les deux femmes sortirent ensemble du bureau. Cecilia monta dans la Ford, où sa cousine l'attendait patiemment, et Pam dans sa Honda. Cecilia devait normalement retrouver aussitôt les inspecteurs, mais il ne pouvait en être question avec Pam sur ses talons. Elle fit comme si elle se dirigeait chez elle. Pendant un petit moment, elle eut l'impression que Pam la suivait, mais au bout de cinq minutes, la Honda tourna sur la gauche et Cecilia put retourner sur ses pas.

Elle avait réussi à faire parler Smart pendant près d'une demi-heure, jouant son rôle avec beaucoup d'aisance. Apparemment, Cecilia n'éprouvait plus pour Pam la moindre parcelle d'affection. En racontant la scène à sa mère, elle traita son ancienne amie de « sorcière ». Elle se reprocha d'avoir été trop interventionniste pendant leur conversation. Peut-être aurait-elle dû laisser Pam suivre naturellement le cours de ses pensées.

Car si Cecilia avait fait du bon travail, ce n'était pas encore suffisant.

Le soir même, Mrs Eaton et Cecilia reçurent un coup de téléphone de la police de Derry. Pelletier voulait recommencer l'opération de manière à marquer l'esprit des jurés.

La seconde entrevue devait se dérouler le lendemain, vendredi 13 juillet. Cecilia n'aurait qu'à reprendre la conversation là où elle l'avait laissée.

Les parents de Cecilia – sa mère, son beau-père, sa tante, sa grand-mère – se montrèrent réticents. Les Pierce et les Eaton trouvaient que ce petit jeu devenait dangereux. Cecilia en avait assez fait.

Malgré sa nervosité, Cecilia accepta. Elle voulait en finir. Cette fois-ci, elle laissa sa cousine à la maison. Elle se gara sur le parking, à 12 h 50 exactement, puis entra dans le bureau de Pam. Il était vide. Elle devait être encore en train de déjeuner. Cecilia redescendit donc l'attendre dans la Ford.

Les inspecteurs étaient prêts. Cette fois-ci, Pelletier et Charewicz occupaient la voiture banalisée tandis que Jackson et Surette s'étaient installés dans le fourgon. Surette vérifia trois fois le matériel. Tout fonctionnait parfaitement.

A un détail près : il y avait, non loin de là, des travaux. Le marteau piqueur se mettait parfois à vibrer mais les inspecteurs savaient parfaitement qu'on ne peut éviter les bruits parasites dans ce type d'opération.

Tout le monde attendait. Vers 13 h 10, la Honda de Pam fit son apparition. Voyant Cecilia qui l'attendait, elle monta dans sa voiture.

PIERCE : Ça va ?

SMART : Oui. Je t'ai téléphoné mais j'ai eu ta mère. Pas très aimable. Tu y es allée ?

PIERCE : Non.

SMART : Pourquoi ?

PIERCE : Parce que Jackson a téléphoné. Il veut me voir à 15 h 30. Le rendez-vous chez l'attorney général est remis.

SMART : Je sais pourquoi. Mon avocat m'a expliqué. Ils veulent revoir tout le monde maintenant pour boucler le dossier d'instruction.

PIERCE : Ah bon ?

SMART : Ils font ça avant de passer devant la chambre des mises en accusation.

PIERCE : Ils vont m'assigner comme témoin, c'est sûr !

SMART : A tous les coups ! Mais tu ne seras pas la seule. Tous mes amis vont y passer aussi.

PIERCE : Tu crois ?

SMART : Oui. Il y aura aussi les profs de Winnacunnet. Ils m'ont citée à comparaître. Mais moi, je n'irai pas. Tu comprends, il s'agit de la mort de mon mari. Je ne peux être témoin et victime.

PIERCE : Ah ?

SMART : Non. C'est mon avocat qui s'en occupe.

PIERCE : En tout cas, ça me fait drôlement chier. Qu'est-ce qui va se passer si je mens à la barre et qu'ils s'en rendent compte ?

SMART : Comment veux-tu qu'ils s'en rendent compte ?

PIERCE : Je veux dire, plus tard.

SMART : Mais comment ?

PIERCE : Je ne sais pas, moi... Si quelqu'un dit que j'étais au courant, par exemple.

SMART : Mais qui pourrait le savoir, Cecilia ?

PIERCE : JR, par exemple. Il sait que je sais ?

SMART : Même s'il le savait, ce serait sa parole contre la tienne. On ne pourrait rien prouver. Où es-tu convoquée ? A Derry ou à Seabrook ?

PIERCE : A Derry. Ecoute, j'étais au courant de tout depuis le début, on est d'accord ? Si je mens à la barre des témoins et qu'ils s'en aperçoivent, je serai vraiment dans de sales draps.

SMART : Peut-être, mais si tu leur dis que tu étais au courant de tout, tu seras dans de plus sales draps encore.

PIERCE : Pourtant, c'est la vérité.

SMART : Oui, mais ça n'arrangera pas tes affaires, crois-moi !

PIERCE : Mais...

SMART : Et franchement, tu as tout intérêt à continuer à mentir. Tu n'as pas le choix, en réalité, à moins que tu ne veuilles être arrêtée et jugée pour complicité de meurtre. Si tu savais tout avant, ça va se passer comme ça, non ?

» Pourquoi irais-tu te jeter dans la gueule du loup ? Il y a peu de chances pour que les garçons parlent et ils ne seront jamais condamnés pour meurtre si on ne trouve pas d'empreintes, de cheveux ou je ne sais quoi. Tu comprends ? On ne va pas les condamner simplement parce que Ralph a dit ceci ou cela. C'est impossible. Evidemment, si Jenny a vraiment donné ce foutu billet, les flics voudront en savoir plus et s'arrangeront pour prouver que j'avais une liaison avec Billy.

PIERCE : Evidemment.

SMART : Mais je te l'ai dit, même si je suis arrêtée demain et qu'ils me disent : « On a une lettre de vous où vous avez écrit "Bill, je t'aime" » ou n'importe quelle connerie de ce genre, je dirai : « Oui, et alors ? » Mais rien de plus. Je dirai que personne autour de moi n'était au courant, sauf Bill, bien sûr, et éventuellement des gens à qui Bill en aurait parlé.

PIERCE : Qu'est-ce qu'ils ont fait des choses qu'ils ont volées ?

SMART : Je n'en sais rien. Aucune idée.

PIERCE : Mais ils ont vraiment volé ?

SMART : Oui.

PIERCE : Quoi exactement ?

SMART : Oh, des trucs à la maison ! Je ne sais pas exactement. Je suppose qu'ils s'en sont débarrassés.

Cecilia tente maintenant d'aborder plus directement la question du meurtre pour pousser Pam à parler. Elle évoque, par exemple, la première tentative ratée avec Raymond Fowler.

PIERCE : Tu te souviens quand Bill a emprunté ta voiture pour y aller ?

SMART : Où ?

PIERCE : Chez toi, à Derry.

SMART : Oui.

PIERCE : Eh bien, s'il ne s'était pas perdu, il aurait pu tuer Greg et...

SMART : Et alors ?

PIERCE : Eh bien, je n'aurais pas passé une semaine chez toi et...

SMART : Je sais mais, écoute, Cecilia, ce qui est fait est fait. On ne va pas commencer à réécrire toute l'histoire avec des si. Il s'est passé ce qui s'est passé, un point c'est tout. Le seul problème [inaudible]... J'espère vraiment qu'ils ne m'ont pas mise sur écoute. Tu te souviens la fois où tu m'as téléphoné et où tu m'as dit « En fait, tu aurais dû divorcer » ?

PIERCE : Oui.

SMART : Je t'aurais tuée. Enfin, s'ils ont enregistré ça et qu'ils me demandent ce que ça veut dire, je dirai que tu n'arrivais pas à comprendre pourquoi on m'accuse d'avoir tué Greg alors que je voulais justement divorcer.

Pam revient une fois de plus sur Jenny Charles. Elle trouve étonnant qu'elle ait gardé aussi longtemps un billet amoureux parfaitement banal et sans intérêt.

SMART : Si c'est faux, ils n'ont rien contre moi. Rien ! D'ailleurs je trouve bizarre qu'ils t'en parlent à toi et pas à Jenny, justement. Je sais qu'elle n'a pas été interrogée. C'est comme les journalistes. Tu sais, ils n'arrêtent pas de me dire : « Ralph a dit que... » Et moi : « Alors, demandez à Ralph, pas à moi. Je n'ai rien à dire là-dessus, désolée ! »

» En tout cas, Bill est formidable. Il n'a pas lâché une miette. Ces garçons n'ont pas dit un mot depuis leur arrestation, excepté bien sûr à leurs avocats.

» Et puis, même si on te menace, dans le genre "Nous savons que vous saviez. Pete nous l'a avoué", ne te laisse pas démonter. Réponds que Pete n'en sait rien ; qu'il se contente de répéter ce que Bill lui a dit et que Bill s'est trompé. Il est accusé de meurtre, donc il est tout à fait capable de mentir, non ? Bill et Pete ont tout intérêt à mentir. Tu n'as donc pas à t'inquiéter. Les flics s'en méfieront bien plus que de toi.

PIERCE : D'accord.

SMART : Ils sont jugés pour meurtre, n'oublie pas. Ce que les flics veulent savoir, c'est s'il y a eu préméditation ; si quelqu'un était au courant *avant*. Si c'est le cas, ça va être vraiment mauvais pour eux, tu comprends ? Alors, à toi de prendre tes décisions.

» Je suis désolée, crois-moi, Cecilia. J'aurais tellement voulu t'éviter tout cela. Je déteste te voir dans ces états. Je sais que tu as peur, que tu es mal à l'aise et ça me rend triste. J'aimerais vraiment t'aider mais, malheureusement, je ne peux pas grand-chose. Sauf essayer de te donner du courage pour subir toutes ces épreuves. Si le fait de dire la vérité pouvait t'aider, O.K. Malheureusement, ça ne peut t'apporter que des ennuis. Si tu leur dis ce que tu sais, tu seras arrêtée et tu enverras Bill, Pete, JR et moi en taule pour le restant de nos jours. C'est comme ça.

» Et si, par chance, tu n'es pas arrêtée tout de suite, ça ne sera pas mieux. Tu seras seule. Rejetée par tous. Si tu refuses de te soumettre au détecteur de mensonge, tes parents ne t'en voudront pas. Mais s'ils savent que tu étais au courant, alors là, ils auront une bonne raison de t'en vouloir ! En plus, pendant deux ans, tu passeras ta vie à témoigner devant des tribunaux. Tout ça pour que nous finissions nos jours derrière les barreaux !

Dans le fourgon jaune, les visages de Surette et de Jackson s'illuminèrent. Ils échangèrent un regard complice. Enfin ! Mais le marteau piqueur se remit à vrombir.

PIERCE : Quel boucan ! Qu'est-ce qu'ils foutent ?

SMART : Je ne sais pas. En tout cas, je suis heureuse d'avoir pu te parler. Ma seule crainte, c'est qu'un jour ils te collent un micro pour me piéger.

PIERCE : En tout cas, si Raymond avait fermé sa gueule...

SMART : Oui. Qu'est-ce que je disais ? Ah oui ! S'ils t'utilisent pour enregistrer une conversation, fais-moi un signe.

PIERCE : Un clin d'œil.

SMART : D'accord, comme ça... Ou...

PIERCE : [Rire.] Je dirai un truc comme : « Tiens, ma montre retarde de cinq minutes ! » Oui, tu vois, si Raymond n'avait pas ouvert sa grande gueule, c'était le crime parfait.

SMART : Absolument.

PIERCE : Ils se sont démerdés pour que ça ait vraiment l'air d'un cambriolage, comme tu l'avais dit.

SMART : Oui. Tu vois, ce n'est pas ma faute. Ce connard de Raymond... Enfin... Mais il faut absolument que tu te rendes compte d'une chose : jamais Bill ne te mouillera.

PIERCE : Bon.

SMART : Parce que ça n'arrangerait pas du tout ses affaires. Ni à Pete, ni à JR, d'ailleurs.

PIERCE : Non.

SMART : Au contraire. En plus, ni Pete, ni JR ne t'ont jamais parlé du meurtre, n'est-ce pas ? Ils ne t'ont pas fait de confidences ?

PIERCE : Non.

SMART : Au pire, Bill a pu leur dire que tu savais. Ce qui ne veut pas dire que c'est la vérité. Tu me suis ?

PIERCE : Oui.

SMART : Alors, tu n'as pas de souci à te faire. Dis-toi que personne ne saura jamais que tu as menti. Personne. Encore une fois, si les garçons prétendent le contraire, tu n'as pas à t'en faire. C'est leur parole contre la tienne et leur parole, elle ne vaut pas grand-chose. Ils sont inculpés et accusés de meurtre.

PIERCE : O.K.

SMART : Donc, tu n'as qu'à aller répondre aux questions des flics tranquillement et raconter ton histoire sans changer un iota. Evidemment, on ne sait pas ce qu'ils vont te demander. Si jamais ils te sortent un truc comme : « Mrs Smith, la voisine de Pam et de Greg Smart, a vu Billy Flynn entrer dans la villa la nuit du meurtre », c'est un peu chiant, O.K., mais ce ne sont pas tes oignons.

PIERCE : Non.

SMART : Je te dis, ma seule trouille, c'est JR. Tôt ou tard il va se dire : « Qu'ils aillent tous se faire foutre. Je suis resté dans la voiture et je n'ai rien à me reprocher. Je ne vois pas pourquoi je trinquerais pour les autres. » Tu ne crois pas ?

PIERCE : Si.

SMART : Alors là, je serais dans le pétrin. Mais je m'en sortirais quand même car ils ne pourront rien prouver. Je ne lui ai rien demandé. Je n'ai jamais dit : « JR, je te paie tant pour tuer Greg. » Evidemment, Bill a pu leur promettre que je leur donnerais à tous du fric, mais moi, je n'ai même pas eu de contacts avec JR, ni avec Pete. On ne s'est jamais rencontrés. Billy a pu leur raconter des bobards pour les entraîner, mais ce n'étaient que des bobards. Il n'y a strictement aucune preuve ; aucun retrait d'argent sur mon compte, rien ! Et on ne va pas me condamner parce qu'un petit morveux de seize ans raconte n'importe quoi pour se tirer du pétrin, non ?

PIERCE : Non. En plus, c'est vrai, tu ne lui as jamais proposé d'argent !

SMART : Non.

PIERCE : Ça ne l'empêchera pas de raconter que tu étais au courant de tout, ce qui est la stricte vérité.

SMART : Oui. Mais moi je nierai. Et les jurés devront faire leur choix entre moi, un professeur respectable, et JR, un petit loubard qui passe son temps à voler des motos et des autoradios.

Cecilia mit fin à la conversation, promettant à Pam de passer la voir chez elle dans la soirée. Pam sortit de la Ford et Cecilia ne put retenir un gros soupir de soulagement.

Jackson, au volant du fourgon, mit le contact et démarra tandis que Surette, sans perdre un instant, réenroulait la bande pour l'écouter.

Il appuya sur le bouton START et entendit sa propre annonce : « 13 juillet 1990. Enregistrement d'une conversation entre Cecilia Pierce et Pamela Smart sur le parking du lycée Winnacunnet de Hampton, New Hampshire. Enregistrement effectué avec l'autorisation de Bill Lyons, assistant de l'attorney général. »

Puis... plus rien.

Il jeta un coup d'œil sur Jackson, qui conduisait. « Merde ! Il va me tuer », pensa-t-il.

Surette refit un essai. Toujours rien. Pas une seule seconde du quart d'heure d'entretien n'avait été enregistrée ! Surette ne savait pas alors que ce n'était pas sa faute : il s'agissait d'un mauvais contact au niveau du récepteur.

Surette était blême. « Comment vais-je leur annoncer ça ? se demanda-t-il, l'estomac noué. Bon, tant pis ! Il va falloir recommencer. Il n'y a pas d'autre solution ! »

Il prit une profonde inspiration.

– Hé, capitaine ! Ça n'a pas marché. La bande est complètement vierge.

Il n'y eut aucune réponse. Surette ne voyait que la nuque de Jackson, parfaitement droite. D'ailleurs, à cet instant précis, il n'avait aucune envie de voir son visage.

Une fois arrivés à Seabrook, ils retrouvèrent Pelletier.

Avec son petit magnétophone placé près du scanner, il avait réussi à enregistrer l'intégralité de la conversation. La qualité du son était évidemment médiocre. Il faudrait à nouveau faire appel aux services de Robert Halvorson.

Mais tout n'était pas perdu !

A Seabrook, Cecilia se dirigea droit chez sa grand-mère où toute sa famille l'attendait. Personne ne tenait plus en place. Cecilia arrivait une heure et demie plus tard que prévu et on avait imaginé le pire.

Mrs Eaton, en pleurs, serra longuement sa fille dans ses bras, tandis que sa tante et sa grand-mère essuyaient discrètement une larme. Il avait été décidé, d'un commun accord avec la police, que Cecilia irait habiter quelque temps chez sa tante, à plus de trois cents kilomètres à l'intérieur des terres. Elle y serait en sûreté jusqu'à l'arrestation de Pamela Smart.

Ce soir-là, on s'en doute, Cecilia ne passa pas voir Pam.

9

Pour la police de Derry, l'issue semblait imminente. Pelletier demanda à son capitaine de lui accorder une faveur. Il voulait être celui qui arrêterait Pamela Smart. L'ayant rencontrée à sept ou huit reprises depuis le 1er mai, il la connaissait mieux que quiconque.

Jackson hocha la tête. Il verrait comment régler ce point. Pour l'instant, il y avait encore du travail à abattre.

La qualité des enregistrements n'était pas satisfaisante. Il fallait d'abord améliorer la qualité des bandes magnétiques si on voulait qu'elles soient retenues au procès comme pièces à conviction.

Jackson évoqua la possibilité d'utiliser à nouveau Cecilia ; il n'était pas du tout évident que la jeune fille accepte. Elle se reposait chez sa tante et mieux valait la laisser souffler un peu.

Quant à Pam, elle n'était sans doute pas très rassurée. Malgré sa promesse, Cecilia n'était pas venue la voir le 13 juillet au soir. Le lendemain, Pam passa plusieurs coups de téléphone chez les Eaton. Son ancienne stagiaire n'était jamais là. Pam devait commencer à se poser sérieusement des questions.

La situation devenait aussi de plus en plus difficile à vivre pour Bill et Judy Smart. Jackson leur avait demandé de faire comme s'ils ignoraient les soupçons pesant sur leur belle-fille. Certes, ils se voyaient moins depuis qu'elle vivait à Hampton, mais elle téléphonait assez souvent et leur rendait visite à chaque fois qu'elle venait à Derry.

Le père de Greg n'y tenait plus. Il avait hâte que cette horrible comédie s'achève et voulait voir Pam, une fois pour toutes, derrière les barreaux. A chaque fois qu'il demandait à Jackson s'il avait fixé la date de l'arrestation, celui-ci, infailliblement, le priait d'avoir encore un peu de patience.

– Bill, disait-il, pourquoi ne partiriez-vous pas quelques jours avec Judy ? Prenez votre yacht. Faites une jolie balade en mer ou un petit séjour à la montagne pour vous retaper. Les prochains jours risquent d'être vraiment pénibles pour vous. Nous avons encore besoin de temps ; nous voulons que l'affaire soit impeccablement ficelée.

Quelqu'un d'autre bouillait d'impatience. C'était Vance Lattime. Cela faisait maintenant plus d'un mois qu'il était allé parler à la police. Or, Billy, Pete et son fils JR étaient les seuls incarcérés. Que se passait-il avec Fowler ? Et pourquoi la première coupable à ses yeux, Pamela Smart, était-elle encore libre de ses mouvements ?

Le 1er août au matin, Lattime confia à un de ses amis que si Pam n'était pas arrêtée d'ici la fin de la semaine, il irait lui-même la chercher pour la remettre entre les mains des flics.

Il n'aurait pas à aller jusque-là.

Le bureau de l'attorney général avait remis le dossier au tribunal de grande instance du comté de Rockingham. Si Pam était inculpée, l'attorney général souhaitait qu'elle soit arrêtée par les adjoints du shérif.

Evidemment, la police de Derry n'était pas du tout d'accord. Depuis le mois de mai, elle avait travaillé d'arrache-pied à démêler l'affaire Smart. Elle estimait donc qu'il lui revenait de passer les menottes à la principale accusée.

Et puis les inspecteurs connaissaient bien Pam. Ils savaient qu'elle ne pouvait s'empêcher de parler, quelles que soient les circonstances. Peut-être laisserait-elle échapper une parole intéressante, un détail éclairant, voire un aveu, au moment de l'arrestation.

Malheureusement, ils savaient aussi qu'ils auraient bien du mal à jouer sur l'effet de surprise. En effet, la nouvelle de son arrestation imminente était en train de se répandre dans tout l'Etat comme une traînée de poudre. La presse semblait si bien informée qu'un journaliste téléphona même à Paul Twomey pour lui demander des précisions. Bien entendu, l'avocat s'empressa d'appeler sa cliente et lui conseilla de se préparer à cette éventualité. Pam, qui avait déjà reçu plusieurs avertissements de ce genre, ne sut pas s'il fallait vraiment prendre celui-là au sérieux.

Bizarrement, sa première réaction fut de téléphoner à Bill et à Judy Smart. Elle leur dit que la vie, sans Greg, lui semblait triste et monotone, qu'elle se sentait affreusement seule. Il y avait, dans sa voix, un frémissement qui ne trompait pas. Les Smart avaient la certitude qu'elle pressentait quelque chose. Ils pensèrent qu'elle cherchait, d'une manière ou d'une autre, à se faire confirmer ses appréhensions par ses beaux-parents.

Ce matin-là, Cecilia téléphona à Pam dans son bureau. Elle avait accepté d'aider la police une dernière fois. La conversation serait enregistrée.

Le rôle de Cecilia était simple : elle n'avait qu'à s'excuser de n'être pas venue le 13 au soir et prétendre qu'elle appelait parce qu'elle avait su, par sa mère, que Pam avait cherché plusieurs fois à la joindre.

L'échange, fort bref, fut très décevant, malgré un moment significatif. Pam confia à Cecilia qu'elle était encore toute retournée d'avoir écrasé un lapin sur la route, le matin même.

– Je ne peux pas croire que la mort d'un lapin te mette dans un tel état alors que l'assassinat de ton mari t'a laissée complètement froide, rétorqua Cecilia, avec à-propos.

Pam laissa la remarque en suspens.

Entre-temps, Pelletier avait enfin obtenu du tribunal le mandat d'arrêt.

Vers 13 heures, les policiers arrivèrent au lycée Winnacunnet. Surette se posta devant la porte du Centre d'études des médias et communication ; Charewicz, lui, surveillait la porte de derrière au cas où Pam tenterait de filer.

A 13 h 05, Jackson et Pelletier entrèrent dans l'immeuble. Ils ne répondirent même pas à la question habituelle de la réceptionniste.

Vêtue d'une robe vert pâle coupée d'une large ceinture en cuir noir, Pam était à son bureau.

– Bonjour ! dit-elle en voyant le visage familier de Pelletier. Qu'est-ce qui vous amène, inspecteur ?

– Eh bien, j'ai deux nouvelles à vous annoncer. Une bonne et une mauvaise. La bonne, c'est que nous avons enfin résolu l'énigme de la mort de votre mari. La mauvaise, c'est que vous êtes en état d'arrestation.

– Pourquoi ?

– Homicide volontaire. Levez-vous et mettez-vous contre le mur.

Les yeux écarquillés, Pam obéit.

– Les mains dans le dos ! ordonna Pelletier.

Il lui passa les menottes.

Avant de sortir, il lui demanda si elle voulait emporter quelque chose.

– Mon sac.

Devant la porte, le groupe croisa un des administrateurs du centre.

– Que se passe-t-il ? demanda-t-il d'un air éberlué en voyant Pam, menottes aux poignets, escortée des trois policiers.

– Madame est arrêtée.

– Mais pourquoi ?

– Pour meurtre.

Sur le parking, Hide Harnett, un journaliste du *Lawrence Eagle-Tribune*, avait été tuyauté. Il guettait la sortie de Pam. Il la mitrailla avec son appareil photo. Le lendemain, son article s'étalait en première page. La photo représentait une Pam hagarde au bras de Pelletier, identifié par erreur comme le « capitaine Jackson ».

A peine installés dans la voiture, Pelletier informa Pam de ses droits. Dans l'espoir de l'entendre dire quelque chose d'intéressant, les inspecteurs s'étaient munis d'un petit magnétophone portable, mais il ne leur servit pas. Pam n'ouvrit pas la bouche de tout le trajet, si ce n'est pour s'étonner de voir les policiers rentrer à Derry par un itinéraire inhabituel.

Pam devait se souvenir longtemps de cette route : « C'était complètement fou. Je ne réalisais pas du tout ce qui m'arrivait. Je n'ai pas pleuré ; je n'ai rien ressenti. J'imagine que j'étais en état de choc. »

Elle n'était pas la seule. Ce jour-là fut éprouvant pour un certain nombre d'amis de Greg, et pour Terri Schnell en particulier.

A vingt-trois ans, Terri vivait l'une des pires années de sa vie. Elle avait perdu son meilleur ami, Greg, puis avait rompu ses fiançailles. En fait, elle s'était mal remise de ces deux épreuves. Elle était à son bureau de Manchester (Terri travaillait dans une compagnie d'assurances) quand le téléphone sonna. C'était Sonia Simon. Elle lui apprit que Pam venait d'être arrêtée et était conduite au tribunal de grande instance de Derry.

Terri tombait des nues. Certes, elle avait toujours été plus proche de Greg que de sa femme, mais elle ne pouvait croire que Pam soit véritablement soupçonnée d'avoir organisé ce meurtre. C'était simplement inacceptable. Elle ne fut d'ailleurs pas la seule à réagir de cette manière. La plupart des amis de Greg refusèrent de croire à la culpabilité de Pam.

A peine Terri avait-elle raccroché qu'elle sauta dans sa Toyota et conduisit comme une folle jusqu'à Derry. Elle arriva au tribunal au moment où Pam en sortait, encadrée par quatre agents de police. En sanglotant, Terri tenta de s'approcher de son amie mais les policiers l'en empêchèrent. Tandis que l'on faisait monter Pam dans la voiture qui la conduirait à la prison de Rockingham, Terri hurla :

– Pam, je t'aime. Je sais que c'est une erreur ! J'en suis sûre !

Pam ne répondit rien. Sur la banquette arrière de la voiture, elle baissa la tête et se mit à pleurer silencieusement.

Soudain, Terri Schnell se retrouva entourée d'une foule de journalistes qui se battaient pour lui arracher un commentaire, une déclaration, un simple avis... Les yeux rouges et gonflés, elle s'engouffra dans sa voiture sans leur adresser un seul mot.

Bill Smart, qui était également venu au tribunal, se montra un peu plus bavard.

– Je n'ai qu'une seule chose à dire, déclara-t-il devant la forêt de micros dressés face à lui. Si elle est coupable, il lui faudra payer devant Dieu et devant les hommes. Elle mérite la peine maximale.

C'est au juge Douglas Gray que fut confiée l'instruction du procès de Pam Smart.

Gray était un homme imposant, non seulement par sa taille (il mesurait un mètre quatre-vingt-dix) mais aussi par son caractère autoritaire. On le disait doué d'une ironie acerbe, mais bien peu avaient l'occasion de l'apprécier lorsqu'il siégeait.

Pendant les audiences, il ne supportait ni le désordre ni les pertes de temps.

Vers la mi-août, les enregistrements des diverses conversations entre Pam et Cecilia lui furent remis. Il devait décider d'accorder ou non à Pam la liberté provisoire.

Après avoir écouté les bandes, il entendit l'accusée.

– Je viens de passer douze jours derrière les barreaux pour un crime que je n'ai pas commis, déclara Pam. Si cette cour craint de me voir fuir, elle a tort ! Je puis vous assurer que je ne veux qu'une seule chose : prouver que je suis innocente.

Gray refusa la liberté sous caution. Le lendemain, le tribunal de grande instance de Rockingham déclara Pam accusée de complicité de meurtre avec préméditation, d'incitation au meurtre et de subordination de témoins.

Pour quelqu'un qui aimait être le centre d'intérêt, Pam était servie !

La presse se jeta avec voracité sur son histoire : son arrestation, sa liaison scandaleuse avec le jeune Flynn et les conversations enregistrées constituaient une matière idéale pour les gros titres accrocheurs.

Pam avait violé les lois fondamentales de la société : les vœux du mariage, la morale pédagogique et, par-dessus tout, le respect sacré dû à la vie humaine.

Si l'Irak n'avait, ce jour-là, envahi le Koweït, le nom de Pam se serait sans doute étalé dans toute l'Amérique. L'affaire constituait, en tout cas, une aubaine pour tous les journaux à sensation.

Bientôt, elle envahit également les ondes et les écrans. Plusieurs reportages télévisés, aux titres parlants *(La Veuve fatale, Mariage macabre)*, relatèrent les épisodes les plus scabreux du dossier avec délectation.

Bill Spencer fut invité à dialoguer en direct avec la mère de l'accusée, Linda Wojas. Il accepta, persuadé d'accroître ainsi sa renommée médiatique. Ce fut une erreur.

Il se montra trop offensif en exposant ce qu'il eut l'imprudence d'appeler « des faits », sans justification. Il s'érigea en accusateur, ce qui, avant le procès, manquait pour le moins d'habileté. Et surtout, il fournit ainsi à Linda Wojas l'occasion de l'attaquer en diffamation.

Pendant l'émission, le présentateur, inquiet de ce qui pouvait apparaître comme une véritable offense à la justice, demanda à Spencer s'il pensait que les médias se montraient injustes en tirant des conclusions trop hâtives.

– Pas du tout, répliqua Spencer. Les preuves sont là. Les adolescents de Winnacunnet, et Cecilia Pierce en particulier, nous ont révélé des faits qui sont accablants.

– Vous le dites vous-même, rétorqua Linda Wojas, ce ne sont que des adolescents, ne l'oublions pas ! Mon neveu a quinze ans ; sa mère est encore obligée de se battre avec lui pour qu'il change de linge tous les jours. Quel poids accorder aux témoignages de gamins de quinze ans ? Pouvez-vous me dire pourquoi ma fille, qui avait un mari jeune, beau et sympathique, et tout ce que l'on peut souhaiter dans la vie, se serait intéressée à un adolescent boutonneux ?

Pour Spencer, le show fut catastrophique. L'indignation et la tristesse d'une mère touchaient davantage le public que l'agressivité du journaliste – même si la suite devait prouver qu'il avait raison.

De son côté, Cecilia Pierce se laissait aussi entraîner dans le grand tourbillon médiatique. Les journalistes la traquaient sans répit pour obtenir sinon une interview, du moins quelques propos à citer. Elle finit par accorder un entretien à *Current Affair* et à *Hard Copy* contre, respectivement, trois cents et mille dollars.

Elle vendit également les droits de son histoire à une compagnie de production hollywoodienne. Elle reçut deux mille dollars à la signature du contrat et la promesse de toucher cent mille dollars si le film se réalisait.

Si Spencer avait fait une erreur, Cecilia en avait fait une plus grave encore. Les avocats de Pam allaient en profiter au moment du procès. Certes, on ne pouvait sérieusement penser que la jeune fille avait tout avoué à la police dans l'espoir de gagner une fortune à Hollywood, mais la défense pourrait toujours mettre en avant sa mauvaise foi et sa cupidité : il suffit parfois d'un juré pour renverser un verdict !

Seuls les avocats de Pam, Twomey et Sisti, gardèrent le silence pendant la période précédant le procès. Beaucoup de leurs collègues n'auraient pas hésité à contre-attaquer vigoureusement dans la presse, soit pour soutenir leur cliente, soit pour se faire de la publicité. Ils refusèrent de se prêter à ce jeu, considérant que leur champ d'action était le tribunal. C'est là que se déciderait le sort de Pam et c'est pour cette bataille qu'ils gardaient leurs forces.

Twomey s'autorisa une seule dérogation à cette règle et publia cette déclaration dans *Hard Copy* :

On dit que Cecilia a surpris ma cliente en train de faire l'amour avec un des mineurs inculpés. Bien. Mais quelle est la crédibilité de cette jeune personne ? N'a-t-elle pas soutenu des positions totalement contradictoires depuis le début de l'affaire ?

Oui, j'ai écouté ces fameux enregistrements et j'ai aussi étudié soigneusement leur retranscription. Je n'aboutis pas du tout aux mêmes conclusions que l'accusation.

Pam est innocente. Le procès le prouvera.

L'une des personnes les plus visiblement affectées par l'arrestation de Pam fut sa mère. Linda Wojas était une femme encore jeune. A quarante-neuf ans, elle débordait d'énergie. Depuis que sa fille était sous les verrous, elle déclinait à vue d'œil. Epuisée, constamment au bord de la crise de nerfs, elle ne semblait plus rien attendre de la vie.

Linda en voulait à tout le monde, à la police de Derry, à celle de l'Etat, aux journalistes, à la terre entière. « C'est un cauchemar dont on ne se réveille pas », déclara-t-elle.

Désespérée, elle écrivit même une lettre au juge Gray, le suppliant de libérer sa fille sous caution. Linda, persuadée de l'innocence de Pam, s'acharnait à vouloir convaincre le public. Elle déclara dans un journal :

Rien, dans sa personnalité, ne nous permet de penser qu'elle serait capable d'une telle monstruosité.

Savez-vous vraiment ce qu'est un garçon de quinze ans ? Allez dans une cour d'école et vous verrez ! Ce sont de vrais gamins ! Comment imaginer un seul instant que ma fille ait pu être séduite par l'un d'eux ?

Et puis, il faut faire un peu plus confiance à Greg. Il a choisi une jeune femme, ma fille, pour lier son existence à la sienne. Greg était un homme fin et perspicace ; il ne se serait pas trompé à ce point.

De son côté, le père de Pam, John Wojas, avait pris sa retraite anticipée, abandonnant son poste à Delta Airlines. Il se livrait à des déclarations plus nuancées, et plus stratégiques :

Greg est mort. Il y a un coupable, c'est certain, et nous voulons qu'il soit arrêté et puni. Si ma fille a pris part à ce meurtre, il lui faudra payer comme n'importe qui. Mais tant qu'elle ne m'aura pas dit, en me regardant droit dans les yeux : « Oui, papa, c'est vrai », jamais je ne pourrai l'admettre. Je la connais trop bien.

Et vous ne me ferez jamais croire que Pam a fait une chose pareille pour toucher l'argent de l'assurance. Si elle avait voulu de l'argent, il suffisait qu'elle m'en parle.

Les Wojas se consolèrent comme ils purent en comblant d'affection le chien de leur fille, Halen : *Quand je joue avec lui,* confiait Linda, *je pense à Pam et à Greg. Je le prends dans mes bras et je pleure. C'est un peu notre « petit-fils » car, malheureusement, le sort n'a pas voulu nous donner de petits-enfants.*

Au même moment, Bill Smart, accompagné d'un journaliste, allait se recueillir sur la tombe de Greg.

– Aucun mot ne peut décrire notre souffrance, confia-t-il, les yeux pleins de larmes. Enterrer son propre fils est horrible et contre nature. Rien ne peut le justifier.

Quant à Pam, elle attendait son procès dans la prison pour femmes de Goffstown, New Hampshire.

L'établissement pénitentiaire pouvait accueillir une centaine de détenues. Généralement, il n'abritait pas plus de quatre-vingts prisonnières.

Par certains aspects, la bâtisse ressemblait à un pensionnat, d'aspect propre, avec des murs blancs, des portes rouges et des sols gris. Il y avait une petite bibliothèque et de multiples ateliers et lieux de travail pour occuper les détenues. Les cellules étaient sans barreaux mais fermées de solides portes en acier.

Malgré toutes ses qualités, Goffstown restait une prison et la vie y était dure.

La plupart de cette population carcérale avait eu des problèmes de drogue ou d'alcoolisme et beaucoup de ces femmes avaient été violées dans leur enfance. La quasi-totalité venaient de milieux défavorisés où l'on manquait de tout : confort, argent, tendresse, éducation.

Pam détonne là-bas, remarquait sa mère dans une interview. *Comme elle me dit : « Maman, je suis la seule ici à avoir toutes mes dents. »*

Sa cellule (que Pam s'obstinait à appeler sa « chambre ») était située dans le quartier de haute sécurité. Pam avait une télévision et un walkman. Les visites étaient autorisées deux fois par semaine. Les Wojas, Sonia Simon, Terri Schnell, Tracy Collins et son petit ami, Brian Washburn, venaient la voir aussi souvent que possible.

Conformément à son caractère, Pam s'efforçait de tirer parti de sa situation. Outre une correspondance assez fournie, elle écrivit un poème *Adieu, mon amour*, dédié à Greg, dont elle envoya des photocopies à tous les amis de son mari.

Pendant cette période, Pam lut beaucoup, du moins tout ce qui était disponible, et elle s'abonna à *People* et à *TV Guide*, les deux magazines autorisés dans l'enceinte de la prison. Elle assistait régulièrement aux lectures commentées de la Bible.

La nourriture lui déplaisant, elle mangea peu, jusqu'à perdre huit kilos. Le médecin lui prescrivit un régime spécial, de peur qu'elle ne tombe malade. « Au moins, je mourrai mince », écrivit-elle à une amie.

Etait-ce une plaisanterie ? Pam avoua à de nombreuses personnes qui venaient la voir qu'elle envisageait de se suicider. Cela ne manquait pas de raviver leur intérêt et leur sympathie. Elle prétendait ne rien attendre de l'avenir, ni de son procès. Rien ne la retenait plus à la vie.

Une semaine avant Noël 1990, je téléphonai à Linda Wojas pour dire que j'avais l'intention d'écrire ce livre sur sa fille. Je souhaitais donc interviewer Pam. Mrs Wojas me répondit qu'il était peu vraisemblable que je puisse la voir avant le procès, qui devait débuter le 4 février.

Elle me conseilla, cependant, d'envoyer une carte de Noël à sa fille. Sachant qu'elle était seule et coupée du monde, l'attention lui ferait certainement plaisir.

Je trouvai une carte postale représentant un adorable toutou appuyé à la fenêtre d'un camion de pompiers tout rouge. Dans le fond, on voyait un charmant paysage de campagne verte. « Bientôt les vacances ! » pouvait-on y lire.

Au dos, je me présentai et demandai à Pam si elle accepterait de me rencontrer en vue de la rédaction d'un livre la concernant. Je lui assurai que rien ne serait imprimé avant le procès.

Le 21 décembre, Pam m'appela chez moi en P.C.V.

– J'ai reçu d'innombrables demandes du même genre, me dit-elle, et franchement, je ne sais pas pourquoi c'est à vous que je réponds. Dites-moi, je suis curieuse de savoir comment vous allez faire pour écrire un livre sur des événements qui ne se sont pas produits. Cela me surprend. J'aimerais savoir quelle fin vous prévoyez.

Elle poursuivit, me disant que la raison profonde de son appel était qu'elle ne voulait pas voir salie l'image de Greg. Cette remarque m'étonna dans la mesure où, jusqu'à présent, la seule image salie était en vérité la sienne !

– Je refuse que son nom soit traîné dans la boue. Pour moi, je ne peux plus faire grand-chose, mais je me sens encore la force de lutter pour Greg. C'était quelqu'un d'adorable. Je veux qu'il repose en paix.

» Toutes ces abominations que l'on raconte sur mon compte sont stupides. Je n'arrive même pas à comprendre qu'on les écoute sans éclater de rire. Et puis, j'ai même entendu dire que Greg me battait ! C'est bouffon !

» Je ne pense pas à moi. Je pense à Greg. Ce que vous écrirez m'est complètement égal. Racontez ce que vous voulez, dites que je suis coupable, mais ne souillez pas la mémoire de Greg ! Il faut qu'on sache que Greg était quelqu'un de bien.

Pam me dit ensuite qu'elle était heureuse de pouvoir donner des cours en prison. L'ironie de la situation ne lui échappait pas. Après son arrestation, les journaux avaient abondamment souligné que Pam, la présumée meurtrière, était professeur. C'était, en réalité, une erreur. Elle dirigeait le Centre d'études des médias et communication et avait plutôt une fonction d'animatrice. Mais il est vrai qu'elle enseignait à ses codétenues les mathématiques, l'anglais et les sciences naturelles.

Malgré ses efforts, Pam connut de grandes difficultés d'adaptation. Par ses origines sociales, elle était trop différente des autres.

« Je ne suis pas alcoolique, je ne suis pas droguée, je n'ai pas été violée à dix ans par mon père. Ce n'est pas que je me considère comme au-dessus d'elles, mais je viens d'un autre monde, c'est tout ! »

Conformément à son habitude, Pam devint rapidement le centre d'intérêt de tous. Toutes les femmes voulaient la voir et se faire une opinion. Comme elle n'était pas très grande, elle essuya diverses agressions, dont plusieurs assez violentes.

– Salope, putain ! Tu as tué ton mec ! cria une des détenues avant de lui cracher au visage et de la projeter avec force contre le mur.

« Elle ne devait pas m'aimer, résuma Pam laconiquement. Elle a eu droit à quinze jours de cachot. Comme je suis la fille la plus petite, ici, elles pensent pouvoir m'impressionner par leur force physique. Mais ça ne me fait pas peur.

» Une femme, enfermée avec moi dans le quartier de haute sécurité, passe son temps à hurler. Elle est complètement cinglée. Jour et nuit, elle crie qu'elle va toutes nous assassiner. Elle m'a dit un jour : "Toi, je vais te descendre." "Pourquoi ?" "Parce que j'ai déjà tué deux cents personnes et que ça ne me suffit pas." "O.K., ai-je répondu. Vas-y." Depuis, elle me fout la paix ! »

Pam fut prolixe. Elle s'étendit longuement sur son malheur en prison et sur la peine qu'elle ressentait d'être faussement accusée. Les yeux de sa mère constamment emplis de larmes, la haine de ses beaux-parents, tout cela la déchirait. Perdre cinq mois de sa vie derrière les barreaux n'était rien à côté de cette souffrance.

« J'ai l'impression que ma vie était un ballon qui a soudain éclaté en mille morceaux. Même si j'arrive à les recoller, ce ne sera jamais plus comme avant. Il faut que je l'accepte. Je n'ai pas d'autre solution. Mourir ou accepter. C'est aussi simple que ça.

» L'autre jour, j'ai... Comment dire ? J'ai fait une sorte de crise de nerfs. Je me suis mise à pleurer comme une Madeleine. Mes larmes m'étouffaient, je suffoquais. Ça m'est venu subitement.

» Certaines nuits, je prie Dieu de me faire mourir dans mon sommeil. J'ai envie de retrouver Greg. Et puis, au matin, je me demande si j'aurais le courage de me trancher les veines ou de me pendre. Et je m'en veux d'être aussi lâche. »

Nous parlâmes longtemps. Elle évoqua pour moi son adolescence, ses aspirations de jeunesse et sa fascination pour le journalisme, la nuit de ses fiançailles, son mariage.

Elle semblait très soucieuse de savoir comment je décrirais Greg. Je lui proposai donc de m'en parler.

– Qu'aviez-vous en commun, Pam ?

– Je ne sais pas. Nous étions pareils, je crois, mais je ne sais pas exactement. Je n'y ai jamais vraiment pensé. En fait, nous aimions tout simplement être ensemble.

» C'est vrai que nous n'avions pas toujours les mêmes goûts. Il aimait l'hiver, moi l'été ; il adorait skier, je détestais ça. Moi, je suis une fille du soleil ; j'aime la plage mais je n'y suis pas allée plus d'une fois ou deux avec lui. Le week-end, il partait faire des randonnées à vélo et moi, j'allais à la mer.

» Il y avait donc pas mal de différences entre nous deux, mais jamais nous ne cherchions à imposer quoi que ce soit à l'autre. C'était notre force. Nous acceptions nos différences. C'est très important. Jamais Greg ne m'aurait dit : "Je ne veux pas que tu fasses ceci ou cela" ; et moi pas davantage.

Ils ne s'étaient presque jamais disputés et leurs petites querelles ne duraient pas. Pam se plaignit de l'inconséquence des attaques auxquelles elle avait à faire face.

– Juste après le meurtre, tout le monde s'est émerveillé du couple formidable que je formais avec Greg. Maintenant que je suis inculpée, on raconte sur nous les pires horreurs. Tout ça ne tient pas debout. Il me semble que si une personne en arrive à tuer son conjoint, il doit quand même y avoir des signes patents de mésentente, des disputes, des scènes qui se remarquent. Avant d'en arriver là, on se sépare, on parle de divorce, non ?

» Vous ne supprimez pas l'autre comme ça, en claquant des doigts ! Ça ne vient pas d'un coup. Généralement, le meurtre met fin à une escalade dans la violence. Ce n'est pas parce que vous vous êtes engueulé un soir avec votre femme que vous allez l'assassiner le lendemain !

» Et franchement, pourquoi l'aurais-je tué ? Matériellement, j'avais tout ce que je voulais. Affectivement, je m'entendais parfaitement avec Greg. Réfléchissez bien, vous verrez que je n'avais strictement aucun mobile. Aucun.

» D'ailleurs, tout ce que l'on raconte est incohérent. Si je l'avais tué pour l'argent, croyez-vous que je serais allée choisir un adolescent de seize ans, sans le sou ? L'argent se dépense vite. J'aime mon confort et ce n'est pas sur ce gamin que j'aurais pu compter. Si j'avais aimé l'argent au point de tuer Greg, j'aurais jeté mon dévolu sur un quadragénaire avec une belle situation.

Quand je demandai à Pam qui était l'assassin, et quels pouvaient être ses mobiles, elle me répondit qu'elle avait beaucoup de mal à croire à la culpabilité des trois garçons.

– Pour moi, le tueur ne pouvait être qu'un drogué en manque avec des cheveux gras, un chandail troué et une parka. Que voulez-vous ? Je n'arrive pas à me le représenter autrement. Ces gamins fluets que j'ai bien connus ne collent pas du tout avec l'image de tueurs sordides. C'est la raison pour laquelle toute cette affaire me laisse sans mots. Je ne peux y croire. Seuls, un psychotique, un cinglé échappé d'un asile ou un camé pouvaient tuer Greg dans ces conditions. Comment voulez-vous que j'imagine ces adolescents, que je fréquentais tous les jours au lycée, en train de tirer une balle de revolver dans la tête de mon mari ? C'est trop me demander.

Pam m'affirma qu'elle n'avait eu aucun rapport intime avec Billy Flynn.

Dans un article publié un mois plus tard dans l'*Union Leader*, Nancy West souligne à quel point elle avait été frappée par une chose : Pam prononçait beaucoup plus facilement le nom de Billy que celui de Greg.

Je me fis à peu près la même réflexion. Quand elle parlait de Greg, Pam employait des tournures figées, des clichés, et restait dans des notions générales. Elle était manifestement incapable de dire pourquoi elle l'aimait. En revanche, et bien qu'elle niât l'avoir pris pour amant, elle trouvait pour Billy des mots précis, évocateurs.

« C'était un garçon attentionné, serviable. Quand il me

voyait chargée de paquets, ou en train de transporter du matériel lourd, il se précipitait toujours pour m'aider.

» J'ai très vite été frappée par sa sensibilité. Il parlait peu mais, quand il disait quelque chose, c'était chaque fois très juste, très fin. Par exemple, il n'acceptait pas facilement de parler de son père ; c'était un sujet trop lourd pour lui. Pourtant, quand il se décidait, il était capable d'exprimer des sentiments profonds, très subtils. Evidemment, il fallait qu'il se sente en confiance.

» C'était quelqu'un d'attentif aux gens, aux choses. Quand je parlais, il m'écoutait toujours avec intérêt.

» Je ne sais pas s'il était vraiment amoureux de moi. Il se peut qu'il ait tué mon mari. Tout est possible mais, je vous le répète, je n'arrive pas à le croire. »

Nous parlâmes aussi de Cecilia Pierce. Pam ne comprenait pas pourquoi sa stagiaire avait fait de fausses révélations à la police, sachant qu'elle causerait sa perte. Elle avança une hypothèse :

« Vous savez, je me dis qu'elle devait être amoureuse de Billy. A cet âge les filles sont fragiles, et puis Cecilia était bourrée de complexes et se trouvait trop grosse ; les jalousies et les rancœurs peuvent être terribles. Elle a dû se dire que Billy avait tué à cause de moi et que, puisque Billy allait en prison, il n'y avait pas de raison pour que je n'y aille pas aussi ! En fait, elle a cherché à blanchir Billy par tous les moyens.

» Rien n'est sûr, évidemment, ce ne sont que des spéculations mais je ne vois pas comment expliquer les choses autrement. Elle devait aimer Billy secrètement. Et puis, il n'y avait pas que Billy. Il y avait ses autres copains, Pete et JR. Peut-être a-t-elle eu peur de se retrouver elle aussi derrière les barreaux. Elle a préféré agir vite.

» Vous allez être surpris, mais je ne peux même pas dire que je la hais. Je la plains plutôt. Ça va vous paraître insensé, mais je prie pour elle. Je prie pour tous ces malheureux qui font du mal aux autres en espérant y gagner quelque chose, les pauvres ! Ils ne font certainement pas leur bonheur ! »

Enfin à la question « pourquoi ? », quelles raisons les garçons auraient-ils eues de tuer Greg, Pam avait plusieurs réponses à sa disposition :

« Il y a plusieurs mobiles possibles. Peut-être voulaient-ils simplement cambrioler la villa ; ils ont apporté un revolver, comme ça, pour jouer aux durs. Greg est entré et ils ont paniqué. Sachant qu'il pourrait les reconnaître, ils ont préféré le supprimer.

» Ou encore, ils ont décidé d'aller le tuer, parce que l'un d'eux, je ne sais pas, était amoureux de moi et était devenu cinglé et s'imaginait je ne sais quoi.

» Mais c'est assez invraisemblable. On se demande, dans ce cas, pourquoi les deux autres l'auraient accompagné.

» De toute manière, tout me semble absurde dans cette affaire. Et surtout le fait de me trouver dans la position d'accusée.

» Evidemment, vous allez me dire que j'étais amoureuse d'un de ces gosses. Mais dans ce cas, pourquoi n'avoir pas divorcé ? Je vous le répète, si j'étais intéressée par l'argent au point d'avoir fait tuer mon mari pour toucher l'assurance, je ne me serais pas embarrassée d'un type de seize ans qui n'avait pas un sou en poche !

» Que se serait-il passé ensuite ? Je serais partie vivre d'amour et d'eau fraîche avec un mineur ? Franchement, ce n'est pas mon genre.

» Maintenant, il y a un danger pour moi : si les garçons se rendent compte qu'ils risquent de passer leur vie en prison, ils peuvent accepter de raconter n'importe quoi pour alléger leur peine. C'est mon souci majeur. Et je fais confiance à la police pour trier le vrai du faux dans cette affaire.

» Je vous le jure, je ne supporterais pas de savoir que l'assassin de mon mari court toujours. Je veux qu'on l'arrête, qu'on le juge et qu'on l'enferme pour le restant de ses jours.

» Mais ce n'est pas moi. »

10

L'avocat général, Paul Anthony Maggiotto, était surnommé « l'index » car, au point culminant de ses plaidoiries, il ne pouvait s'empêcher de tendre un doigt vengeur en direction des accusés.

Au moment de sa mutation, lorsqu'il quitta Brooklyn pour le New Hampshire, un de ses collègues lui avait offert la photo d'un doigt pointé en guise de cadeau d'adieu.

Agé de trente-quatre ans, Maggiotto était secondé par Diane Nicolosi, de trois ans sa cadette.

Nicolosi avait également une formation de psychologue, et elle avait beaucoup travaillé avec de jeunes délinquants. Elle connaissait bien les adolescents. Elle savait leur parler, et les faire parler – ce qui lui avait permis d'avoir de bons contacts avec Ralph Welch. Patiente, compréhensive, elle avait su gagner la confiance de Cecilia Pierce, alors que la jeune fille se montrait de plus en plus rétive. Cecilia, sans doute fatiguée des interrogatoires interminables qu'on lui faisait subir depuis ses « aveux », manifestait une mauvaise volonté évidente. Seule, Nicolosi réussissait à la faire coopérer.

Par ailleurs, Diane Nicolosi connaissait bien l'affaire Smart car elle y avait travaillé depuis le premier jour.

La seule chose qui lui manquait était l'expérience du barreau. Elle ne plaidait que depuis deux ans et demi et jusqu'ici, elle n'avait requis des peines que dans des affaires de droit civil.

Dans son travail, elle privilégiait surtout l'aspect relationnel. Pour quelqu'un qui avait choisi d'être sur le devant de la scène et qui devait emporter l'adhésion de douze jurés, elle était étonnamment réservée. Diane évitait le plus possible les journalistes et faisait toujours preuve d'une grande discrétion dans ses rares déclarations à la presse.

En fait, Maggiotto et Nicolosi formaient une équipe parfaitement équilibrée. Elle contrebalançait, par son sérieux et sa neutralité, le style un peu bravache de l'avocat général.

Quant à la défense, elle trouvait que le 4 février était une date bien lointaine. Twomey et Sisti savaient qu'entre-temps bien des choses pouvaient se produire, qui ne leur faciliteraient pas la tâche.

Billy Flynn, Pete Randall et JR Lattime comparurent devant le tribunal d'instance de Salem et le tribunal de grande instance de Rockingham. Ces deux juridictions devaient décider de leur sort : ou bien leur procès était de la compétence du tribunal pour enfants ou bien ils seraient jugés comme des adultes.

Si ce dernier cas était retenu (et tout le monde semblait le croire en raison de la gravité des accusations), tous trois risquaient de finir leur vie en prison. Il était certain que leurs avocats chercheraient à obtenir de l'Etat la garantie d'une certaine clémence. Contre des aveux complets éclairant le rôle de Pam, l'accusation accepterait sans doute de raccourcir leur peine.

Jusqu'à présent, aucun des trois garçons n'avait trahi Smart. S'il faut en croire les Lattime, on promit à leur fils une réduction de peine de cinq à dix ans s'il témoignait à charge contre ses amis et Pam. Mais JR resta inflexible. Aucun des trois n'accepta d'accuser les autres.

Un mois avant le procès, une nouvelle bombe éclata. Bill Spencer annonça, sur Channel 9, que le tribunal de grande instance de Hillsborough, Manchester, tenait un nouveau chef d'accusation contre Pamela Smart : elle aurait tenté d'engager un tueur à gages pour faire assassiner Cecilia Pierce.

L'histoire était la suivante : Pam, à la prison de Goffstown, aurait demandé à Marianne Moses, une codétenue qui purgeait une peine de quatre ans, de l'aider à trouver quelqu'un pour tuer Cecilia.

Marianne Moses en aurait parlé à l'un de ses anciens maris, un truand qui se glorifiait d'avoir réussi plusieurs hold-up. Il acceptait de tuer Cecilia pour quinze mille dollars. Marianne Moses affirma plus tard que Pam aurait demandé cet argent à sa mère, prétendant en avoir besoin pour payer ses avocats.

J'ai expliqué à Pam que ce genre de service ne se payait pas par carte bleue, dit Marianne Moses dans un article du *Manchester.*

Mais Spencer allait plus loin : selon lui, le tribunal de grande instance de Hillsborough accusait aussi Pam de subornation de témoins. Elle aurait incité le fils de Marianne Moses, George, à déclarer qu'il avait entendu Cecilia Pierce affirmer avoir inventé toute l'histoire. George, élève au lycée Winnacunnet, vivait alors chez des parents dans le Massachusetts.

La chambre des mises en accusation de Willsborough inculpait donc Pam d'incitation au meurtre, d'incitation à la subornation de témoins et de subornation de témoins. Pam Smart plaiderait non coupable.

Lorsque Bill Spencer annonça cette information étonnante, le tribunal de grande instance de Hillsborough décida de lever le secret de l'instruction et fit connaître publiquement l'acte d'accusation.

Aussitôt, les avocats de Pam s'indignèrent de cette « manœuvre », qualifiée d'indigne à la veille du tirage au sort des jurés. Ils promirent que ces nouvelles charges tomberaient d'elles-mêmes au cours du procès.

De la prison, Pam tint aussi des propos scandalisés : « Où en est la justice, dans ce pays, clamait-elle, si on peut accuser une personne sur la seule foi de calomnies sorties de la bouche de détenus ? »

Une autre nouvelle importante fut annoncée le même jour : Billy Flynn était finalement considéré comme majeur. Il serait donc jugé par le tribunal de grande instance de Rockingham. D'ici quelques jours, le même sort serait certainement réservé à Pete et à JR. Du coup, il était évident que des négociations auraient lieu entre la défense et l'accusation. Pour l'instant, les trois garçons demeuraient solidaires.

Les 17 et 18 juillet 1991, au cours d'audiences préliminaires, la défense déposa plusieurs requêtes – entre autres, que les bandes enregistrées secrètement ne soient pas considérées comme pièces à conviction. Pendant ces deux jours, Twomey et Sisti interrogèrent plusieurs témoins à charge, dont Dan Pelletier, Bill Lyons, Bill Spencer et Cecilia Pierce.

Il y eut un moment de tension quand Sisti demanda à la jeune fille d'expliquer les circonstances de la signature de ses contrats cinématographiques lucratifs.

– Si j'avais pu choisir entre cent mille dollars et la vie de Greg, répondit Cecilia, j'aurais choisi la vie de Greg.

Quant à Spencer, Sisti tenta de lui faire dire quelles sources l'avaient informé des mises en accusation de Hillsborough. Spencer ne dévoila rien.

Dépité, Sisti lui demanda finalement s'il considérait que les médias avaient joué un rôle important dans l'affaire Smart. Spencer avoua que, de toute sa carrière, il n'avait jamais vu une couverture médiatique aussi importante.

Dans l'ensemble, ces deux jours ne furent pas bénéfiques pour la défense. Le juge Gray refusa pratiquement toutes ses requêtes.

Le 22 janvier, Pam vit tous ses espoirs s'effondrer. Pete Randall acceptait de négocier avec l'accusation. JR Lattime le suivit. Puis Billy Flynn.

Les garçons témoigneraient contre Pam et plaideraient coupables de meurtre sans préméditation. En échange, l'Etat promettait de recommander d'importantes réductions de peine. Il serait requis contre Flynn et Randall quarante ans de réclusion, dont douze de remise pour bonne conduite. Contre Lattime, trente ans, dont douze ans de remise de peine.

Les garçons fournirent une multitude d'informations précieuses. C'est ainsi que la police de Derry retrouva la housse de coussin contenant les bijoux de Pam. Vers le mois de juin, au moment où son fils était arrêté, Patricia Randall l'avait cachée dans un mur de la chambre de Pete, derrière un revêtement en contre-plaqué.

Les Lattime remirent à la police la boîte de munitions. Diane Lattime prétendit qu'elle se trouvait sous le lit de JR mais que les policiers avaient oublié cet endroit quand ils avaient fouillé la maison.

Le procès des trois garçons eut lieu le 28 janvier.

Comme prévu, Flynn, Randall et Lattime plaidèrent coupables de meurtre sans préméditation. Les caméras de Channel 9 les filmèrent sur le banc des accusés en train de mâcher du chewing-gum, de rire sous cape et de se donner des coups de coude complices. Ils avaient l'air d'adolescents dissipés attendant la fin d'un cours ennuyeux. Rien dans leur attitude, à ce moment-là, ne trahissait le remords ou la prise de conscience.

Le père de Greg fut scandalisé. Dans les jours précédents, il ne s'était pas privé de dire à Paul Maggiotto qu'il était contre toute remise de peine. Il voulait que les assassins de son fils passent le reste de leurs jours en prison. En les voyant témoigner si peu de respect pour la mémoire de Greg, il sortit de ses gonds.

– Mais comment est-ce possible ? s'écria-t-il devant le micro de Bill Spencer. Comment peut-on tuer un homme qui ne vous a rien fait et n'éprouver aucun remords ? Ce ne sont pas des êtres humains, ce sont des monstres !

Le même jour, la police de Derry déclara avoir arrêté Raymond Fowler à Seabrook. Il était accusé de tentative de meurtre et de dissimulation de preuves. (En mai 1992, Fowler allait être également accusé de complicité de meurtre avec préméditation.)

Le 29 janvier, Fowler comparut devant le tribunal d'instance de Derry. Alors qu'il gravissait, encadré par des policiers, le haut escalier de pierre, il fut assailli par une foule de journalistes. Bill Spencer, toujours aussi offensif, hurlait ses questions en brandissant son micro, mais il n'obtint aucune réponse.

Après la lecture de l'acte d'accusation, la caution de Fowler fut fixée à cent mille dollars.

Maggiotto ne put éviter, dans les couloirs, les caméras des reporters. L'un d'eux lui demanda dans quel état d'esprit il abordait le procès de Pam Smart. Maggiotto éluda la question.

– Allons, s'exclama le reporter, vous avez l'air tellement confiant !

– Si c'est l'impression que je vous donne, c'est que je ne fais pas trop mal mon métier ! répondit Maggiotto en souriant.

11

Trois cents citoyens du comté de Rockingham, figurant sur les listes de jurés, reçurent une notification personnelle. C'était la première fois, dans l'histoire du comté, qu'un tel nombre était atteint.

Les trois garçons ayant avoué, le juge Gray avait accordé à la défense deux semaines de plus pour se préparer. Le 19 février, les hommes et femmes convoqués se présentèrent au palais de justice. Sur les trois cents, ils n'étaient plus que cent quarante-sept en raison des départs, des décès, des maladies et invalidités.

Les sessions se firent sous la présidence du juge Gray, en présence de l'avocat général, des avocats de la défense et de l'accusée. A midi, soixante-quinze citoyens étaient déjà récusés : ils avaient admis avoir été influencés par les médias et s'être déjà forgé une idée de la culpabilité ou de l'innocence de Pam Smart.

Une femme, qui fut finalement récusée, se montrait particulièrement inquiète de sa garde-robe. Elle craignait de ne pas avoir assez de tenues pour assister à un long procès. Paul Twomey l'assura que rien ne l'obligeait à se présenter chaque matin avec une nouvelle robe. Personne ne le faisait et, ajouta-t-il en souriant, surtout pas les avocats !

L'accusation comme la défense se demandaient sérieusement si la jeunesse et la beauté de Pam pouvaient diminuer l'objectivité des jurés.

Un groupe de sept hommes et femmes furent renvoyés, avant même d'avoir été personnellement interrogés, parce qu'ils parlaient entre eux de l'affaire dans la salle d'attente.

Quant à la principale intéressée, Pam, elle exerça son droit de récusation avec un grand sérieux. Après six mois et demi passés en prison, ces sessions lui donnaient enfin l'impression d'agir, d'avoir un rôle à jouer dans sa propre vie.

Chaque jour, elle venait s'asseoir à la table de la défense et disposait devant elle un bloc de papier pour prendre des notes. On la voyait souvent chuchoter une remarque à l'oreille de ses avocats ou leur glisser un mot sur une feuille. Elle questionna brièvement tous les jurés potentiels.

Les avocats posaient éternellement les mêmes questions et les sessions furent longues, monotones, fatigantes. Malgré les doutes de Twomey et de Sisti, la liste définitive des jurés fut établie en une semaine. Le juge Gray annonça aux avocats, par-dessus ses lunettes :

– Maîtres, nous avons nos quinze jurés.

Sans oublier, bien sûr, trois suppléants. Sur les douze jurés qui décideraient du sort de Pam, sept étaient des femmes, cinq des hommes. Ils avaient entre vingt-quatre ans (un jeune homme tout juste diplômé de Harvard) et soixante-quinze ans (une vieille dame au caractère particulièrement indépendant). A l'exception d'une femme noire, ils étaient tous blancs.

Tous semblaient désireux de prendre une décision en leur âme et conscience.

A l'issue de ces épuisantes sessions, Twomey fut assailli par la presse dans les couloirs du palais. Il expliqua avec sérieux comment s'était exercé le droit de récusation du côté de la défense. Il raconta aussi quelques anecdotes amusantes puis conclut, en prenant le ton du porte-parole de la Maison-Blanche (la guerre du Golfe battait son plein) :

– Je ne ferai aucun commentaire sur nos opérations terrestres et aériennes tant que la victoire ne sera pas assurée.

Le 4 mars fut le jour de la reconstitution du crime.

Toute une caravane de véhicules transportaient Pamela, les jurés, le juge, les avocats ainsi que divers huissiers et greffiers de justice. Ils parcoururent les cinquante kilomètres qui séparaient le tribunal de la maison du crime, à Derry.

Ainsi, dix mois après l'assassinat de son mari, Pam allait revoir le 4E, Misty Morning Drive. Il tombait une fine pluie glacée. Les résidents de la cité de Summerhill étaient aux fenêtres pour regarder les journalistes et les équipes de télévision amassés devant la villa.

La maison avait l'air d'être assiégée. Une multitude de caméras sur pied entouraient le perron. Chaque opérateur avait l'espoir de surprendre, sur le visage de la veuve, une émotion, l'ombre d'un sentiment authentique – remords, tristesse, indignation.

Enfin, le cortège de véhicules fit son apparition : la voiture blanche qui transportait Pam et ses avocats, la BMW du juge Gray, le car des jurés et les voitures de nombreuses chaînes de radio et de télévision.

A peine Pam, entourée de ses avocats et de deux agents de police, eut-elle mis pied à terre qu'elle fut mitraillée par des dizaines d'objectifs.

Judy Liessner, la voisine qui avait ouvert sa porte à Pam

pendant cette nuit du 1er mai, ne l'avait pas revue depuis. Derrière la vitre, elle guetta son visage. Il était impénétrable.

Pam gravit silencieusement les marches de son ancien domicile.

Le nouveau locataire du 4E, Misty Morning Drive avait fait savoir qu'il n'autoriserait aucun micro, aucune caméra à pénétrer chez lui. Une fois tous les jurés et greffiers entrés dans la maison, la porte fut refermée. Les journalistes durent patienter dehors. Ils prirent leur mal en patience, s'apostrophant, riant, échangeant les derniers ragots de la profession.

Avocats, jurés et accusée ressortirent par la porte de derrière, celle qu'avaient empruntée Billy Flynn et Pete Randall pour s'enfuir. Aussitôt, les appareils photo se remirent à crépiter, les caméras à tourner.

Tous montèrent dans leurs véhicules respectifs et le long cortège prit lentement la direction du parking de Hood Commons. A chaque arrêt, chaque étape de la fuite de Billy et Pete, tout le monde descendait. Les photographes s'efforçaient de saisir le visage grave de la veuve, tandis qu'un cordon de policiers empêchait les badauds d'approcher.

Après le déjeuner, la caravane se mit en route pour Seabrook. Les véhicules se garèrent sur le parking du lycée Winnacunnet. On vit l'immeuble où Pam travaillait. Bizarrement, quand elle approcha de son bureau du Centre d'études des médias et communication, son visage refléta une certaine tension, quelque chose qui ressemblait à de la peur. Puis, comme pour effacer cette expression fugitive, son regard, pour la première fois de la journée, affronta directement les caméras.

Depuis le début, Twomey et Sisti avaient adopté une attitude pleine de confiance et d'optimisme face aux journalistes. Mais maintenant, ils ne pouvaient ignorer que leurs chances de gagner le procès étaient minces.

Les preuves établissant la culpabilité de leur cliente étaient nombreuses et difficilement récusables.

D'abord, Pam proclamait elle-même, tout au long de ses conversations secrètement enregistrées avec Cecilia, qu'elle n'ignorait rien de ce qui devait arriver à son mari. Sans compter que devaient comparaître à la barre de nombreux témoins connaissant des bribes du complot tramé contre Greg. C'étaient, pour la plupart, des amis de Flynn, de Randall, de Lattime, de Fowler et de Pierce. Les témoignages les plus accablants seraient évidemment ceux des trois garçons condamnés. Sans oublier ceux de Ralph Welch, de Cindy Butt et de Cecilia Pierce.

Certes, cela ne signifiait pas que la défense partait battue d'avance. Elle pouvait toujours arguer que Jackson et Pelletier (appelés comme témoins à charge) avaient été victimes de leurs préjugés et avaient tiré des conclusions hâtives. Elle pouvait expliquer que les adolescents étaient convenus de tout ce qu'on voulait pour abréger leur peine, voire même que Pam ne disait rien de compromettant sur les bandes.

Mais la plus grosse difficulté, c'était la diversité de tous ces témoignages à charge. Pourquoi tant de gens se seraient-ils acharnés sans raison sur la malheureuse veuve ? Qu'est-ce qui pouvait expliquer une telle profusion de faits, d'actes, de paroles qui se recoupaient parfaitement ?

La nature imprévisible d'un jury permettait évidemment d'espérer un acquittement, mais Twomey et Sisti savaient bien que ce ne serait pas la seule force de leurs arguments qui provoquerait ce miracle.

Il était bien plus réaliste de supposer, au contraire, que le jury serait impitoyable. Il y avait lourd à parier qu'après la délibération l'accusation, Maggiotto en tête, sablerait le champagne.

Et la défense n'avait pas un grand choix stratégique, sinon jeter le doute, systématiquement.

Ce 5 mars, il faisait gris et froid à Exeter. Malgré les routes glissantes et les brouillards matinaux, un public fourni se pressait devant la salle du tribunal, une demi-heure avant l'ouverture des portes. Dans deux heures et demie, le procès le plus retentissant du New Hampshire allait débuter.

Vers 9 h 15, la salle se remplit de deux cents personnes – journalistes, parents, amis des Smart et des Wojas et simples curieux.

Comment les architectes du tribunal auraient-ils pu imaginer, dans les années 60, une telle affluence ? Officiellement, la salle pouvait contenir quatre-vingts personnes. De toute manière, vingt-cinq ans plus tard, le bâtiment était devenu trop petit, même pour les affaires courantes. Pour un procès qui passionnait tant de monde, le bâtiment ne répondait plus aux normes de sécurité.

Ce matin-là, les huissiers de justice, vêtus de leur livrée rouge, passèrent au détecteur de métaux tous les spectateurs. Un berger allemand avait reniflé les couloirs et les salles pour dénicher une bombe éventuelle.

Huit rangs de sièges étaient répartis de chaque côté de la salle. C'était en quelque sorte l'antithèse cauchemardesque du mariage de Greg et de Pam Smart. Le premier rang à gauche était réservé à la famille Smart et aux amis ; celui de droite, aux Wojas et aux relations de Pam.

Les trente-cinq journalistes et photographes prirent place

sur les trois rangs derrière la famille Wojas. Les trois rangs derrière les Smart étaient réservés au public. Seules les trente premières personnes arrivées le matin (longtemps avant l'ouverture des portes) avaient une chance d'être assises.

Le juge Gray était un fervent partisan de l'ouverture de la justice aux médias ; il autorisa donc deux caméras de télévision à suivre les débats et à filmer certaines parties du procès.

L'immense salle d'attente avait été séparée en deux par une cloison. D'un côté, un circuit vidéo interne permettait de suivre les débats. La seconde salle constituait une sorte de centre de presse où s'entassaient matériel et équipement de reportage ; techniciens et journalistes s'y affairaient toute la journée.

A 9 h 28, Pamela, escortée d'un huissier, entra dans la salle, vêtue d'un strict tailleur bleu marine. Elle avait récemment fait éclaircir ses cheveux et avait changé leur coupe. Jusqu'ici, elle avait toujours laissé ses cheveux tomber librement sur ses épaules ; pour l'occasion, ils étaient noués par un gros ruban de velours noir ; quelques boucles de chaque côté des oreilles et une frange adoucissaient son visage.

Pam avait beaucoup maigri. Sa mère avait dû rétrécir la ceinture de sa jupe à l'aide d'épingles de nourrice, juste avant qu'elle ne se présente devant le tribunal.

Tout de suite après Pam, les jurés prirent leur place, bientôt suivis du juge Gray. Derrière lui, le mur s'ornait de la sculpture dorée de l'aigle américain, les ailes déployées.

Devant le juge, sur sa droite, se trouvait le greffier, Kathleen Duggan ; à gauche, le sténographe, Bill Wojtkowski.

La salle devint silencieuse. Gray fit un signe de tête. Diane Nicolosi monta sur l'estrade face aux jurés. Elle se présenta puis présenta l'avocat général, Paul Maggiotto.

Ce n'était que la troisième plaidoirie publique de Diane et elle avait le trac. Elle parlait de façon hésitante, butant sur les mots et les constructions de phrases. Pourtant, son exposé était suffisamment intéressant pour qu'on lui pardonne ses défauts.

– Le 1er mai 1990, Gregory Smart rentre chez lui après son dernier rendez-vous d'affaires de la journée... Il ouvre la porte d'entrée et s'étonne de ne pas voir son petit chien venir lui faire la fête comme d'habitude. Il l'appelle. Aucun signe de vie...

Pendant une demi-heure, Nicolosi exposa le point de vue de l'accusation, tout en sapant habilement les arguments prévisibles de la défense. Elle innocenta Cecilia de tout soupçon de vénalité, en précisant qu'elle avait signé son contrat cinématographique bien longtemps après avoir révélé ce qu'elle savait à la police.

Elle expliqua franchement que l'accusation avait promis aux trois garçons de requérir des peines moins dures s'ils livraient des aveux complets et *sincères*. Puis elle annonça l'existence des enregistrements secrets.

– Mesdames et messieurs les jurés, conclut-elle, nous sommes persuadés que lorsque vous aurez entendu les témoignages de William Flynn, de Patrick Randall, de JR Lattime et de Cecilia Pierce, tous vos doutes seront balayés et que vous déclarerez alors Pamela Smart coupable.

Mark Sisti formait avec Diane Nicolosi un contraste saisissant. Si Diane semblait prendre son temps et hésiter avant de s'aventurer, lui n'avait pas peur de sauter à pieds joints dans la boue, au risque d'éclabousser tout le monde. Elle parlait doucement et posément ; il avait une voix forte et s'emportait facilement ; elle était modeste, il était sûr de lui. On la sentait inexpérimentée et légèrement mal à l'aise, on percevait immédiatement en lui le talent oratoire.

Sisti monta sur l'estrade d'un pas décidé et attaqua sans perdre une seconde.

– Jamais, dans un tribunal du New Hampshire, je n'ai entendu un tel ramassis d'abjections ! Jamais on n'a donné à avaler à un jury un breuvage aussi frelaté !

Il écarta d'une chiquenaude les principaux témoins à charge, « des petits voyous » obligés d'accepter n'importe quel marché « pour sauver leur peau ». D'avance, il présenta leurs témoignages comme « un fatras d'histoires abracadabrantes ».

Billy Flynn, dit Sisti, était maladivement amoureux de Pam Smart. « Les trois tueurs » étaient des garçons déséquilibrés, obsédés, et pas du tout d'innocents jeunes gens manipulés par une femme. Il ne fallait pas perdre de vue, ajouta Sisti en enflant la voix, que *tous* les témoins à charge, que ce soient les trois adolescents ou même Cecilia Pierce, avaient quelque chose à gagner en faisant de Pam une coupable.

En fait, Sisti reconnaissait implicitement que Pam avait eu une liaison avec un élève du lycée (de son côté, Pam, après des mois de dénégation, l'avoua à ses amis dès l'ouverture du procès).

– Mais laissez-moi vous dire une chose sur cette aventure, poursuivit Sisti. Sachez bien que Pam avait tenté plusieurs fois de rompre avec ce jeune homme malade, totalement entiché d'elle. Et cela n'a rien à voir avec sa prétendue participation au meurtre.

» Flynn ne s'est-il pas excité à l'idée de préparer son sale petit meurtre ? Bien sûr ! S'imaginait-il que tout irait mieux une fois qu'il aurait supprimé le mari de cette femme ? Bien sûr ! »

Sisti en vint alors aux enregistrements. Jusqu'à présent,

ils n'avaient été entendus que par les policiers et les magistrats. L'avocat exhorta le jury à ne pas se laisser piéger par les apparences. Il fallait creuser plus profondément pour saisir leur véritable signification et ne pas perdre de vue que la jeune veuve avait été odieusement tenue à l'écart de l'enquête pendant des mois et des mois.

Il saurait, en temps venu, leur faire comprendre ce dont il était véritablement question dans ses conversations avec Cecilia Pierce.

Enfin, on y était ! Après des semaines de suspense, la défense abattait enfin ses cartes. Elle attaquait la crédibilité des témoins à charge, admettait l'infidélité conjugale et exhortait les jurés à écouter les fameuses bandes d'une oreille différente.

– Mesdames, messieurs les jurés, un peu de patience. Vous vous êtes engagés à juger Pam Smart en votre âme et conscience. Eh bien, vous le montrerez en l'acquittant des trois accusations dont elle doit répondre.

Le juge Gray avait accordé une requête à la défense : chaque soir, à la fin des débats, Maggiotto devait annoncer à Twomey et à Sisti quels seraient les témoins appelés à la barre le lendemain, de manière qu'ils puissent préparer leur contre-interrogatoire. En retour, l'accusation devait jouir du même privilège. C'était là une pratique courante.

Le premier jour, l'accusation appela à la barre divers témoins (des voisins de Greg et de Pam Smart, essentiellement). On leur demanda de décrire la scène du crime.

Cependant, tout bon avocat général sait qu'il est nécessaire de plonger les jurés, dès le début, au cœur de l'action, puis de soutenir leur attention. Ce jour-là, le dernier témoin de Maggiotto fut Pete Randall.

Pour la première fois, le public entendrait le récit du meurtre de Greg Smart de la bouche même d'un des acteurs.

Randall se présenta à la barre vêtu d'un sweater rouge et noir. Au physique comme au moral, Randall avait tout d'un « dur ». En fait, ceux qui le connaissaient affirmaient qu'il pouvait compartimenter ses émotions et ses sentiments, occulter les souvenirs gênants, écarter les pensées embarrassantes, ce qui lui avait permis de tuer sans état d'âme.

A un seul moment, Randall laissa transparaître une trace d'émotion ; ce fut au tout début, quand il arriva à la barre. A l'instant de prêter serment, il était si nerveux qu'il leva la main gauche à la place de la droite, puis se corrigea immédiatement d'un air penaud.

Ensuite, il parla d'une voix neutre, monocorde, presque clinique. Dans le public, beaucoup virent en lui un être froid, totalement insensible.

– Pete Randall, demanda Maggiotto, vous rappelez-vous ce jour du 1er mai 1990 ?

– Oui, répondit Randall calmement.

– Etes-vous allé à l'école ce jour-là ?

– Oui.

– Et qu'avez-vous fait ensuite ?

– Je suis allé à Haverhill chez la grand-mère de JR pour prendre sa voiture.

– Pour quoi faire ?

– Pour aller à Derry tuer Greg Smart.

Quelqu'un éclata soudain en sanglots. C'était la grand-mère de JR. Se levant précipitamment, elle courut cacher son émotion dans les couloirs du palais.

Le lendemain, ce fut au tour de Mark Sisti d'interroger Randall. L'avocat insista beaucoup sur un fait : depuis des années, Randall se demandait s'il serait capable de tuer. Il avait confié à plusieurs amis qu'il rêvait de s'engager dans l'armée pour connaître cette « expérience ». Ce point corroborait la thèse de la défense, à savoir que les trois garçons étaient des malades, des excités de la gâchette.

– Pam Smart vous avait-elle demandé de tuer Greg ?

– Non.

Au cours du long contre-interrogatoire, Sisti éclaira, bien malgré lui, des aspects beaucoup plus attachants de la personnalité de Randall. D'abord, le jury put s'apercevoir que ce garçon adorait sa mère. Il s'était en quelque sorte érigé à son égard en père et protecteur. Apparemment, il considérait qu'il était le seul à pouvoir la défendre, fût-ce en maniant une arme.

Et puis, contre toute attente, Randall aimait les enfants. Lorsque Sisti lui demanda pourquoi il s'était battu avec Ralph Welch, Randall abandonna son rôle de dur et se mit à parler du bébé des Lattime, Ryan.

– Ralph avait dit des choses qui ne me plaisaient pas. Il a sous-entendu que je pouvais faire du mal au gosse alors que je l'adore.

Néanmoins, il était clair que personne n'allait condamner Pam Smart sur la foi des déclarations de Pete Randall.

Puis ce fut au tour de JR Lattime de venir à la barre des témoins. Lui aussi répondit aux questions des avocats avec une sorte d'indifférence glacée.

Sisti s'arrangea pour lui faire reconnaître qu'il avait vu les deux autres garçons pendant leur garde à vue, insinuant ainsi qu'ils avaient eu le temps d'inventer toute leur histoire dans le but d'accuser Pam et de réduire ainsi leur temps d'incarcération.

Puis Sisti passa au meurtre à proprement parler. JR admit que l'assassinat de Greg l'avait d'abord laissé parfaitement froid.

– Si je comprends bien, le soir du 1er mai, la mort de cet homme vous a laissé totalement indifférent. Mais plus tard, cela a commencé à vous travailler ?

– Après le meurtre, je n'ai même pas eu un serrement de cœur en pensant à Greg Smart. Comme je vous l'ai dit, j'avais peur, j'étais nerveux. Pour moi, l'important était de revenir à Seabrook sans encombre. J'ai déposé les autres chez eux, puis je suis rentré chez moi et je me suis couché.

– Bien. Vous dites n'avoir éprouvé aucun remords parce que vous ne connaissiez pas Greg, c'est cela ?

– Oui. Je ne le connaissais pas, je ne l'avais jamais rencontré. C'était un peu comme de voir quelqu'un assassiné à la télé, dans un feuilleton ou au journal télévisé... Mais après, j'ai commencé à y penser de plus en plus.

Alors que la défense poursuivait son contre-interrogatoire, le juge Gray annonça soudain, et sans explication, une suspension de séance.

Bill Smart, inquiet, se leva pour demander à l'avocat général de bien vouloir l'informer. En fait, il craignait qu'un vice de procédure quelconque ne retarde encore le jugement de Pam Smart.

Maggiotto prit les Smart à part et leur expliqua que la suspension était motivée par un élément nouveau qui pouvait être fondamental pour le dossier. Une femme, disant s'appeler Linda Avory, avait téléphoné au palais et demandé à parler à Diane Nicolosi.

Elle prétendait être une camarade de classe de Pam Smart et détenir une lettre de sa main prouvant qu'elle avait bien tué Greg Smart.

Dans cette lettre, écrite avant le meurtre, Pam avouait avoir de graves problèmes avec Greg et vouloir le faire éliminer. Linda Avory avait ajouté qu'après le meurtre Pam lui avait offert de racheter la lettre contre dix mille dollars.

Cette femme semblait s'être décidée, après de longues hésitations, à remettre le document dans les mains de la police de Derry. Elle prévenait Diane Nicolosi que ce serait fait dans l'après-midi.

Mais cette Linda Avory disparut comme elle était venue. Elle ne se présenta pas à la police de Derry et ne téléphona pas au tribunal. Les magistrats conclurent qu'il s'agissait d'une folle s'amusant à mystifier la justice. C'était là chose fréquente...

Le procès reprit donc le lundi.

Jusque-là, la défense avait plus ou moins réussi à neutraliser la portée des témoignages à charge. La froideur de Randall avait glacé le jury et JR était apparu comme une personnalité fuyante, relativement insaisissable.

Les choses s'avérèrent plus délicates quand Billy Flynn vint à la barre. Ce grand garçon aux yeux tristes n'avait rien du tueur de sang-froid décrit par la presse, ni de l'excité de la gâchette dépeint par la défense.

Flynn commença par raconter les circonstances de sa rencontre avec Pam Smart, leur premier baiser, leur première nuit d'amour. Ces détails provoquèrent chez le public des réactions embarrassées. Les gens s'agitaient sur leur siège, croisant et décroisant les jambes nerveusement.

– Aviez-vous déjà fait l'amour à une femme ? demanda Paul Maggiotto.

– Non, répondit Flynn.

– C'était la première fois ?

– Oui.

– Et l'avez-vous dit à Pam ?

– Euh... non.

En fin d'après-midi, Flynn rapporta les discussions qu'il avait eues avec Pam à propos du meurtre, les réunions de préparation, la tentative ratée avec Fowler.

Ces révélations furent, pour les médias, une sensationnelle aubaine. Presse et télévision avaient là de quoi se repaître. Dans les journaux du soir et ceux du lendemain, la photo de Billy parut en première page, accompagnée de gros titres accrocheurs. *Les aveux du jeune tueur de Smart, Comment mon prof m'a séduit en me faisant un strip-tease, Elle le pousse au meurtre par le sexe,* et surtout – titre qui revenait comme un leitmotiv dans tous les quotidiens – *Si tu m'aimes, tue-le !*

Le lendemain correspondait au jour anniversaire de Billy ; il avait dix-sept ans. La salle était bondée, la télévision prête à retransmettre en direct sa déposition. Maggiotto demanda au jeune homme de raconter en détail ce qui s'était passé la nuit du meurtre.

L'avocat savait que Billy était incapable de garder son sang-froid quand il parlait de son crime. Il l'avait vu éclater en sanglots à tous les interrogatoires pendant la préparation du procès.

Maggiotto joua avec Billy Flynn comme un chef d'orchestre travaillant habilement ses effets, depuis l'ouverture jusqu'au crescendo final.

Ainsi l'avocat général n'hésita pas, pour finir, à demander à Flynn de s'agenouiller sur le plancher de la salle. Face au jury, il se trouvait ainsi dans la position de Greg au moment de son exécution. Puis il montra à Flynn le couteau et le revolver.

Les yeux de Billy étaient noyés de larmes.

Son témoignage, entrecoupé de reniflements et de hoquets, était si poignant qu'un miracle se produisit : Judy et Bill Smart eurent pitié de lui. Eux-mêmes n'en revenaient pas. L'assassin de leur fils était en train de décrire ses derniers instants et ils le plaignaient !

– Après avoir braqué votre arme sur lui, qu'avez-vous fait ? demanda Maggiotto.

– Je suis resté comme ça, sans rien faire.

– Combien de temps ?

– Ça m'a semblé des siècles. J'ai... j'ai demandé pardon à Dieu.

Billy, à nouveau, s'effondra en larmes. L'avocat général, lui, souriait intérieurement.

– Et ensuite ?

Billy attendit sept longues secondes avant de répondre :

– J'ai appuyé sur la gâchette.

Ce fut au tour de la défense.

Sisti commença par couper court à toute émotion en démontant la mise en scène de l'avocat général. Il dénonça les procédés qu'il avait employés pour faire jaillir les larmes de Flynn et provoquer l'apitoiement du public. Emporté par sa fougue, il traita Maggiotto de « vulgaire épicier » qui fouette le lait pour faire monter la crème.

Puis Sisti reprit la tactique qu'il avait adoptée avec Randall et Lattime, en jetant le doute sur la sincérité du garçon. Flynn se souvenait-il qu'au lendemain du crime il s'était payé un bon restaurant avec l'argent volé dans le portefeuille de la victime ?

– Est-ce pour contrebalancer la mauvaise impression qu'a laissée aux médias la froideur de votre ami Randall que vous jouez maintenant les âmes sensibles ?

– Non, dit Billy. Ce que pensent les médias m'est complètement égal.

– Vraiment ?

– Mais ce que pensent les parents de Greg ne m'est pas égal.

– Vous pleurez donc pour émouvoir les parents de Greg ?

– Je pleure parce que je voudrais n'avoir jamais fait ça.

En réalité, pour ce qui était de la mise en scène, Sisti

n'avait rien à envier à Maggiotto. Par exemple, il obligea Flynn à regarder Pam dans les yeux.

Billy, dit-il, était persuadé que Greg maltraitait Pam. Elle lui avait montré un énorme bleu prouvant qu'il la battait. Sisti sauta sur l'occasion. Il pria Pam de se lever et demanda à l'adolescent de préciser où se trouvait ce bleu. Flynn, cette fois, demeura impassible.

En fait, l'avocat voulait prouver que Billy avait tué le mari de Pam à son insu. Il s'efforçait donc de dévoiler l'aspect maladif et jaloux de son tempérament. Mais il n'y parvint pas de manière convaincante.

– Greg était pour vous un personnage gênant, non ?

– Gênant ?

– Je veux dire que tant que Pam était mariée, vous ne pouviez l'avoir à vous.

– Pas du tout. Je la voyais autant que je voulais, mais Pam m'a menacé de rompre si…

– Ah, elle vous a menacé de rompre ? Cela signifie que vous avez tué Greg parce que vous aimiez Pam. Nous sommes bien d'accord ?

– Non, je l'ai fait parce que Pam m'a demandé de le faire et que je l'aimais.

– Vous auriez fait tout ce qu'elle vous demandait ?

– Oui, sans doute.

– A croire que vous aviez perdu la tête…

– J'avais ma tête, mais j'étais amoureux.

Bref, malgré les efforts de Sisti, Bill Flynn n'avait l'air ni d'un menteur ni d'un « excité de la gâchette ». Il apparut au contraire comme un garçon accablé, qui regrettait sincèrement son crime.

Conscient de son échec, Sisti annonça qu'il en avait terminé avec le témoin et se rassit.

Les médias ne perdaient pas une miette du procès Smart. Tous les pas de l'accusée, fût-ce pour aller aux toilettes, étaient filmés, photographiés, commentés. Tous les gestes des témoins faisaient l'objet de commentaires et d'analyses.

Au jour prévu pour la déposition de Cecilia Pierce, la tension monta d'un cran parmi les journalistes. La famille Eaton se présenta au tribunal le 14 mars, mais Cecilia ne fut pas appelée à la barre des témoins ce jour-là.

Les équipes de radio et de télévision attendaient de pied ferme. En fin de journée, Cecilia, sa meilleure amie, Karen Crowley, sa mère et son beau-père sortirent sur le perron du tribunal.

« C'était terrible ; on aurait dit un match de foot, raconte Mrs Eaton. A la seule différence que le ballon, c'était Cecilia.

» Ma fille et son amie sont restées un moment pétrifiées puis elles se sont mises à courir comme des folles en riant nerveusement.

» C'était terrifiant de les voir détaler comme des lapins avec cette foule de chasseurs qui les encerclaient. Avec mon mari, nous avons été emportés par le mouvement. Nous nous sommes aussi retrouvés en train de courir sans savoir pourquoi. C'était tellement absurde !

» Finalement nous avons repéré la voiture sur le parking et avons réussi tant bien que mal à monter dedans. Quand nous avons démarré, la foule des photographes a continué à courir derrière nous. Le rire nerveux de Cecilia était terriblement communicatif. Nous étions tous pliés en quatre comme des hystériques mais nous avons enfin échappé à cette meute. »

Quand Cecilia fit sa déposition le lendemain, elle reprit cet air de lassitude et d'ennui qui avait tellement énervé Jackson lors des premiers interrogatoires. En fait, Cecilia avait peur. Si peur qu'elle en avait pleuré avant d'entrer dans la salle, mais le public ne pouvait pas le savoir. On ne vit qu'une adolescente peu sympathique, incapable de sincérité, et qui se composait une attitude.

Cecilia confirma le témoignage de Billy. Elle déclara avoir regardé le film *Neuf Semaines et demie* au magnétoscope avec Pam et Billy au 4E, Misty Morning Drive. Sans attendre la fin, Pam et l'adolescent étaient montés ensemble au premier étage ; à un moment, elle avait vu Billy descendre pour prendre de la glace.

– Quand le film s'est terminé, j'ai regardé le début d'un autre puis j'en ai eu assez. Je suis montée et je suis entrée dans la chambre de Pam et de Greg en frappant et en criant : « C'est moi ! »

– Qu'avez-vous vu ? demanda Maggiotto.

– Pam et Bill. Ils étaient nus.

– Où étaient-ils précisément ?

– Par terre.

– Dans quelle position ?

– Elle était sur lui.

Un journaliste ne put s'empêcher de persifler : « Bizarre, mais ça ne m'étonne pas ! »

Certes, Cecilia était un témoin important, mais depuis quelques mois, elle n'avait plus le premier rôle. Depuis que les garçons avaient avoué, elle ne constituait plus pour l'accusation le principal témoin à charge.

En outre, Flynn avait révélé que Cecilia en savait plus sur le complot qu'elle ne l'avait dit à la police. Jamais la justice n'avait envisagé de l'accuser de complicité, mais on savait qu'elle avait voulu aider Billy à trouver une arme, et cela la rendait nettement moins crédible.

Evidemment, quand ce fut son tour, Mark Sisti attaqua aussitôt sur ce point.

– Mademoiselle, le 14 juin 1990, vous vous êtes finalement décidée à parler sincèrement à la police. Avez-vous dit alors que vous aviez essayé de trouver une arme pour que Flynn tue Greg Smart ?

– Je ne me souviens pas de cela, répondit Cecilia, visiblement mal à l'aise.

– Vraiment, vous n'avez aucun souvenir de cet épisode ?

– Non... je...

– Mais c'est bien ce jour-là que vous vous êtes décidée à dire *toute* la vérité ?

– Oui.

– Or ce n'est pas ce que vous avez fait.

– J'ai dit tout ce dont je me souvenais. Il était tard, j'étais fatiguée. J'ai fait ce que j'ai pu.

– Mais cette recherche d'une arme à feu, si vous n'en avez pas parlé à la police, vous en avez bien parlé à quelqu'un ?

– Je ne sais plus.

C'était bien dans la manière de Sisti de creuser les failles jusqu'à les rendre abyssales !

Mais il restait un problème de taille : l'avocat n'était pas en mesure de prouver que Cecilia mentait sur toute la ligne. Il se contentait d'entamer la crédibilité de son témoignage, de jeter un doute sur sa sincérité, sans pouvoir montrer clairement qu'elle avait menti en accusant Pam Smart.

Ce vendredi, après la déposition de Pierce et de Cindy Butt, l'accusation poussa un soupir de soulagement. Maintenant, c'était à la défense de jouer !

Après huit jours de travail, Maggiotto et Nicolosi avaient appelé à la barre vingt-sept témoins et produit des pièces à conviction importantes : les fameux enregistrements secrets et les photographies offertes à Bill Flynn, où Pam prenait des poses aguichantes en bikini.

La nuit précédant son arrestation, Flynn avait jeté ces photos. Heureusement, Karen Knight, la propriétaire du labo où elles avaient été développées, avait conservé divers tirages défectueux. (Après le procès, elle avait d'ailleurs installé devant sa boutique un panneau où l'on lisait en grosses lettres : *Ici ont été développées les fameuses photos de Pam Smart ! Travail rapide et soigné.*)

Les journalistes se hâtèrent de rentrer pour rédiger leur papier pour le journal du lendemain. Tous n'avaient qu'une seule question en tête : lundi, à la reprise des débats, Pam Smart serait-elle appelée à la barre des témoins ?

Le lundi matin, dans les couloirs du Palais, on chuchotait que Pam parlerait dans la journée.

Un journaliste de l'*Union Leader* avait annoncé, « de source sûre », qu'elle viendrait donner sa propre version des faits.

Les doutes furent levés quand on la vit entrer dans le tribunal vêtue d'un strict tailleur bleu marine, agrémenté d'un chemisier blanc à col de dentelle. On ne pouvait rêver tenue plus appropriée pour témoigner devant un jury !

Ce jour-là, trois personnes furent appelées à la barre.

La première était le policier qui avait reçu, le soir du 1er mai, l'appel signalant qu'il y avait une urgence au 4E, Misty Morning Drive.

La seconde était Sonia Simon, l'amie de Pam. Au cours du contre-interrogatoire, Maggiotto réussit à lui faire dire que « Pam avait eu un comportement bizarre après la mort de Greg ». Malgré les réticences et l'embarras de la jeune femme, l'avocat général l'obligea à préciser sa pensée. Sonia Simon s'était étonnée que si peu de temps après le décès, Pam ait eu envie de s'amuser, de sortir, de passer ses nuits dans les boîtes et les bars. « Mais, avait-elle ajouté aussitôt, au fond, c'était tout à fait normal : après la mort d'un être cher, il faut se changer les idées. » Cette correction de dernière minute n'avait pas effacé l'effet désastreux de ses confidences. Bien qu'appelée par la défense, elle avait plutôt donné des points à l'accusation. Maggiotto avait d'ailleurs étonné tout le monde par la vigueur de son offensive. Il s'était tant acharné sur la pauvre Sonia qu'il avait fini par la faire pleurer.

Le troisième témoin était Pamela Ann Smart.

Paul Twomey procéda à l'interrogatoire d'un ton posé et grave. Nerveuse dans les premières minutes, Pam retrouva rapidement son contrôle.

Elle raconta les difficultés de son mariage et l'immense choc subi lorsqu'elle avait appris l'infidélité de Greg. En fait, elle n'avait jamais vraiment pu s'en remettre. Elle s'était sentie trahie, humiliée et avait décidé de prendre sa revanche. Après (tout le monde comprit, bien entendu, après l'avoir trompé avec Bill Flynn), les rapports entre eux étaient revenus au beau fixe.

Elle parla ensuite de son travail au Centre d'études des médias et communication et raconta, à sa manière, sa liaison avec Billy Flynn.

A la différence de Billy, qui n'avait qu'un vague souvenir des dates, elle déclara avoir fait pour la première fois l'amour avec lui le 24 mars. Ce n'était sans doute pas un hasard. Dans ce cas de figure, Billy avait donc seize ans ! Impossible alors d'accuser la veuve de détournement de mineur ou d'agression sexuelle.

Au cours du printemps, dit-elle, elle tenta plusieurs fois de rompre. A chaque fois, Billy prenait ça très mal. Il parla même de suicide. Elle décida d'en finir pour de bon la dernière semaine d'avril.

– Décrivez-nous la réaction de Billy, demanda Twomey.

– Il a commencé par pleurer. Il était désespéré et puis, soudain, il s'est calmé. En l'espace de dix minutes, son comportement a complètement changé. D'abord il en a fait un drame et puis il s'est montré raisonnable. Il m'a demandé si nous pourrions continuer de nous voir en amis.

Pam confirma que Billy était venu chez elle à Derry pendant que Greg était à Rhode Island. Quelques jours avant la rupture, l'adolescent avait dîné chez elle et il était descendu à la cave sous un prétexte quelconque.

La conclusion s'imposait d'elle-même : Billy avait laissé la porte de la cave ouverte pour pouvoir s'introduire dans la villa et tuer Greg.

Pam confirma ce qu'avaient dit Randall, Lattime, Flynn et Pierce. Elle admit avoir eu une liaison avec Flynn, lui avoir prêté sa voiture en avril (à peu près à l'époque de la première tentative d'assassinat avec Fowler). Elle reconnut aussi avoir conduit les garçons chez la grand-mère de JR, et même avoir revu Flynn bien après le meurtre et la prétendue rupture, le dimanche où Ralph Welch avait tout déballé à la police.

Mais tous ses aveux étaient tournés d'une certaine manière, suggérant qu'elle ignorait tout du complot.

Pamela Smart en vint à expliquer sa position lors des conversations enregistrées avec Cecilia Pierce.

Elle avait cru comprendre que sa jeune amie en savait plus qu'elle ne le disait.

Intriguée, Pam avait cherché un moyen de la faire parler, d'autant que la police refusait obstinément de la tenir informée des progrès de l'enquête. Elle ne supportait plus de vivre dans cet état d'ignorance.

– Qu'avez-vous pensé ? demanda Twomey.

– Eh bien, je me suis dit que si elle savait quelque chose sur le meurtre, elle me le dirait si je faisais semblant d'en savoir davantage. Je me suis donc promis de lui faire croire, au cours de nos rencontres suivantes, que je connaissais des tas d'éléments. En somme, j'ai décidé d'entrer dans son jeu.

– Expliquez-vous plus précisément. Pourquoi cette mise en scène ?

– Pour en savoir plus.

C'était sans doute tiré par les cheveux, mais au moins Pam avait-elle une explication à fournir. Etrangement, elle se débrouillait moins bien sur la forme que sur le fond de son argumentation. La froideur avec laquelle elle présenta sa version des faits lui fit perdre des points. Si vraiment elle avait été dupée par Flynn, comme elle le laissait entendre, elle aurait pu au moins manifester une certaine émotion, verser une larme sur son mari perdu, réprimer sa colère contre son jeune amant. Au lieu de cela, elle évoqua la nuit de la mort de Greg avec une sécheresse qui glaça toute la salle.

C'était maintenant à Paul Maggiotto de l'interroger.

Le matin même, il avait réussi à faire éclater en sanglots Sonia Simon, qui n'était qu'un innocent témoin. On imagine alors le sort qu'il réservait à Pam !

Maggiotto avait un moment caressé l'idée de s'en tenir à une tactique aussi sobre qu'élégante. Il lui aurait suffi de demander :

– Etes-vous Pamela Smart ?

– Oui, aurait-elle répondu.

– Est-ce bien votre voix qu'on entend sur ces bandes ?

– Oui.

Et l'avocat général serait allé se rasseoir sans rien ajouter.

Maggiotto opta finalement pour un contre-interrogatoire plus classique, s'attaquant au point faible de la version de Pam Smart.

– Pourquoi avez-vous caché à la police votre liaison avec Flynn, même après son arrestation ?

– Je me suis dit que si la police apprenait qu'il avait été

mon amant, elle en déduirait automatiquement que j'étais impliquée dans le meurtre de mon mari.

– Vous l'avez d'abord cru innocent du meurtre dont on l'accusait et pourtant, vous n'avez rien fait pour le tirer d'affaire.

– Non.

– Votre silence était donc bien délibéré ?

– Oui, mais la police ne m'a rien demandé.

– Ah, elle ne vous a rien demandé ! Et si elle l'avait fait, que lui auriez-vous dit ?

– Franchement, je ne sais pas.

Maggiotto n'était pas décidé à lâcher sa proie.

– Je ne m'explique toujours pas pourquoi vous avez continué de taire votre liaison, alors que vous étiez de plus en plus persuadée de la culpabilité de Flynn.

Maggiotto sentait que Pam était peu convaincante sur ce point. Il répéta plusieurs fois la même question, sous des formes légèrement différentes, de manière à la laisser s'embourber.

– Reprenons. Si j'ai bien compris, vous cherchez à faire croire au jury que Billy a tué votre mari parce que vous aviez rompu avec lui ?

– Je ne veux rien faire croire au jury. Je veux simplement dire la vérité.

– C'est donc la vérité ?

– Je ne sais pas pourquoi Billy Flynn a tué Greg. Tout ce que je peux faire, c'est dire ce que je sais.

– Vous n'avez, aujourd'hui encore, aucune idée de ce qui a pu pousser ce jeune homme à commettre ce crime ?

– Je n'ai pas dit que je n'avais pas d'idée ; simplement que je ne suis sûre de rien.

– Eh bien, Pamela Smart, je vous le demande maintenant : que pensez-vous ? A votre avis, pourquoi Flynn a-t-il tué Greg ?

– Sans doute pensait-il que nous pourrions ensuite vivre ensemble.

Pam avait abattu sa dernière carte : elle avait trouvé un mobile à Bill Flynn. Il ne lui restait plus qu'à convaincre les jurés de son prétendu « double jeu » avec Cecilia.

Elle expliqua, à nouveau, que toutes ses conversations devaient être entendues dans ce sens : elle cherchait à tirer le maximum d'informations de Cecilia.

Quant à ses efforts pour empêcher la jeune fille de répondre sincèrement aux questions de la police, ils s'expliquaient très simplement. Pam avait bien conscience qu'elle jouait avec sa jeune amie un jeu dangereux qui pourrait se retourner contre elle. Si Cecilia parlait, elle serait injustement accusée. Par ailleurs, Pam ne voulait pas lâcher prise tant qu'elle n'aurait pas obtenu les réponses qu'elle cherchait. La seule solution pour elle, si elle voulait continuer son « jeu », c'était donc de dissuader Cecilia de parler.

Maggiotto ne sembla pas impressionné.

– Qu'est-ce qui vous a empêchée d'expliquer alors les choses comme vous le faites aujourd'hui dans cette salle ?

– C'était sacrément compliqué, non ?

– Je vous l'accorde volontiers. On peut dire qu'à aucun moment vous n'avez manifesté le moindre désir de clarifier la situation !

Le juge Gray déclara la séance levée. Pendant la suspension, une alarme retentit et la suite des débats fut remise au lendemain.

Comme on pouvait s'y attendre, toutes les chaînes de télévision du New Hampshire retransmirent la déposition de Pamela Smart. Depuis le début du procès, Channel 9 avait été la plus assidue, au point qu'on la surnommait maintenant « New Hampshire's Smart Station ». On lui avait aussi trouvé un nouveau slogan : « Smart vingt-quatre heures sur vingt-quatre ! »

Les dirigeants de la chaîne laissaient dire en se frottant les mains. En trente-sept ans d'existence, jamais le taux d'audience n'avait atteint de tels records. Devant leur poste, cent trente mille personnes regardèrent Pam témoigner à la barre !

Du reste, le retentissement de l'affaire Smart dépassait désormais les frontières de l'Etat. Chaque jour, des journalistes et des reporters venus en avion de l'autre bout du pays rejoignaient leurs confrères pour couvrir le procès.

Quant à la presse écrite, elle n'était pas en reste. Cinq pleines pages furent consacrées à Pam dans le *Boston Herald.* « Froide comme la glace », disait le titre. Le journaliste, Peter Gelzinis, avait surnommé Pam « la princesse de glace » : *Son avocat aurait dû lui conseiller de peler un oignon avant sa déposition,* écrivait-il.

Le mardi, Pam revint à la barre. Ce jour-là fut marqué par un combat au coude à coude entre la défense et l'accusation, chacune prenant l'avantage tour à tour sans qu'on puisse clairement dégager un vainqueur.

Malgré ses efforts, Maggiotto ne réussit pas à ébranler Pam. Elle s'accrochait obstinément à sa version des faits et ne variait pas d'un pouce sur son explication concernant les enregistrements. Elle redit qu'elle voulait absolument savoir qui avait tué Greg ; c'était devenu une obsession et elle était déterminée à continuer jusqu'au moment où elle aurait obtenu de Cecilia les réponses aux questions qui la tourmentaient.

– Il fallait que je comprenne.

– Et ensuite, qu'auriez-vous fait ? demanda Maggiotto.

– Je serais allée voir la police.

– Vous voulez donc nous faire croire que vous aviez décidé de mener seule votre enquête (tout en cachant aux inspecteurs des informations capitales concernant les trois jeunes suspects), dans l'intention d'aller éclairer ensuite la lanterne de ces pauvres policiers en pleine panade, c'est cela ?

– Objection, Votre Honneur !

Paul Twomey trouvait la question déplacée et gratuite. Le juge Gray refusa l'objection.

– Oui, j'avais l'intention de trouver moi-même le coupable puisque la police me tenait totalement à l'écart. J'étais dans une grande solitude. Mon mari venait d'être assassiné. Vous savez, on n'est pas très rationnel dans ces cas-là. Il faut avoir vécu de telles situations pour comprendre.

Maggiotto fit une erreur. Il traîna trop en longueur. Si les explications de Smart n'étaient pas vraiment convaincantes, sa ténacité était impressionnante.

– Si j'avais été coupable, j'aurais plaidé coupable et j'aurais passé avec vous le même marché que les garçons ! lança Pam d'un air de défi.

Elle avait marqué un point. Maggiotto se décida finalement à conclure sur la phrase dont il avait rêvé de faire toute sa plaidoirie :

– Pamela Smart, est-ce bien votre voix que l'on entend sur ces bandes enregistrées secrètement les 12 et 13 juillet ?

– Oui, répondit Pam.

– Je n'ai pas d'autre question.

Il se rassit.

Twomey et Sisti n'avaient plus qu'un seul témoin à présenter.

Brian Washburn raconta avoir été mis au courant par Greg de sa liaison extraconjugale. Il dit aussi qu'aux alentours du 13 juillet Pam lui avait confié qu'elle allait faire semblant d'en savoir davantage sur le meurtre afin de soutirer à Cecilia un maximum d'informations.

Nicolosi procéda au contre-interrogatoire. Elle marqua un point en révélant que Washburn avait pris contact avec des compagnies cinématographiques pour monnayer, lui aussi, « son témoignage ».

– Trouvez-vous donc normal de signer des contrats lucratifs avec des gens qui ne cherchent qu'à tirer profit de la mort de votre meilleur ami ?

– Tout le monde le fait, non ? répondit calmement Washburn.

Il marqua un moment de réflexion puis reprit :

– Au fond, vous avez raison. Non, ce n'est pas normal.

Dans le milieu de l'après-midi, la séance fut levée, faute de nouveau témoin.

Le mercredi matin, à 4 h 45, Judy Smart fut réveillée par la sonnerie du téléphone. Le cœur battant d'inquiétude, elle alla répondre.

– Mrs Smart ? demanda une voix inconnue.

– Oui.

– Je m'appelle Linda Avory. J'ai quelque chose d'important à vous dire. Cela fait longtemps que j'y pense mais je n'arrivais pas à me décider. Comme je n'ai pas fermé l'œil de la nuit, je... enfin, voilà, je vous appelle à cette heure incongrue.

– De quoi s'agit-il, mademoiselle ?

Judy inspira une grande bouffée d'air. Qu'est-ce qu'elle allait encore apprendre ?

– Je suis la femme qui a eu une aventure avec Greg.

– Oui, dit Judy attendant la suite.

– J'ai un bébé de lui.

Judy mit la main sur sa poitrine. La tête lui tournait. Il s'agissait bien de la femme qui avait téléphoné à Diane Nicolosi pendant l'interrogatoire de JR, au début du procès.

Linda raconta son histoire dans les grandes lignes. Elle

vivait dans le Connecticut, à Milford ; elle avait fait la connaissance de Greg en souscrivant un contrat d'assurance. Son bébé avait maintenant cinq mois. C'était un beau garçon.

Judy alla réveiller son mari et lui demanda de prendre le combiné.

Bill Smart trouva que l'inconnue avait une très jolie voix et qu'elle paraissait sincère. Cependant, il lui demanda pourquoi Pam lui aurait écrit une lettre dans laquelle elle disait vouloir tuer Greg. Ça n'avait aucun sens.

– Oh, mais parce qu'elle savait que Greg était sorti avec moi ! répondit la femme.

Et elle expliqua tranquillement aux Smart toute l'histoire, qui leur parut très vraisemblable.

Linda Avory raccrocha en promettant de les rappeler bientôt.

Onze mois s'étaient écoulés depuis la mort de leur fils, sans parler du procès. Une période très éprouvante pour les parents de Greg. Après l'assassinat, Bill avait été affecté de bégaiement ; quant à Judy, elle restait nerveusement très fragile. Elle avait eu beaucoup de mal, pendant les audiences, à conserver son calme. A un moment, incapable de se contenir, elle avait lancé un retentissant « Salope ! » à Pam.

Mais voilà que cette extraordinaire nouvelle leur redonnait soudain goût à la vie.

– Mon Dieu ! s'écria Judy, aux anges. Greg a eu un enfant ! Merci, mon Dieu ! Bill, te rends-tu compte ? Nous avons un petit-fils ! Grâce à lui, Greg est encore avec nous.

Bill sourit mais il voulait en savoir plus. Quelques heures plus tard, il téléphona au capitaine Jackson. Celui-ci lui promit de se mettre en contact avec les autorités du Connecticut pour tenter de retrouver la trace de Linda Avory.

Et le procès continuait.

Twomey, pour sa plaidoirie finale, était habillé d'un élégant costume de tweed gris qui lui donnait davantage l'air d'un professeur d'université que d'un magistrat.

Il commença d'une voix grave par une allusion réprobatrice aux médias, toujours omniprésents.

– Si ce procès a constitué pour les médias un formidable spectacle, il faudrait quand même avoir une pensée pour les parents de Greg et de Pamela Smart. Eux n'ont rien trouvé de divertissant dans cette affaire !

Après cette introduction, Twomey reprit systématiquement les points obscurs et inexpliqués du dossier, en commençant par le meurtre. Il évoqua l'histoire de la serviette et l'expertise qui tendait à prouver qu'un objet avait été placé entre le canon du revolver et la tête de la victime.

– Il s'est passé, cette nuit-là, des choses qui nous échappent encore, des choses terribles. Les assassins ne se sont pas contentés de tuer. Ils ont torturé leur victime, d'une manière ou d'une autre. Ils gardent jalousement le secret de leurs actes criminels et refusent obstinément, malgré leurs protestations de sincérité, de nous révéler l'horreur de leur comportement. Mais au moins, nous savons ce qu'il faut en conclure ! Ils nous mentent et n'ont cessé de nous mentir !

En fait, rien ne prouvait que Greg ait été torturé. Twomey précisa plus tard à un journaliste qu'il avait voulu parler de torture mentale.

Pendant la plaidoirie de Twomey, Judy Smart éclata en sanglots, cachant son visage entre ses mains. Imaginer une fin aussi atroce pour son fils était au-dessus de ses forces.

– Pete « l'Assassin », JR « le Menteur » et « Billy the Kid » n'ont aucune notion de morale, poursuivit Twomey. Pour eux, ce mot n'a tout simplement pas de signification. Vous l'avez vu, quand ils ont prêté serment et juré de dire la vérité, toute la vérité. « Serment » et « vérité » sont encore des mots qui n'ont absolument aucun sens pour eux. Strictement aucun.

Twomey continua à pointer les incohérences et les contradictions relevées dans les témoignages des trois détenus. Flynn, par exemple, avait affirmé qu'il était allé avec Pam retirer de l'argent dans une banque de Hampton pour acheter les balles avant le meurtre. Or, on n'avait trouvé aucune trace de ce retrait bancaire. Du reste, les trois garçons n'étaient pas d'accord entre eux sur la manière dont ils s'étaient procuré ces balles !

Enfin, l'avocat usa de tout son talent oratoire pour soutenir la version de Pam quant aux enregistrements secrets. Certes, c'était une décision étrange, mais elle devenait compréhensible si l'on tenait compte de l'angoisse qui l'avait frappée après la perte de son mari – angoisse qui s'accentuait chaque jour, étant donné sa profonde solitude.

– Mesdames et messieurs les jurés, tentez d'oublier un moment tout ce qui a été dit dans cette salle, conclut Twomey. Demandez-vous simplement s'il n'est pas normal, après un tel choc, d'adopter des attitudes qui ne sont pas tout à fait rationnelles.

Les gens du barreau estimèrent généralement qu'ils avaient entendu un Twomey plus brillant ; on l'avait vu plaider de manière plus convaincante. En fait, l'avocat était fatigué : son jeune fils de deux ans avait une bronchite depuis le début du procès et Twomey et sa femme étaient obligés de veiller toutes les nuits. Bref, l'avocat ne dormait pas beaucoup ces temps-ci.

Sa plaidoirie finale avait duré une demi-heure.

Ce fut au tour de Paul Maggiotto.

L'avocat général attaqua en faisant appel au bon sens du jury. C'était, au fond, un cas relativement simple puisque tous les témoignages concordaient. Le nombre infime de témoins à décharge, en soi, était déjà parlant. Si les jurés doutaient d'un témoignage particulier, un autre venait aussitôt confirmer les faits. Le seul témoin à nier tout en bloc, c'était évidemment l'accusée, Pam Smart.

– Mesdames et messieurs les jurés, repensez calmement à ce que vous a dit Pamela Smart. Vous serez obligés de sentir chez elle le calcul – l'ultime et froid calcul d'une femme sans scrupules qui cherche, une fois de plus, à tromper et à *vous* éloigner des conclusions inévitables auxquelles vous êtes parvenus. Voici une femme qui a toujours compté sur son intelligence, sa culture, sa vivacité d'esprit pour tromper et manipuler tous ceux qui l'entouraient. Depuis le début, cette femme s'est dit que si les choses tournaient mal pour elle, elle saurait bien se débrouiller pour vous faire avaler des couleuvres !

» La manipulation, la rouerie, la dissimulation sont si profondément ancrées chez Pamela Smart qu'elle en fait même son système de défense. Comment cherche-t-elle à nous expliquer l'évidence de ces enregistrements secrets qui la trahissent si clairement ? Par cela même qui fait d'elle une dangereuse meurtrière : la manipulation et le calcul !

Il enchaîna sur Bill Flynn, que l'avocat de Pam avait traité de menteur.

– Si le jeune amant de Pam était un menteur, mesdames et messieurs, vous auriez assisté à la performance théâtrale la plus magistrale du siècle. Et dans ce cas, ne croyez-vous pas qu'il s'en serait servi pour sauver sa peau un peu plus habilement ?

Maggiotto passa ensuite au mobile.

Pam n'avait pas organisé le meurtre de son mari pour obtenir l'argent de l'assurance ou les meubles.

– Non ! Pensez combien un divorce aurait nui à une femme aussi attentive à son image, à sa réputation professionnelle. Un divorce l'aurait mise sur la sellette et aurait pu ruiner sa carrière.

Pour finir, Maggiotto fit apporter dans la salle d'immenses tableaux sur lesquels étaient retranscrites les conversations avec Cecilia. Les remarques importantes étaient surlignées en jaune. La défense se garda bien de protester car elle avait utilisé la même tactique lors d'un récent et fameux procès qu'elle avait, du reste, gagné.

Maggiotto se rassit après avoir requis contre l'accusée l'emprisonnement à perpétuité pour les trois chefs d'inculpation. Il avait plaidé avec une vigueur dont on devait se souvenir longtemps dans les prétoires.

Le juge Gray déclara ouvertes les délibérations du jury.

Le soir venu, aucun verdict n'était rendu. En raison de l'énorme couverture médiatique, Twomey et Sisti demandèrent au juge Gray d'isoler les jurés pour qu'ils ne soient pas assaillis par les journalistes et les reporters à l'issue du huis clos. Le juge Gray accepta. Cela ne s'était pas produit dans les annales judiciaires de l'Etat depuis 1984.

En rentrant, les parents de Greg trouvèrent dans leur boîte aux lettres un mot de Linda Avory, avec une photo du bébé qui s'appelait Gregory. Elle disait qu'elle était passée à Derry rendre visite à des amis. Craignant confusément quelque vengeance de Pam, elle ne voulait pas se montrer tant que le verdict ne serait pas prononcé.

Malgré les conseils de Jackson qui leur avait suggéré de n'ouvrir aucun courrier de cette femme pour conserver ses empreintes digitales intactes, les Smart ne purent résister.

La photo du petit Gregory les transporta de joie. Il était si mignon ! Et il avait le nez et la bouche de Greg !

Le lendemain, 22 mars, à 12 h 55, un huissier annonça que le jury avait rendu son verdict. Les délibérations avaient duré treize heures.

La salle du tribunal se remplit rapidement. Chacun prit sa place : familles, parents, amis, curieux et journalistes.

Pam se présenta, vêtue d'une veste en lainage écossais et d'une jupe noire. Sisti s'assit à sa gauche, Twomey à sa droite.

Les jurés entrèrent. Aucun ne regarda Pam.

– L'accusée pourrait-elle se lever et faire face au jury ? demanda l'huissier.

Pam et ses avocats se levèrent. Pam pressait de ses deux mains la table devant elle.

– Le chef du jury peut-il se lever ?

– Le jury s'est-il prononcé sur les trois chefs d'accusation ? demanda le juge Gray.

– Oui, Votre Honneur, répondit le chef du jury.

– Incitation au meurtre ?

– Coupable...

– Complicité de meurtre avec préméditation ?

– Coupable...

– Subornation de témoins ?

– Coupable...

Dans la salle, du côté des Smart, il y eut des applaudissements effrénés, des embrassades. Les parents de Greg souriaient, même si des larmes mouillaient leurs yeux.

Le juge Gray prononça la sentence : Pam était condamnée, selon la loi de l'Etat, à la réclusion criminelle à perpétuité.

Le visage de Pam était demeuré impassible. Elle fut escortée jusqu'à une salle où l'attendaient les journalistes et tous ceux qui souhaitaient la voir avant son emprisonnement.

Elle s'assit, l'air hébété, puis murmura en se tournant vers Paul Twomey :

– Je n'arrive pas à comprendre Billy. Il a d'abord tué Greg et maintenant, il me tue moi.

Épilogue

Une semaine après le verdict, Linda Avory téléphona aux Smart. La police (qui avait fait surveiller la ligne avec l'accord de Bill) put localiser l'origine du coup de fil. Il venait de Derry.

Jackson et Pelletier se rendirent à l'adresse obtenue. Une femme leur ouvrit la porte. Elle était bien la propriétaire du lieu mais elle niait farouchement avoir eu des contacts, téléphoniques ou épistolaires, avec les Smart.

Pourtant, sur le poste de télévision, trônait la photo d'un bébé identique à celle qu'avaient reçue les Smart.

Au bout d'un long moment, les inspecteurs finirent par lui faire admettre qu'elle était Linda Avory. Mais c'était un nom fictif.

Elle avait passionnément suivi le procès de Pamela Smart à la télévision depuis le début. Craignant que Pam ne soit acquittée, elle avait inventé cette histoire de lettre et téléphoné à Diane Nicolosi. Elle avait même eu l'intention de faire un faux avec la signature de Pam avant d'y renoncer.

Elle prétendit avoir voulu apaiser la douleur de Bill et de

Judy Smart qui avaient perdu leur fils et restaient seuls, sans petits-enfants à choyer. De fait, elle avait inventé toute l'histoire.

« Ce n'était pas méchant ; elle a fait ça pour nous aider, je suppose », déclara Judy Smart, magnanime.

Peu de temps après, le bureau de l'attorney général du New Hampshire fit une déclaration : les trois autres chefs d'accusation dressés à l'encontre de Pamela Smart par le tribunal de Hillsborough (dont celui d'avoir voulu engager un tueur à gages pour tuer Cecilia Pierce) ne seraient pas retenus, car ils étaient entièrement fondés sur des témoignages de détenus.

Après le verdict, on ne voit pas quelle aurait été l'utilité de faire passer Pamela Smart devant le tribunal de grande instance de Hillsborough, déclara dans un communiqué de presse John Arnold, du bureau de l'attorney général.

Une fois le procès achevé, Pam Smart dut comparaître une nouvelle fois devant le juge Gray pour la lecture de la sentence et des peines. Son beau-père, Bill Smart, ne put s'empêcher de se moquer de ses airs de victime innocente.

– Votre Honneur, je proteste ! s'écria Pam, la voix tremblante. Je n'ai pas à entendre ces railleries. Je suis assez lourdement condamnée !

Linda Wojas, rouge de fureur, se leva et cria au père de Greg :

– Votre vengeance n'a donc aucune limite ?

Le juge Gray demanda le silence. D'une voix grave, il annonça la peine principale pour l'incitation au meurtre avec préméditation : réclusion criminelle à perpétuité sans liberté conditionnelle. Les peines secondaires allaient de sept ans et demi à quinze ans pour complicité de meurtre ;

de trois ans et demi à sept ans pour subornation de témoins.

Pam décida alors de s'ériger en victime d'une erreur judiciaire.

Elle créa, avec l'aide de sa famille, un bulletin intitulé *Lettre des amis de Pam Smart*. Il devait être distribué à ses légions de supporters supposées, et bien sûr, aux médias. Imprimé sur un papier de qualité, le bulletin reprenait, chaque mois, une déclaration de Pam :

Je sais que l'injustice dont je suis victime vous révolte tous, disait-elle dans le premier numéro.

Durant l'été 1991, Pam eut une autre idée de génie. Elle fit organiser, par ses parents, un pique-nique géant. La participation était fixée à dix dollars par tête.

Il y eut environ trois cents personnes. Quelqu'un chanta une composition originale intitulée *La Chanson de Pamela*. Un autre attacha au collier du chien Halen un badge « Pam est innocente ». Pam téléphona depuis la prison et remercia vivement ses supporters. Son petit discours fut retransmis par des haut-parleurs.

Coupable ou innocente, le verdict appartenait aux jurés mais, une fois les camions de la télévision et les journalistes repartis, une question restait sans réponse :

Pourquoi ? Quels avaient été précisément les mobiles de Pamela Smart ?

Plusieurs hypothèses furent avancées : Pam avait pu pousser son jeune amant à tuer son mari par pur égoïsme ou par cupidité, pour toucher les cent quarante mille dollars de l'assurance-vie et s'approprier les meubles de la villa.

Peut-être aussi Greg avait-il été trop loin dans ses provocations à l'égard de sa jeune épouse. Ou alors, comme certains l'ont pensé, Pamela était réellement attachée à Billy Flynn et souhaitait sincèrement vivre avec lui. L'avocat général proposa une autre explication : Pam avait préféré le meurtre au divorce pour ne pas mettre en péril sa carrière et sa réussite professionnelles.

Chaque réponse contient sans doute un élément de vérité et tenter de cerner les racines psychologiques d'un tel acte relève certainement de la spéculation.

On peut néanmoins remarquer que divers traits de caractère et de comportement rattachent Pamela Smart à la catégorie des psychopathes – qu'on appelle aussi sociopathes.

Il existe des millions de sociopathes, écrit Jack Levin dans un ouvrage de 1985, *Mass Murder, America's Growing Menace. La plupart ne tuent jamais personne. Tant qu'ils obtiennent ce qu'ils veulent et ne perçoivent pas les gens qui les entourent comme des obstacles, ils mènent des vies tout à fait ordinaires.*

En revanche, quand un sociopathe se fixe des buts irréalistes, ou trop ambitieux, et a l'impression qu'on s'oppose à leur réalisation, alors tout peut changer. Il devient dangereux.

Ainsi, on peut vivre des années à côté d'un sociopathe sans s'en apercevoir.

« Dans le cadre d'un mariage, un sociopathe peut être très aimant, déclare le Pr Fox, qui enseigne le droit criminel à Northeastern. Mais il ne vous aime que pour ce que vous lui apportez. Un sociopathe n'a aucun sens de l'altruisme. Lorsque l'autre, femme ou mari, n'est plus utile, il est bon à jeter... ou à tuer ! »

Etrangement, la plupart des sociopathes sont des êtres intelligents – plus intelligents que la moyenne. Ils savent donner d'eux une image vivante, dynamique, chaleureuse. Ce sont des gens qui ont une grande maîtrise d'eux-mêmes : ils n'éclatent pas en sanglots, évitent les états dépressifs, quelle que soit leur tension intérieure.

Ces individus usent avec talent d'une subtile palette d'émotions et de sentiments, mais en réalité, ils ignorent la loyauté, la fidélité, la sincérité.

Ce sont *des maîtres du paraître,* écrit Levin. *Pour eux, la vie est une scène de théâtre. Chaque jour, ils incarnent un personnage. Ils sont parfaitement indifférents aux lois qui gouvernent nos sociétés mais ils les connaissent, les manipulent et peuvent les retourner contre ceux qu'ils considèrent comme leurs ennemis.*

Ce sont, par excellence, des égocentriques. Ils doivent constamment forcer l'attention, ce qui parfois se manifeste par une forte demande sexuelle.

« Il existe un type de sociopathes narcissiques, dit Fox, qui ressentent le besoin d'être le centre de l'univers. Ils éprouvent leur identité dans le regard de l'autre.

» Quelqu'un comme Pamela Smart a dû tirer une grande jouissance de son pique-nique, par exemple. Son procès était achevé mais de cette façon, elle se prouvait qu'elle n'était pas oubliée. »

Comme bien d'autres psychopathes, Pam Smart ne donna pas l'impression d'éprouver du remords. D'une part, les sociopathes ignorent la pitié et restent parfaitement insensibles aux souffrances qu'ils provoquent autour d'eux. D'autre part, ils savent très brillamment rationaliser leur conduite. Pour preuve, ces phrases glissées à Cecilia, où Pam affirme qu'au fond les adolescents ont pris leur décision tout seuls, comme des grands, et qu'elle n'y était pour rien.

Evidemment, si le meurtre est accompli par quelqu'un d'autre qui s'est chargé du « sale boulot », il leur est d'autant plus facile de se justifier, explique Levin. *Ils ne se sentent aucunement responsables.*

Puisque le libre arbitre existe, ils n'ont rien à se reprocher. L'assassin, c'est toujours l'autre.

De ce point de vue, JR Lattime pourrait, aux yeux de Levin, être considéré lui aussi comme un sociopathe.

Certes, les adolescents sont loin d'être innocents. Rares sont ceux qui se déclarent prêts à excuser leur crime.

Cependant, tout le monde est d'accord sur un point : les trois garçons qui tuèrent Greg Smart n'auraient sans doute jamais commis ce meurtre si Billy Flynn n'avait rencontré Pamela Smart.

C'est ce qui est si triste, conclut Levin. *Et c'est pourquoi Pam Smart* est *coupable. Elle a ôté la vie à son mari, c'est une chose. Elle a aussi détruit la vie de ces trois jeunes gens qui auraient pu, sans elle, passer des turbulences de l'adolescence à la maturité sans être enfermés derrière des barreaux pendant plusieurs années.*

Note de l'auteur

Pour la commodité de la lecture, j'ai retranscrit en récits ou conversations les entretiens que m'ont accordés les personnages clés de l'affaire Smart. Ces interviews, ainsi que les dépositions des témoins, m'ont fourni ma matière principale.

J'ai pris connaissance d'autres éléments, comme les interrogatoires et les conversations entre Pam et Cecilia enregistrées secrètement, en utilisant les vidéos du procès Smart. La transcription est la mienne.

Dans ce procès Smart comme dans tant d'autres, les témoignages sont contradictoires. Soupesant les uns et les autres, j'ai opté pour le scénario présenté ici, que je considère comme le plus vraisemblable.

Raymond Fowler était le quatrième adolescent présent dans la voiture lors de l'expédition meurtrière contre Gregory Smart. Il a été accusé de complicité de meurtre avec préméditation, tentative de meurtre avec préméditation et dissimulation de preuves. Il a plaidé non coupable pour ces trois chefs d'accusation. Son procès devait débuter à la fin de l'année 1991.

Je tiens à signaler que Pamela et Gregory Smart utilisaient chacun une orthographe particulière pour leurs prénoms : Pamela signait « Pame », qu'elle prononçait Pam, et Gregory « Gregg ». Pour faciliter la lecture, j'ai utilisé l'orthographe courante, Pam et Greg, tout au long de ces pages.

Enfin, beaucoup de personnes, et d'adolescents en particulier, ont été mêlées à ce drame. J'ai tenu à protéger leur anonymat en changeant leurs noms. Ainsi Jenny Charles, Sal Parks, Tommy Sells, Johnny Mylo, Louise Coleman et Robby Fields sont des noms fictifs.

Crimes & Enquêtes

La première collection de littérature criminelle

Stephen Sawicki
L'affaire Pamela Smart
Leçons particulières de meurtre (7039/**4**)

Harry N. MacLean
L'affaire McElroy
En plein jour (7040/**6**)

Kris Radish
Fuis, Bambi, fuis (7042/**6**, mai 93)

Timothy Benford & James Johnson
Reality show (7047/**4**, mai 93)

Joyce Milton & Ann Louise Bardach
Tous les amants de Vicki (7043/**7**, juin 93)

Ellen Harris
Mariage mortel (7044/**4**, juin 93)

Lowell Cauffield
Pacte diabolique (7045/**6**, juillet 93)

Michael Kaplan
Battue à mort (7046/**5**, juillet 93)

Vincent Bugliosi & Curt Gentry
L'affaire Charles Manson
La tuerie d'Hollywood (7031/**8**)

Jacques Vergès
Sept affaires célèbres
Les sanguinaires (7032/**3**)

Don Davis
L'affaire Jeffrey Dahmer
Le monstre de Milwaukee (7033/**3**)

Suzanne Finstad
L'affaire Richard Minns
La maîtresse du diable (7034/**5**)

Joe McGinniss
L'affaire Von Stein
Cruelle incertitude (7035/**5**)

Ann Rule
L'affaire Ted Bundy
Un tueur si proche (7036/**6**)

Robert Graysmith
L'affaire du tueur de San Francisco
Les crimes du Zodiaque (7037/**4**)

Vincent Bugliosi & Bruce B. Henderson
L'affaire Jennifer Jenkins
Meurtre sur une île déserte (7038/**7**)

Crimes & Enquêtes

L'affaire Charles Manson

LA TUERIE D'HOLLYWOOD

■

Sous prétexte de préparer l'avènement de l'Homme nouveau, Charles Manson, le petit homme aux yeux fous qui se disait Jésus-Christ, entraîne un groupe de jeunes hippies, ses "élus", à perpétrer des crimes abominables.

■

Le plus célèbre reste l'assassinat dans sa villa d'Hollywood, de l'actrice Sharon Tate, alors enceinte, et de quatre de ses amis, tués à coups de couteau.

■

Ni drogués ni fous, ces tueurs au sourire d'enfant ont commis au moins trente-cinq meurtres dont la sauvagerie aveugle obéissait aux ordres de leur "gourou" : Charles Manson.

VINCENT BUGLIOSI

Vincent Bugliosi, célèbre district attorney *(à la fois juge d'instruction et avocat général), en charge de l'affaire, reconstitue avec minutie l'incroyable puzzle de ces meurtres fanatiques. Son enquête est basée sur les interrogatoires des témoins, les rapports de police et les minutes de ce procès. Cet ouvrage a reçu le prix Edgar pour le "meilleur document criminel" de l'année.*

J'ai lu 7031 Catégorie 8

Crimes & Enquêtes

Sept affaires célèbres

LES SANGUINAIRES

■

Ne pas se demander qui a tué mais comment et surtout pourquoi on a tué. Voilà la question que pose Jacques Vergès au travers de sept histoires vraies et terrifiantes.

■

Jack l'Eventreur, le Vampire de Düsseldorf, le Boucher de Hanovre, le Nettoyeur au Bain d'Acide, l'Etrangleur de Boston, le Monstre de Seattle et le Cannibale de Milwaukee…

■

Autant de "Messieurs-Tout-le-Monde" qui pour des raisons différentes, ont tous basculé dans l'horreur. Un détail infime, un fétu de paille, les ont fait passer à l'acte.

■

Chaque cas est analysé, disséqué, pour essayer de mieux comprendre ces assassins qui, un jour, franchissent la fragile barrière qui mène au crime.

JACQUES VERGÈS

Jacques Vergès, célèbre avocat inscrit au barreau de Paris, a acquis sa notoriété en défendant des causes qualifiées d'"indéfendables".

J'ai lu 7032 Catégorie 3

Crimes & Enquêtes

L'affaire Jeffrey Dahmer

LE MONSTRE DE MILWAUKEE

▪

Sous ses apparences de jeune homme tranquille, Jeffrey Dahmer se révèle être un assassin abominable.
En douze ans, il tue et mutile dix-sept victimes, sans être jamais inquiété... jusqu'en juillet 91.

▪

Son effroyable parcours débute à dix-huit ans par le meurtre d'un jeune auto-stoppeur. Lors de son service militaire en Allemagne, cinq crimes non élucidés sont commis dans la région. De retour dans le Wisconsin, il est arrêté pour exhibitionnisme. Dans les années 85-88, il change de tactique. Après avoir choisi ses victimes dans les bars homosexuels, il les drogue et les étrangle avant de les démembrer. Emprisonné pour attentat à la pudeur, il est relâché sans être soupçonné des crimes qu'il a déjà commis.

▪

Lorsqu'en juillet 91 un jeune homme qui a réussi à s'échapper, les menottes aux poignets, prévient la police, celle-ci découvre l'horrible carnage tranquillement perpétré dans un appartement de la ville : des restes de onze cadavres sont retrouvés au réfrigérateur.
En août 91, Dahmer comparaît devant un tribunal.
Il est finalement condamné à 957 ans de prison !

▪

Le récit authentique de cette histoire hallucinante, permet d'analyser le phénomène des tueurs psychotiques.

DON DAVIS

Don Davis retrace un à un les éléments de cette tuerie inimaginable. A l'aide de flash-backs saisissants, le passé tumultueux de Dahmer apparaît dans toute son horreur.

J'ai lu 7033 Catégorie 3

Crimes & Enquêtes

L'affaire Richard Minns

LA MAÎTRESSE DU DIABLE

■

Après avoir été victime d'un viol qui l'a fait sombrer dans la drogue, Barbara Piotrowski décide de s'en sortir. Elle reprend ses études et le sport. C'est à Aspen, célèbre station de sports d'hiver, qu'elle rencontre Richard Minns, un milliardaire texan avec lequel elle vit une liaison passionnée. Elle apprend alors qu'il est déjà marié et père de famille.

■

Décidant de rompre à la suite d'une fausse couche, elle découvre alors la vraie nature de Minns. Violent, il la frappe et lui fracture le nez. Il l'accuse en outre d'avoir volé les meubles et les bijoux qu'il lui a offerts quand il l'a installée au Texas. En dernier recours, il n'hésite pas à engager des tueurs qui tirent quatre balles dans le dos de Barbara. Réfugié en Suisse, Minns se défend de connaître les meurtriers et n'est pas inquiété.

■

Paralysée à vie et se consacrant désormais aux handicapés moteurs, Barbara Piotrowski devenue Jennifer Smith pour échapper à son passé, devra attendre début 91 pour voir Minns enfin condamné à lui verser soixante millions de dollars de dommages et intérêts.

SUZANNE FINSTAD

Suzanne Finstad, avocat d'assises, vit à Los Angeles. Elle nous raconte ici l'histoire vraie d'une passion dangereuse qui a mené à la plus grande violence.

J'ai lu 7034 Catégorie 5

Crimes & Enquêtes

L'affaire Von Stein

CRUELLE INCERTITUDE

▪

Lieth et Bonnie Von Stein, un couple vivant dans une paisible petite ville de Caroline du Nord, sont sauvagement agressés à coups de couteau et de batte de base-ball. Seule la femme survivra à ses blessures.

▪

Un comble : les premières rumeurs orientent les soupçons vers Bonnie. En effet, son mari venait d'hériter d'une somme de deux millions de dollars et le couple ne s'entendait pas. Mais rapidement les témoignages convergent et les déclarations des deux enfants de Bonnie dévoilent une vérité effroyable.

▪

Attirés par l'argent, trois jeunes gens dont Chris Pritchard, le propre fils de Bonnie, fortement influencé par le célèbre jeu de rôle Donjons & Dragons ont basculé dans la folie homicide.

JOE McGINNISS

Joe McGinniss, auteur de plusieurs best-sellers, vit actuellement dans le Massachussets. Il dépeint avec talent cette sombre histoire d'un amour maternel brisé par le meurtre.

J'ai lu 7035   Catégorie 5

Crimes & Enquêtes

L'affaire McElroy

EN PLEIN JOUR

10 juillet 1981. Dans la rue principale de Skidmore, petit village du Missouri, Ken McElroy est abattu devant une quarantaine de témoins. Mais quand arrive la police, personne n'a rien vu. Les visages se ferment, les lèvres restent closes.

▪

Le F.B.I. apprend rapidement que McElroy terrorisait Skidmore : vols, viols, incendies criminels... Pourtant, jamais il n'avait été inquiété. Finalement, déçus par un système judiciaire incapable de punir un criminel, les habitants de Skidmore ont rendu justice eux-mêmes. Lesquels ont tiré, lesquels ont simplement approuvé ? On ne le saura jamais : depuis plus de dix ans, personne n'a brisé la loi du silence.

▪

Au cœur de l'affaire McElroy, un problème d'actualité : quand la police et la justice sont impuissantes à assurer l'ordre et la protection des citoyens, ceux-ci ont-ils le droit de se défendre eux-mêmes ?

HARRY N. MacLEAN

Diplômé en psychologie et en droit, ancien assistant de l'attorney général, il a enseigné, et publié de nombreux articles dans des domaines variés du droit. Il est aujourd'hui avocat à Denver, dans le Colorado. En plein jour *est son premier livre, et lui a valu un Edgar, qui récompense la meilleure œuvre de littérature criminelle.*

J'ai lu 7040 Catégorie 6

Crimes & Enquêtes

L'affaire Bembenek

FUIS, BAMBI, FUIS

■

"Où qu'elle soit commise, une injustice met la justice en péril dans le monde entier..." Un cri de Martin Luther King qui ne fait que souligner, hélas, le destin de Lawrencia Bembenek. Tragique et... injuste.

■

A l'aube de sa vie, tout lui sourit. Intelligente, une personnalité affirmée, plus que ravissante, belle comme peut l'être une femme quand elle est amoureuse. Et c'est là que tout se gâte... Après avoir fait ses premières armes en tant que flic dans les services de police de Milwaukee, elle épouse Fred Schultz, un policier dont l'ex-femme est bientôt assassinée.

■

Les soupçons se portent sur Laurie. Arrêtée, muselée ! Pourquoi ? La machine judiciaire se met en marche. Lourde, implacable, abusive. Dysfonctionnement, erreurs et dissimulations : autant de zones d'ombre qui empêchent Laurie de retrouver son statut de femme libre.

J'ai lu 7042 Catégorie 5

Crimes & Enquêtes

L'affaire List

REALITY SHOW

■

John Emil List est un homme auquel on donnerait le Bon Dieu sans confession. Ses voisins, ses collègues, ses relations en témoignent tous : John est aimable, discret, toujours prêt à rendre service. Il ne ferait pas de mal à une mouche.

■

Pourtant ce 9 novembre 1971, il va tuer méthodiquement, les uns après les autres, sa femme, sa mère, sa fille et ses deux fils, avant de disparaître.

■

Il faudra un *reality show* sur les crimes impunis, dix-huit ans plus tard, pour qu'une téléspectatrice reconnaisse en son voisin, un comptable courtois, l'auteur des cinq meurtres monstrueux.

■

Comment cet ancien professeur de catéchisme, élevé dans le respect de la parole de Dieu, a-t-il pu en arriver là ? Portrait fascinant d'un assassin qui avait bonne conscience...

J'ai lu 7047 Catégorie 4

7039

Composé par PCA à Bouguenais (Loire-Atlantique)
Achevé d'imprimer en Europe par Elsner à Berlin
le 15 mars 1993.
Dépôt légal mars 1993. ISBN 2-277-07039-4

Éditions J'ai lu
27, rue Cassette, 75006 Paris
Diffusion France et étranger : Flammarion